KB055732

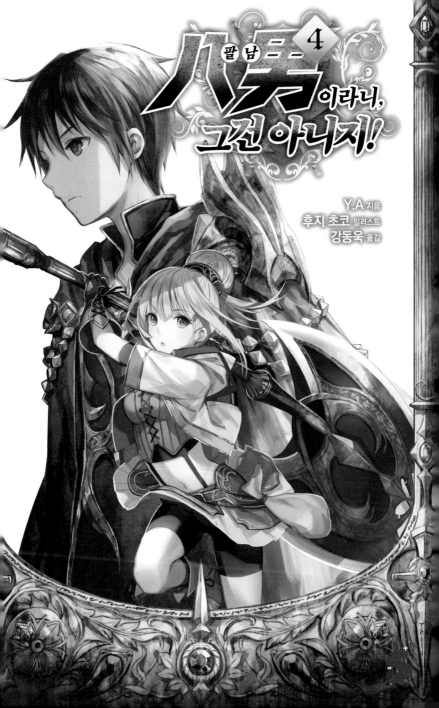

팔남이라니, 그건 아니지! 4

Y.A 지음

후지 초코 일러스트

강동욱 옮김

이나

엘빈
통칭 : 엘

루이제

엘리제

클라우스

벤델린
통칭 : 벨

쿠르트

빌마

"모두, 죽었다……."

"벌써 15년 이상 전에 말이지.
지금은 정화하고 있을 뿐이야."

"손녀……."

"남편을 휘어잡고
잘 지내고 있어."

CONTENTS

팔남이라니 그건 아니지! ④

제1화 바우마이스터가 적남의 우울

"쿠르트 님, 금년도 징세 보고서입니다."

"수고했다. 거기 놔둬."

"알겠습니다."

올해도 수확의 계절이 찾아왔다.

영내의 밭에서 수확된 밀에 일정한 세금이 부과되고, 그 양을 본 마을의 명주인 클라우스가 계산하고 모아서 집 근처의 창고에 집어넣는다.

모인 밀은 귀중한 현금 수입원으로 산맥을 넘어 블라이히뢰더 변경백작령에서 오는 상단에 매각된다.

매각 가격은 원래의 시세보다 조금 더 쳐준다고 하지만, 이런 벽지에 사는 영주의 후계자로서는 확인할 길이 없다.

"(벤델린 님이 계신다면 그런 고생을 하지 않아도 될 텐데…….)"

아까 징세 보고서를 두고 나간 클라우스가 예전에 나지막이 내뱉은 말이다.

무의식적으로 입에서 흘러나온 걸까, 일부러 내게 들리도록 말을 한 걸까.

이 남자는 정말로 방심할 수가 없어서 아버지조차 내게 '클라우스에게는 마음을 열지 말라'고 하신다.

이 징세 보고서도 정확히 계산되었는지조차 의심스럽다.

클라우스가 아버지에게 징세 업무 전체를 위임받은 입장을 이용하여 얼마쯤 돈을 호주머니에 챙기고 있을 가능성도 있는 것이다.

"나머지 두 마을의 명주도 체크하고 있으니까 그런 일은 없다."

아버지는 그렇게 말하지만, 그 클라우스의 젊은 딸을 첩으로 들여 배다른 남동생과 여동생을 무의미하게 늘린 사람이 할 말은 아닌 것 같다.

아버지는 너무나 자기 멋대로다.

선대 블라이히뢰더 변경백작에게 명령 받은 대로 병사를 보내 영내의 인구와 성인 남성 비율을 위태로운 상황에까지 몰아넣었고, 그럼에도 가끔씩 상단을 보내주는 후임 블라이히뢰더 변경백작을 위해 바쁘게 개간에 매달리는 것이다.

귀족인데도 마치 개척민처럼 흙에 파묻혀 살며 그렇게 꾸준히 모은 돈은 몽땅 내 결혼 비용과 삼남 파울 이하의 독립 정착금으로 사라졌다.

조금은 남아 있겠지만, 그건 또 만일의 사태에 대비해 남겨두는 것이 귀족이라는 존재다.

설령 그것이 우리 같은 가난한 귀족이라도. 그리고 내가 결혼한 직후부터 아버지에게 변화가 생겼다.

"나도 이제 나이를 먹었으니 네게 맡길 부분을 늘려야겠다."

아버지는 지금까지 바우마이스터가의 당주로서 절대 권력을 쥐고 있었지만 그 일에 불만이 있을 리는 없다.

이런 아무것도 없는 부자유스러운 시골 벽지에서는 살기 위해 당주에게 절대 권력이 필요하기 때문이다.

그리고 영주민들의 단결과 장자 계승을 기본으로 한 분쟁 없는 대물림일까.

아버지가 오랜 세월 동안 내게 일을 별로 맡기지 않았던 것에는 이유가 있다.

첫째는 차남 헤르만의 존재.

이 녀석은 나보다 완력도 세고 가끔씩 훈련할 때 영주민들을 통솔해서 인기가 많았다.

험상궂은 외모와 달리 얘기를 나눠보면 의외로 재미있어서 영주민들에게 인기가 있는 것이다.

작은 영지의 귀족가에서 검술 같은 무예나 소집단의 통솔에 뛰어난 자식은 인기가 높아진다.

왕국 전체로 보자면 헤르만 정도의 능력을 가진 사람은 남아돌 만큼 많겠지만, 그래도 나보다는 뛰어나기에 장자 상속의 위협이 되는 셈이다.

"헤르만, 너는 종사장 가문에 사위로 보낼 것이다."

"알겠습니다."

하지만 헤르만은 아무 말도 하지 않았다.

그 녀석은 완력에 조금 자신이 있어도 영주로서는 큰 능력을 갖고 있지 않다는 걸 자각하고 있었다.

그리고 다음으로 문제였던 것은 오남 에리히의 존재였다.

이 녀석은 활솜씨는 뛰어났지만 귀족의 소양인 검술은 나보다 못하다.

하지만 이 녀석은 머리가 좋았다.

열다섯 살쯤 무렵에 녀석은 어떤 소동을 일으켰다.

아니, 소동을 일으킨 건 아버지와 클라우스일까. 클라우스가 가져온 징세 보고서를 본 아버지가 무슨 생각을 했는지 우연히 옆에 있던 에리히에게 그 서류를 보여준 것이다.

잠시 서류를 들여다보던 에리히는 몇 군데 계산이 틀린 곳을 지적한다.

"어이쿠, 제가 이런 실수를. 아직 젊으신데도 에리히 님은 무척 뛰어나시군요."

계산 실수 자체는 큰 일이 아니었던 모양이다.

조금 많이 거둔 세금을 몇 집에 돌려주면 될 뿐이다.

실수를 지적받은 클라우스는 순순히 사과하고 너무 많이 거둔 세금을 돌려주었다.

이 일련의 소동의 흐름이 클라우스의 독단에 의한 것인지, 아니면 아버지도 관련이 있는 것인지 이 무렵의 나는 판단이 서질 않았다.

그래도 차츰 영내에서 이런 소문이 퍼지게 되면 충분히 그런 상상을 할 수 있는 것이다.

"계획적인 영내의 발전을 원한다면, 아무래도 에리히 님이 차기 당주가 되는 편이 낫지 않을까?"

그 소문은 틀림없이 클라우스가 퍼트렸을 것이다.

하지만 그것을 섣불리 추궁하면 긁어 부스럼을 만드는 꼴이 된다.

게다가 소문을 퍼뜨린 자가 클라우스라는 결정적인 증거도 없다.

아버지나 나나 징세 보고서를 읽고 그 잘못된 점을 찾아내지 못했다.

하지만 아버지는 보고서를 제출하는 클라우스의 태도를 보고, 뭔가 이상하다고 생각해 에리히에게 보여주었다.

클라우스는 아버지의 그 직감조차 꿰뚫어보고 에리히의 능력이 예상대로라 혼자 미소를 지은 것이리라.

정말로 모든 게 마음에 안 드는 사내다.

그 후로 한동안 나는 에리히를 경계했다.

아버지의 환심을 사서 차기 당주가 되려는 것은 아닌가 하고 말이다.

그 걱정은 에리히 본인이 왕도에서 하급 관리 시험을 보겠다고 선언하며 기우로 끝났지만.

얼굴이 잘생겨 영내의 여자들에게도 인기가 많고, 활을 잘 쏘며 머리도 좋은 에리히라는 남동생.

솔직히 마음에 들지 않는 것도 사실이었다.

그리고 가장 큰 골칫덩이가 나온다.

팔남인 벤델린이다.

아버지가 나이 마흔이 다 되어 그것도 한 살 연하의 어머니 몸에서 낳은 늦둥이다.

나이 차를 생각하면 내 자식이라고 해도 이상하지 않을 남동생인 것이다.

나도 다른 동생들도 하루하루 커가는 이 녀석을 어떻게 대해야 할지 고민에 빠지고 말았다.

하지만 실제로는 이쪽의 근심을 아랑곳하지 않고, 세 살을 지난 무렵부터 벤델린은 아버지나 어머니의 지시대로 어른들의 일을 방해하지 않는 얌전한 아이로 자랐다.

매일 아버지의 서재에 틀어박혀 책을 읽고 있는 것 같았는데 용케 머리가 아프지 않았나 보다.

서재란 귀족의 허세로 만들었을 뿐이니 굳이 무리해서 읽을 필요는 없으니까.

그런 벤델린이었지만, 여섯 살이 되기 조금 전부터 모습이 달라진 것 같다. 에리히의 말을 듣자니 '마법을 쓰고 싶다'며 서재에 틀어박혀 있는 모양이다.

확실히 서재에는 마법에 관련된 책과 판정용 수정 구슬이 있다.

당연히 아버지의 지시에 따라 나나 다른 동생들도 어릴 때 판정을 받았다.

재능이 있으면 내 인생도 달라졌을지 모르지만, 세상에 그렇게 달콤한 이야기가 흔할 리 없다.

"쿠르트, 아무래도 벤델린에게는 마법 재능이 있는 모양이다."

어린 아이가 마법사를 꿈꾸며 열심히 수련에 임한다.

재능이 없어도 그것을 목표로 씩씩하게 연습하는 모습, 심지어 그게 어린 아이라면 당연히 흐뭇해할 광경이다.

그런 식으로 생각했던 내게 아버지는 충격적인 사실을 전했다.

"어느 정도인가요?"

"지금으로서는 아무 말도 할 수가 없구나."

하지만 차츰 그 가능성은 크게 높아졌다.

아직 아이인데도 혼자 늑대나 곰이나 멧돼지가 나오는 저택 뒤편 숲에서 수렵과 채집을 하고, 귀한 호로호로새를 매일 잡아 온다. 그밖에 참마, 산딸기, 산포도에 산나물이나 약초 등도 말이다.

게다가 내 결혼식 때는 에리히와 짝을 이뤄 대량의 사냥감을 잡는 데 성공했다.

아무리 활솜씨가 좋은 에리히가 있었다 해도 그 성과는 보통이 아니다.

아버지도 그것을 눈치 챘기 때문에 벤델린과 에리히를 짝 지워, 벤델린의 마법 재능을 얼버무리려 한 것이리라.

그리고 에리히가 집을 떠난 뒤로 아버지는 벤델린에게 행동의 자유를 주었다.

녀석은 아침 일찍 검술 연습을 하고 밥을 먹고 나면 지저분한 망토풍의 코트를 걸치고 혼자 어슬렁어슬렁 어딘가로 나간다.

아버지의 말에 따르면 마법 수련을 하러 간다고 한다.

한 번은 어디로 가는지 물어보려고 했지만 아버지는 그런 나를 말렸다.

"벤델린은 마법의 힘으로 충분히 독립이 가능해. 그 아이는 그냥 집을 나갈 때까지 자유롭게 지내게 놔둬라."

"그런 아까운 말씀을! 어떤 마법을 쓸 수 있는지는 모르지만 영내의 개발에 사용하면 되지 않습니까."

누구나 떠올릴 법한 그런 내 의견을 아버지는 곧바로 부정했다. 그것도 나를 불쌍한 눈으로 쳐다보면서 말이다.

"네가 벤델린을 부린다고? 그건 또 무슨 농담이냐?"

아버지는 계속해서 말한다.

"예컨대 벤델린이 그 마법으로 영내 발전에 공헌한다 치자. 개간을 하고 길이나 용수로를 정비하고 사나운 짐승들을 없애고. 아예 벤델린에게 수렵과 채집을 몽땅 맡겨도 상관없겠지. 영주민들이 자유롭게 고기를 실컷 먹을 수 있다면 늘어난 농작업 노역에도 불평을 하지 않을 테고 말이야."

영주민들이 배불리 고기를 먹을 수 있으며 상단에 팔면 돈이 되는 밀 재배에 노동력을 집중할 수 있다.

만약 쓸 수 있는 마법이 더 있어서 토지 정비도 할 수 있다면 개간 같은 기초 작업은 벤델린에게 맡기고, 영주민들은 마무리만 하면 되는 것이다.

들으면 들을수록 너무나 좋은 생각인 것 같았지만…….

"영주민들은 이렇게 생각하겠지. 벤델린이 차기 당주가 된다면 이 영지가 더 풍요로울 거라고. 그럼 거기에 네가 설 자리가 사라져 버리는 것인데, 너는 그래도 상관없느냐?"

"읏! 그것은……."

"이 나라는 전쟁이 사라진지 오래되었다. 따라서 왕국은 영내의 안정을 바라며 귀족가문의 장자 계승을 장려하지. 하지만 그건 절대적인 원칙이 아니다."

장남이 너무도 무능할 때나 차남 이하 중에 엄청나게 뛰어난 자식이 있을 때 그밖에도 다양한 요인으로 장자 계승이 무너지는 경우가 존재했다.

"어떠냐."

나는 아무런 대답도 하지 못했다. 나 자신은 후계자라 장래가 안정되어 있기 때문에 집을 떠나는 남동생들을 딱하게 여기면서도, 남아 있으면 불편할 것이므로 당연히 안도감도 함께 느끼고 있었다.

그런데 그 입장이 완전히 뒤집혀 버리는 것이다.

마법을 쓸 수 있는 벤델린이 차기 당주가 되고 내가 이곳에서 쫓겨난다.

남을 가능성도 있지만, 열두 살이나 어린 남동생을 당주로 인정하고 고개를 숙인다.

내가 과연 그럴 수 있을까.

"벤델린은 성실하게 공부도 하고 있다. 에리히와 마찬가지로 읽기, 쓰기, 계산 모두 할 수 있고 말이야."

계속해서 아버지의 입에서 나온 벤델린과 에리히라는 말에 나는 위기감을 다시 불태웠다.

그러고 보니 벤델린에게 유일하게 태연히 말을 걸었던 것이 에리히였다.

지금도 정기적으로 편지를 주고받으며 생일에는 선물 교환도 한다는 걸 알고 있다.

"에리히라면 벤델린이 차기 당주가 되어도 질투하지 않겠지. 벤델린은 에리히를 우대할 것이고 게다가 그에 걸맞은 능력을 갖고 있으니까. 반대로 에리히가 당주라도 벤델린은 문제가 없어. 에리히도 벤델린을 우대할 테니까."

그런 관계에 내가 끼어들 여지는 없어서 만약 에리히나 벤델린이 차기 당주가 되면 스무 살이나 나이가 많아 껄끄러운 나는 십중팔구 쫓겨나리라.

"알겠지, 쿠르트. 너는 그저 조용히 벤델린을 내보내고 너는 너대로 영지를 무난하게 다스릴 수밖에 없는 것이다."

"예……."

그것은 나 자신도 알고는 있다.

하지만 아버지의 말에는 나에 대한 동정의 감정이 누구나 알 수 있을 만큼 묻어나 있었다.

이는 너무도 큰 굴욕이라 아버지에게 감사하는 마음 이상으로 분노의 감정이 솟구쳐 오른다.

아버지, 당신의 의견은 옳아요. 반박할 수 없는 사실이죠.

하지만 감정 면에서는 별개다.

내게도 눈곱 만큼이지만 자존심이란 것이 있기 때문이다.

종사장 집에 데릴사위로 간 헤르만에, 원래부터 상속권조차 없는 첩이 낳은 남동생들. 이 녀석들을 빼고 남자는 전부 영지를 떠났다. 그렇기에 이제 실권을 위양하는 것인가…….

아버지는 나이 탓이라고 했다.

물론 사실이겠지만 이제부터 천천히 내게 영주로서의 실권을 넘기고, 시간을 들여 내가 차기 당주가 되는 것을 기정사실화하는 것이리라.

영지를 가진 재지(在地) 영주이므로 아버지가 죽지 않으면 정식 계승은 이루어지지 않지만 그때까지 나를 사실상의 영주로 만들 계획인 것 같다.

"알겠습니다, 아버님."

"너는 너고 동생들은 동생들이다."

"예. (동생들이라…….)"

정확히는 에리히와 벤델린만을 가리키는 것이겠지만, 아버지는 굳이 동생들이라고 표현했다.

나를 배려한 것이겠지만 그것조차 내게는 분노의 원인이 될 뿐이었다.

아버지의 말대로 내가 일찌감치 영내의 실권을 쥐기로 할까.

아버지, 당신은 이미 쇠약해졌어요.

이대로 노망이 나서 노인 특유의 정이라도 생겨나면 골치 아프다.

역시 영주민들을 위해 에리히나 벤델린에게 뒤를 잇게 하겠다고 했다가는 곤란하다.

중년에 접어든 폐적 귀족과 그 가족이 세상에 나가 멀쩡히 살아갈 리가 만무하기 때문이다.

"바우마이스터 본가의 차기 당주로서 노력하겠습니다."

그런 경위로 나는 아버지로부터 서서히 영주로서의 일을 물려받아 갔다.

하지만 물려받으면 물려받는 대로 이런저런 문제가 많다.

첫째는 여러 해 전의 출병으로 가족을 잃은 영주민들이 갖고 있는 바우마이스터가에 대한 뿌리 깊은 불신감.

그들은 표면상은 불만을 표출하지 않고 개간에 참여하고 있다.

그보다 아버지는 무슨 생각을 하고 있는 걸까?

그 개간의 밑천은 출병에서 전사한 영주민들에게 블라이히뢰더 변경백작이 보낸 위로금을 가로챈 것이다.

보통은 일손이 줄어든 셈이기 때문에 면제하는 것이 당연하다.

하지만 '지금의 우리 영지는 결과를 내지 않으면 의미가 없다'며 아버지는 일절 감면 조치를 취하지 않았다.

그 덕인지 개간은 예정보다도 조금 빠르게 진행되고 있다.

하지만 나중에라도 가로챈 돈을 돌려줄 마음은 없는 것 같다.

내가 돌려줘야 하는 것 아니냐고 하자 아버지는 얼굴이 새빨갛게 붉히며 격노했다.

"멍청한 녀석! 그 돌려준 돈 때문에 우리 가문이 궁지에 몰리면 어쩔 셈이냐! 이곳은 벽지야! 중앙도 주군도 믿을 수가 없어! 믿을 것은 돈뿐이란 말이다!"

너무도 서슬 퍼런 모습에 나는 아무 말도 못했으며, 동시에 나 자신도 그 발언에 납득했다.

이런 벽지의 귀족이 의지할 수 있는 대상은 확실히 돈 뿐인 것이다.

두 번째로 본 마을과 다른 두 마을의 대립, 이것은 옛날부터 있어왔던 문제다.

"우리가 토박이야, 토박이!"

라고 자칭하는 본 마을.

"거드름 떨긴! 너희 조상은 원래 빈민촌 주민이잖아. 필요 없는 농가의 떨거지 자식이었던 우리와 다를 게 뭐가 있어?"

하고 반발하는 나머지 두 마을.

거기에 평소부터 무슨 생각을 하고 있는지 알 수 없는 본 마을의 명주 클라우스의 존재.

이 자는 내 앞에서는 빈틈을 보이지 않는 뛰어난 명주이지만, 뒤에서는 무슨 짓을 꾸미고 있는지.

이런 녀석들만 상대하고 있으니 스트레스가 쌓이지 않을 수가 없었다.

게다가…….

아버지의 명령으로 남동생 벤델린과는 서로 간섭하지 않기로 했지만, 이 녀석은 낮에 뭘 하고 다니는지 전혀 알 수가 없다.

한 차례 뒤를 밟으려 한 적도 있었지만, 그런 건 차기 당주가 할 짓이 아니라며 제지당했다.

아버지에게 얘기하니 '마법 수행이라도 하겠지. 벤델린의 자립을 방해하지 마라'는 대답이 돌아온다.

옳은 말이기는 하지만 이 녀석은 때때로 나를 짜증나게 만드는 행동을 한다.

"벤델린 님이 콩과 호로호로새를 바꿔달라고 하셨다니까."

"어째서? 그거 엄청 남는 장사잖아."

첫 번째로 자신이 사냥한 사냥감을 영주민들과 교환하기 시작한 것이다.

호로호로새는 좀처럼 잡을 수 없기 때문에 매우 귀하고, 멧돼지나 산토끼는 한 마리 통째이므로 가죽까지 붙어 있어서 영주민들에게는 평판이 좋은 것 같았다.

그러므로 이번에는 누가 교환할지를 놓고 영주민들이 차례를 정하고 있는 모양이다.

집을 떠날 주제에 영주민들의 환심을 사는 교활한 꼬마라고 나는 생각했다.

"아버님, 벤델린에게 말해서 그만두게 하겠습니다."

"그러지 않는 편이 좋을 것 같구나."

이제는 되도록 내게 명령을 하고 싶어 하지 않는 아버지는 상당히 소극적으로 반대 의견을 얘기했다.

"벤델린이 공짜로 사냥감을 나눠주고 있다면 문제겠지만 교환이라면 불평하기가 어렵지. 게다가 벤델린이 떠나면 끝날 일이다."

아버지의 말에 따르면 교환 비율에 이상한 점도 없다고 한다.

게다가 밭 사이사이에 심는 콩은 세금 대상도 되지 않는 가축 사료일 뿐이다.

내가 불만을 표하여 중단시키면 당연히 영주민들로부터 불평이 쏟아질 것이다.

"영주민에게는 벤델린이 곧 영지를 떠날 거라고 말해 두었으니, 그들도 언젠가는 거래가 끊어질 거라는 사실을 알고 있어."

게다가 이 거래는 일종의 오락이기도 하다고 한다.

일 년에 고작 세 번 오는 상단에게서밖에 물건을 사지 못하는 영주민들이 비록 물물교환이라 해도 매매를 즐길 수 있는 작은 기회를 차기 당주인 내가 막는 것은 좋지 않다.

그 정도 일은 눈감아 주는 도량도 때로는 필요한 것이라고.

확실히 나중에 벤델린이 영지를 떠나자 소란은 가라앉았다. 아니, 애당초 소란조차 생기지 않았다.

그저 영주민들이 더 이상 호로호로새와 콩을 바꿀 수 없게 되어 아쉬움을 느낀 정도였다.

이밖에 내 아내의 일도 있다.

다른 영지에서 시집온 내 아내는 1년에 한번 친정에 편지를 보낸다.

블라이히부르크의 길드를 통해 보내달라고 수수료를 주며 상단에 의뢰하는 것이다.

1년에 한 번인 것은 이런 벽지에서 보내는 우편이므로 요금이 비싸기 때문이었다.

아무리 차기 당주의 아내라도 만일에 대비해 평소에는 검소한 생활을 해야 한다.

딱하기는 하지만 이 또한 이런 영지로 시집온 숙명이라고 나는 생각한 것이다.

그런데 또 벤델린이 쓸데없는 짓을 한 모양이다.

"아버님. 형수님의 편지 정도는 일 년에 세 번쯤 보내도 괜찮지 않을까요?"

에리히라는 이해자를 잃어버린 벤델린은 지금은 내 아내와 자주 얘기를 나누는 모양이다.

딱히 나도 두 사람이 심상치 않은 관계라고 의심하는 것은 아니다.

벤델린은 아직 어린아이니까.

다른 영지 출신으로 나보다 교육 수준이 높은 신부와 뭐가 그리 즐거울까?

그런 대화를 나누다 아내가 편지를 1년에 한 번밖에 보내지 못한다는 사실을 알고 아버지에게 의견을 낸 것 같다.

비용 문제가 있기 때문에 나도 어쩔 수 없이 한 번으로 한 것인데.

더군다나 그 얘기를 내가 아니라 아버지에게 한다는 점이 교활하다.

게다가 아버지는 벤델린의 의견을 받아들인 것이다.

"이런 벽지까지 시집와 변변한 오락도 없으니, 편지 정도는 정기적으로 보내게 해도 괜찮겠지."

실권은 서서히 내게 넘어오고 있었지만 아버지가 그렇게 말하자 거절할 명분이 없다.

아내도 조심스럽긴 하지만 기뻐하고 있기 때문에 찬성하지 않을 수 없었다.

그 조심스러운 기쁨도 그나마 나를 신경 쓴 것이리라.

가장 중요한 것은 비용이었지만 그것도 어째선지 아버지가 내게 되었다.

　아버지는 평소에 전혀 돈을 쓰지 않지만, 영주이므로 자유롭게 쓸 수 있는 돈을 늘 얼마쯤 갖고 있다.

　처음에는 거기서 낸 줄 알았지만 나중에 벤델린이 내고 있다는 사실을 알고 더 화가 났다.

　상단이 돈으로 바꿔주는, 소재를 얻을 수 있는 사냥감을 슬그머니 아버지에게 건넸다고 한다.

　"저는 블라이히부르크의 모험자 예비학교에 가겠습니다."

　세월이 흘러 마침내 벤델린이 집을 떠나게 되었다.

　원래는 성인이 된 후에 떠날 예정이었는데 녀석은 운도 좋게 열두 살에 들어갈 수 있는 블라이히부르크의 학교에 입학한다고 한다.

　마침내 가장 큰 눈엣가시가 사라져 나는 속으로 크게 기뻐했다.

　아마 아버지는 그런 내 속마음을 알고 계셨으리라.

　장래의 분쟁을 막았다고 안도하면서 벤델린을 떠나보냈다.

　그리고 이것으로 마침내 내가 차기 당주로서의 지위를 확립할 수 있는 것이다.

　클라우스가 무슨 짓을 꾸미든, 영주로 옹립할 사람이 없다면 의미가 없기 때문이다.

　하지만 몇 달쯤 지나서 녀석은 다시 내 마음을 휘젓게 된다.

그 우등생 에리히가 왕도에서 인정을 받아 어떤 기사작 가문에 데릴사위로 들어간다고 본인에게 편지가 왔다.

여기서 보통은 사위로 들어가는 집에 축의금을 보낼 필요가 있었다.

가문을 넘겨받는 것이므로 상당한 액수를 보내야 하는 것이다.

"아버님, 완전히 부족합니다."

이곳이 왕도와 가깝다면 어떻게든 될 것이다.

축의금은 모두 현금이나 보석일 필요는 없다.

영내의 특산품인 밀이나 사냥에서 잡은 사냥감의 가죽 등도 상관없는 것이다.

그런데 왕도와의 거리를 생각하면 그것은 불가능하다.

그렇게 부피가 큰 물건을 보내면 운임이 비싸져서 현금이나 보석을 들고 가는 편이 나을 지경이다.

"할 수 없군. 블라이히뢰더 변경백작님에게 빌려서……."

"예? 제정신이십니까? 아버님."

애당초 우리 영지가 빈곤에 빠진 원인을 만든 것이 그 블라이히뢰더 변경백작이다.

그런데 또 돈을 빌려 이자까지 착취당한다?

아무리 상대가 거물 귀족이라도 어째서 그런 횡포를 참아야 하는 걸까.

"하지만 말이다. 그것이 귀족의……."

"상식인가요? 친척의 원조금을 돌려주지 않고 무시한 우리가 귀족의 상식?"

빈곤의 정도가 극에 달하면 오히려 웃음이 나는 모양이다.

애당초 귀족의 상식이 없는 우리가, 이제와 귀족의 상식을 찾는 게 무슨 의미가 있을까?

왕도의 귀족 중에서 우리를 알고 있는 자들이 몇 명이나 될까?

악평이란 건 상대가 어느 정도 유명하니까 주위에 퍼지는 것이다.

우리가 축의금을 내지 않는다고 과연 누가 곤란해질까.

"블라이히뢰더 변경백작이 난처해지겠지."

"그럼 더 잘 됐군요."

불만이 있다면 귀족답게 공격해 오면 그만이다.

군대를 거느리고 산을 넘어와 우리를 공격해도, 블라이히뢰더 변경백작은 짐을 떠안아 오히려 손해만 볼 뿐이므로 절대로 공격해 오지 못한다.

이건은 내 확신이기도 했다.

"게다가 에리히의 축의금도 잠자코 내겠죠."

종자의 수치는 주군의 수치이기도 하다.

최대한 그 젊은 지성파 변경백작님에게 내게 만들면 되는 것이다.

"쿠르트……."

"아버님, 분명히 말씀드리죠. 우리는 왕국에서도 최하위라 말하기도 아까운 귀족입니다. 더 이상 떨어질 평판도 없고 기어오르려면 남들과 다르게 행동해야 합니다."

그러기 위해서는 돈이 필요하다.

무슨 소리를 듣든 돈을 모아두고 쓸데없는 지출은 하지 않는다.

돈만 있으면 왕도의 빌어먹을 귀족조차 추종자들이 들끓고 칭송을 받는 세상이다.

그것이 이 세상의 진리이기 때문이다.

"그럼 파울과 헬무트에게 편지를……."

가엾게도, 그 두 사람이 그 큰돈을 낼 수 있을 리가 없다.

아버지, 당신도 이제 늙었군요.

앞으로는 내 뜻대로 하겠습니다.

그 후 에리히나 블라이히뢰더 변경백작이 어떻게 할지 구경거리이긴 했지만 아쉽게도 이곳은 벽지라서 정보가 늦다.

게다가 쓸데없는 지출은 피하고 싶으니 그 정도로 만족하기로 하자.

그렇게 생각한 내게 또 다시 엄청난 정보가 날아 들어온다.

그 벤델린이 에리히의 결혼식에 참석하기 위해 왕도로 가는 도중에 이유 없이 나타난 언데드 고대용을 퇴치했다는 것이다.

게다가 그 공적으로 엄청나게 명예로운 훈장을 받으며 준남작에 임명됐다고 한다.

이것도 상단이 전해준 정보지만, 영주민들은 크게 기뻐했다. 하지만 그 기쁨은 의미가 없다.

왜냐하면 벤델린은 귀족으로서 새로운 일가를 만들어 버렸기 때문이다.

당연히 이제 우리 상속에 관여할 수 있는 입장이 아니다.

에리히 역시 블랜트가라는 법의 기사작가를 이을 것이므로 우리의 상속에 관여할 수 없다.

이제는 전혀 상관없는 귀족의 이야기에 영주민들은 크게 기뻐하고 있는 것이다.

너희에게는 단 한 푼도 이익이 없다는 걸 가르쳐 주고 싶다.

그보다도 눈에 거슬리는 것은 우리 영주민들을 이토록 선동하는 벤델린이다.

이 녀석은 정말로 골칫덩이다.

사사건건 나를 성가시게 만든다.

중앙의 욕심 많은 귀족들에게 실컷 이용당하다 죽어버리면 되는 것이다.

그래, 죽어버리면 되는 것이다.

과연, 이것이 내 본심인지 속이 후련한 기분이다.

"쿠르트. 우리는 우리, 벤델린은 벤델린이다."

아버지가 그렇게 말하지만, 당신은 이제 입 다물고 손주나 돌보면 되는 것이다.

이미 당신의 시대는 끝났으니까.

하지만 그로부터 2년 반 후.

그 얄미운 벤델린의 쾌진격은 계속된다.

왕궁 수석 마도사와 함께 팔케니아 초원에 있는 마물 영역에서 그레이드그랜드라는 노(老)속성 용을 물리치고 그 영역을 해방.

엄청나게 명예로운 두 번째 훈장을 받고 지위는 남작으로 올랐으며 교회 유력자의 손녀딸과 약혼했다.

그밖에도 공작과 결투를 벌이고 악령들로 가득한 저택을 몇 채나 정화하고 함께 용을 물리친 왕궁 수석 마도사의 제자가 되는 등 화제가 끊이지 않는다.

틀림없이 주군이 된 블라이히뢰더 변경백작도 얽혀 있으리라.

상단이 올 때마다 녀석들은 그런 얘기들이 흥미롭게 적혀 있는 블라이히부르크에서 발행된 호외를 가져오는 것이다.

오락에 굶주린 영주민들은 몽땅 거기에 달려들었고 그로 인해 벤델린의 활약도 알게 된다.

그 중에는 무예 대회 1회전에서 떨어졌다는 기사도 있었지만 그것으로 벤델린의 평판이 떨어질 리도 없다.

뭐든지 잘하는 완전무결한 인간보다도 어딘가 모자란 부분이 있으면 사람은 오히려 더 공감을 느끼기 마련이다.

그밖에도 벤델린의 약혼자인 엘리제인가 하는 계집애나 측실이 될 예정인 블라이히뢰더 변경백작의 배신의 딸들의 초상화 등등.

영주민들은 블라이히뢰더 변경백작의 의도대로 벤델린의 정보를 게걸스럽게 읽었고 그 장래에 기대를 품게 되는 것이다.

이토록 얄미운 짓을 하는 걸 보면 그자는 분명 내 축출을 노리고 있는 것이리라.

스스로 축출하는 것은 수고스럽고 꺼림칙하지만 다수의 영주민이 아버지에게 직소할 가능성도 있다.

그 수가 너무 많다면 과연 아버지는 장자 계승을 고집할까?

아버지 또한 작다고는 해도 영주이자 한 집안의 당주이다.

비정한 결단을 내릴 가능성도 있으며 그 때 잘려나가는 것은 십 중팔구 나일 것이다.

"아니, 아무리 주군이라도 그리 쉽게 다른 가문의 계승 순위에 간섭하지는 않는다.

아버지는 블라이히뢰더 변경백작이 내 축출을 노린다고는 생각하지 않았다.

그게 아니라도 달리 더 원만히 끝낼 효과적인 방법이 있다고.

"손도 대지 않은 그 광대한 미개척지가 있으니까."

조상님이 욕심을 부려 왕국에 신청했고 왕도의 관리가 귀찮아서 우리 영지로 삼아도 문제없다며 방치해둔 그 토지가 벤델린에게 분할될 가능성이 있다고 한다.

"신청한지 백년이 넘도록 전혀 개발하지 않았으니까 거둬들여도 불평할 명분이 없겠지."

다행히 벤델린에게는 돈이 있으며 주군인 블라이히뢰더 변경백작도 원조를 할 것이다.

중앙의 욕심 많은 귀족들이나 교회도 기꺼이 도움을 주리라.

우리처럼 손을 댈 여력이 없지는 않은 것이다.

"만일 그렇게 되어도 우리는 현상 유지다. 어쩔 수 없어."

아버지는 그렇게 말하지만 그 미개척지는 내 것이다.

개발을 하지 않은 태만 따위, 백년 이상이나 방치해 두었으니 새삼스러울 것도 없으리라.

그딴 건 우리로부터 미개척지를 거둬들일 구실로밖에 들리지 않는다.

"나는 무리라도 자식이나 손자들이나 증손자들이!"

시간이 걸려도 개발이 진행되어 바우마이스터가 대귀족 가문이 될 수 있다는 희망이 있는 것이다. 그것을 빼앗으려는 왕국과 가진 재주라곤 마법밖에 없는 벤델린.

게다가 녀석은 그 공적을 이용해 에리히뿐만 아니라 파울과 헬무트까지 거느리고 있다고 한다.

"그 녀석들 넷이서 내 자리와 미래에 대한 희망을 빼앗을 작정인가!"

그 분노는 날이 갈수록 더 커져만 간다.

하지만 내 아내처럼 벤델린을 좋은 시동생이라고 생각하는 자도 많다.

자식들도 아내의 얘기를 듣고 '용을 물리친 영웅을 만나고 싶다'고 천진난만하게 얘기한다고 한다.

하지만 그 벤델린이 너희들의 장래를 빼앗을지도 모른단다.

나의 우울함은 벤델린이 성인이 된 뒤에도 계속된다. 아니, 점점 더 심해져 간 것이다.

그리고 그럴 때 예상 밖의 손님이 찾아온다.

상단 말고는 사람이 온 적 없는 산맥을 넘어 한 모험자가 편지를 들고 나타난 것이다.

그 모험자는 왕도에서 회계감사장을 지내고 있는 루크너 남작의 사자라고 자신을 소개했다.

"이 편지를 전하라고 하셨습니다. 이것 참, 소문으로 듣기는 했습니다만."

"그래. 이곳은 소문대로 아주 먼 시골이지."

편지의 봉인을 뜯으니 거기에는 '성인이 되어 모험자가 된 벤델린이 공략이 곤란한 지하 유적에서 벌써 일주일째 나오지 않는다. 전에 파견한 두 조의 합동 파티도 전멸했기 때문에 죽었을 가능성이 있다'는 내용이 적혀 있었다.

"죽었다? 벤델린이 말인가?"

"가능성은 높습니다. 그래서……."

편지에는 계속해서 이렇게 적혀 있었다.

죽은 바우마이스터 남작의 작위와 유산을 과연 누가 상속할까?

"귀하에게는 이 기사작령이 있죠. 그러므로 귀하의 자제분 중 한 분이 될 가능성도."

"그게 사실인가?"

"예. 바우마이스터 남작은 아직 미혼입니다. 약혼자는 있지만 결혼도 하지 않았고 아이도 없죠. 다른 형제들도 후보가 될 수 있겠지만, 그들은 작위가 있거나 물려받을 예정이니까요."

에리히는 물론이고 파울이나 헬무트는 벤델린에게 아양을 떨어 작위를 받은 쓰레기다.

그밖에 그들 세 명의 자식도 후보로 거론되지만 계승 순위로 따지면 내 자식이 순위가 높다.

만약 작위와 유산을 물려받는다면 미개척지의 개발에 착수할 수 있다.

내가 장차 남작, 자작은 물론 백작이나 변경백작이 되는 것도 꿈이 아닌 것이다.

(내게도 운이 찾아왔구나. 자아…….)

지금까지의 나였다면 당장이라도 아버지에게 의논을 했으리라.

하지만 지금의 나는 다르다.

게다가 아마 그 아버지라면 왕도와 이곳의 시차가 어떻고 정보원을 믿을 수 없다며 자제하라고 할 것이 뻔했다.

(그 정도는 나도 알고 있어…….)

벤델린이 실제로 죽었을 확률은 반의반이나 그보다 아래일 것이다.

그보다 중요한 것은 왕도에서 지금 한창 잘나가는 벤델린에게 명백히 적이 존재한다는 사실이다.

그것도 왕도에서 회계감사장이라는 정식 직책을 갖고 있는 남작이 최소 한 명.

그밖에 더 존재할지도 모른다.

벤델린의 유산, 미개척지의 이권.

최소한 루크너 남작만이라도 덤벼들게 만들어야 한다…….

"그 벤델린이 설마! 서둘러 진위를 확인해야겠군!"

"옳습니다. 하지만 쿠르트 님도 영내를 통치하시느라 바쁘시겠죠. 그러니 제 주인님께 맡기시는 게 어떨지."

"오오! 남작님이 도움을 주신다면 영광이군."

그렇게까지 말한다면 맡겨 주지.

잘 차려입고 그저 말뿐이며, 평소에는 지방 영주 따위 촌뜨기라고 무시하는 중앙의 법의귀족이 뭘 할 수 있을까?

그와 동시에 어떤 생각이 뇌리를 스친다.

(벤델린이 죽고 그 유산으로 미개척지 개발에 착수할 수 있다면…….)

차기 당주로서의 내 권력은 더 늘어난다.

(문제는 이 자의 주인이 어떤 생각을 품고 있느냐인데…….)

"앞으로도 정기적으로 왕도와 바우마이스터 남작의 정보를 전해드릴 것이니……."

정기적이라고 하지만 먼 거리 때문에 정보가 한 달 이상 늦어져 버린다.

그 점이 이 변경 영지의 슬픈 현실이기도 했지만, 딱히 새삼스러운 일도 아니며 지금까지 줄곧 참아온 것이다.

(루크너 남작이 벤델린을 암살이라도 해주면 좋겠지만. 그런 깨소금 같은 일은 안 생긴다 해도 어떻게든 벤델린에게 돈을 뜯어낼 방법이 없을까.)

가능성은 둘째 치더라도 그런 생각을 하고 있으니 스트레스만 쌓이는 평소의 영내 통치보다 압도적으로 가슴이 요동치는 것을 느꼈다.

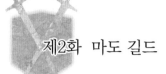

제2화 마도 길드

"마도 길드에서 초대장이요?"

그 지옥 같던 지하 미궁을 간신히 공략하고 가까스로 포상 등의 문제가 정리됐을 무렵, 나는 어째선지 블랜타크 씨를 통해 마도 길드 본부에서 보낸 초대장을 받았다.

"왕도 블라이히뢰더 변경백작 저택에 내 앞으로 와있더군."

"블랜타크 씨는 마도 길드의 회원이군요."

"딱히 좋아서 가입한 건 아니야."

블랜타크 씨는 내게 건넬 편지를 부채처럼 팔랑팔랑 부치면서 대답한다.

마도 길드란 문자 그대로 마법을 쓸 수 있는 마법사가 소속되는 길드이다.

회원 수는 2천 명정도.

전체 마법사의 숫자로 보자면 적은 것 같지만, 지방의 농민 중에 그저 불씨를 피우는 정도의 사람은 회원이 되지 않기 때문이다.

또 하나, 마도구를 만들 수 있는 사람은 마도구 길드에 소속되어 있기 때문에 그만큼 인원수가 적어졌다.

"어? 두 곳에 함께 소속될 수는 없나요?"

예컨대 나는 어렸을 때 상업 길드 회원증을 발행받았지만 지금은 모험자 길드 회원증도 갖고 있다.

그밖에도 여러 곳의 길드에 참여하고 있는 사람은 적지 않으며, 길드 측도 회원 수가 많은 편이 여러모로 유리하기 때문에 아무 말도 하지 않는 게 보통이었다.

그런데 마도 길드와 마도구 길드만은 중복해서 소속될 수 없다고 한다.

이상한 일은 아니었다.

"불가능한 것은 아니지만……."

옛날에는 그렇게까지 사이가 나쁘지 않았다고 하지만, 지금은 어떤 이유로 양쪽의 사이가 험악해진 모양이다.

"예산 분배 때문이지……."

"돈 문제는 어디서나 심각하군요."

"그렇지."

헬무트 왕국이 생기고 나서 얼마 후 여유가 생긴 왕국 정부는 고대 마법문명 시대의 뛰어난 마법 기술을 부활시키기 위해, 마법 기술의 연구에 예산을 배정하게 된다.

그런데 마법사는 숫자가 부족하기 때문에 아무리 공공기관이라도 그리 쉽게 사람을 모을 수가 없었다.

그래서 마도구 길드와 마도 길드 양쪽에 예산을 건네고 마법 기술 연구를 의뢰하게 된 것이다.

이 순간부터 두 길드는 세간에 준 공공기관으로서 인식되게 된다.

"누가 더 성과를 올렸느니 하며 예산 분배 문제로 티격태격하다가 결국 이 지경까지 온 거지."

미묘하게 한심한 이야기였지만 드문 일도 아니다.

어느 세상에나 존재하는 인간의 습성이리라.

"마도 길드는 마도구 길드에 대항하기 위해 회원 수 증가를 꾀한 셈이지."

다른 한쪽인 마도구 길드는 마도구를 만들지 못하는 사람에게는 볼일이 없는 조직이다.

그것도 최소한 범용 마도구를 만들지 못하면 회원이 될 수 없는 것이다.

따라서 회원 수는 적지만 마도구는 세간에서 인기가 많은 물건이므로 길드의 존재는 흔들림이 없다. 따라서 마도 길드로서는 고명한 마법사를 무리하게 회원으로 받아들여서라도 마도구 길드에 경쟁할 필요가 있다고 한다.

"진심으로 아무런 관심도 없네요."

"나도 전적으로 동감한다."

마법이란 기본적으로 개인이 습득해 가는 것이다.

스승이 있는 사람도 많지만 딱히 마도 길드가 없어도 살아갈 수 있기 때문에, 가만히 있으면 아무도 회원 등록을 하러 오지 않는 모양이다.

그러는 나도 마도 길드의 존재는 기억의 한 구석에도 존재하지 않았을 정도다.

"스승님은 회원이었나요?"

"멋대로 등록을 당했다고 했지. 나도 마찬가지지만."

"용케 그런 조직이 준 공공기관 취급을 받는군요."

"공용 마법진(魔法陣) 연구를 위탁받아 하고 있기 때문이지. 소수지만 뛰어난 마법사도 있어."

공용 마법진이란 마법사 개인의 사고와 상상력에 의지하는 마법을 마력만 있으면 누구나 쓸 수 있도록 하기 위한 것이다.

얼마 전에 겪은 강제 이전 마법진과 비슷한 것이라고 하면 이해가 빠를 것이다.

그 같은 마법진을 다른 마법에서도 만들어 내어, 최종적으로는 마력만 담으면 여러 가지 마법을 발동하는 마법진집을 만들어내는 게 목적이라고 한다.

"과연. 마법진 책을 넘겨, 쓰고 싶은 마법 페이지를 찾아 거기에 마력을 담으면 발동한다."

"그런 느낌이지. 적은 마력을 마정석으로 보전하는 셈이라고 할까."

즉응성은 떨어지지만 여러 사람이 동시에 같은 마법을 쓸 수 있다.

군대 등에서는 유용하게 쓰일지도 모르겠다.

"다만 고대 마법문명 시대의 마법진은 말이지……."

이전이나 강제이전이 대부분이고 몇 안 되는 공격 마법은 마법진이 발동했을 때 불태워지거나 해서 새겨진 문자나 무늬의 상당 부분이 사라져 효과가 사라진 것 정도밖에 회수되지 않았다고 한다.

"마법진에 쓰는 문자나 기호에 의미를 알 수 없는 모양이나 그림을 닮은 것 등, 패턴이 너무 복잡해서 그다지 성과가 나오지 않는다는군."

다른 한쪽인 마도구 길드는 비록 빠르지는 않지만 성과를 내고 있다.

세간에 나름대로 여러 종류의 마도구가 보급되고 있기 때문에 이것은 누구나 알 수 있는 성과였다.

과연, 마도 길드가 초조할 만도 하다.

"그래서 얼마 전 지하 미궁 공략 때 새로운 마법진을 획득하고 그것을 매각해준 꼬마에 대한 감사의 마음과 함께."

"회원으로 받아들여 주겠다 그건가요?"

"정답이다."

그런 이유로 블랜타크 씨와 나는 왕도의 중심지에 있는 마도 길드의 본부를 방문했다.

본부 건물은 사전 설명을 듣고 상상한 것에 비하면 훌륭하다.

그리고 그 맞은편에도 마찬가지로 호화로운 건물이 서있다.

"저건 마도구 길드의 본부다."

"서로 싫어한다면서 왜 서로 마주보고……."

"먼저 이사를 가면 세간에 도망친다는 인상을 주기 때문이라는군."

"하아……."

너무나 한심스러운 이유에 어이없어하며 우리는 1층의 안내창구에서 방문 목적을 알린 후 회장이 기다리는 방으로 이동한다.

역시 마도 길드는 수장에게 총수니 하는 요란한 직함은 달지 않은 것 같다.

"처음 뵙겠습니다. 베른트 칼하인츠 바라하입니다."

마도 길드의 회장은 어디서나 흔히 볼 법한 평범한 백발노인이었다.

마법사이므로 로브를 걸치고 있기는 했지만 그리 대단한 마법사로 보이지는 않는다.

잘 해야 초급과 중급 사이 정도의 마력을 가졌을까?

일단 이쪽도 자기소개를 해둔다.

"오늘은 용케 발걸음을 해주셨군요. 그럼 먼저……."

내가 이곳에 와서 처음으로 한 일은 마도 길드에 대한 회원 등록이었다.

회장이 벨을 울리자 곧바로 스무 살도 안 되어 보이는 젊은 여성 직원이 들어와 내게 회원증을 건넨다.

"저기, 뭔가 적지 않아도 될까요?"

"예. 바우마이스터 남작님은 신원이 확실하니까요."

"그렇군요."

그저 젊은 여성 직원에게 회원증을 건네받는 것으로 모든 수속이 끝났다.

아무래도 절실히 가입하길 바라는 경우는 필요 사항의 기입조차 저쪽에서 알아서 하는 모양이다.

게다가 건네받은 회원증을 잘 보니 거기에는 명예 임원이라는 표기도 보인다.

'명예'라는 타이틀이 붙기는 있지만 느닷없이 임원이 되어버린 것이다.

"저기 명예 임원이라는 것은?"

"예. 바우마이스터 남작님은 뛰어난 마법사이시니까요."

한 마디로 마도 길드의 홍보를 위해 이름을 빌려달라는 뜻인 모양이다.

하지만 그 명예 임원의 일 때문에 시간을 빼앗기기는 싫기 때문에 이것은 거절하려고 한다.

그런데 상대도 보통내기가 아닌지라 곧바로 이쪽의 의도를 예상하고 반론을 한다.

"명예 임원은 정말로 이름뿐입니다. 옆에 계신 블랜타크님을 보시면 아실 텐데요."

"나도 명예 임원이지만 일은 아무것도 안 해."

그 대신 보수도 없는 모양이지만.

게다가 다른 길드처럼 회원 비용도 일절 없다고 한다.

별로 볼일이 없는 길드이므로 연회비를 받으면 탈퇴하는 회원이 늘어나는 모양이다.

하지만 얘기를 들으면 들을수록 뭐 때문에 있는지를 알 수 없는 조직처럼 느껴진다.

"연구 부문에서는 현재 열심히 마법진 연구가 진행되고 있습니다. 네."

우리가 발견한 그 새로운 양식의 강제이전 마법진의 해석도 그곳에서 하고 있는 모양이다.

연구를 위해 왕국에서 나오는 보조금과 극히 일부 기특한 사람의 기부로 마도 길드는 운영된다고 한다.

"곧바로 안내해드리죠."

딱히 보고 싶은 생각은 없지만 상대가 그렇게 말하니 따라간다.

좀 전의 그 젊은 여성 직원의 안내로 연구 부문이 있는 지하층으로 이동을 시작한다.

"블랜타크 씨, 그 회장 말인데요……."

이렇게 말해서 미안하지만 아무리 봐도 대단한 마법사처럼 보이지는 않았다.

그러므로 그 이유를 블랜타크 씨에게 물어본 것이다.

"그야 뛰어난 마법사라면 현장에 나가거나 지금 가고 있는 연구 부문으로 가고 싶어 하니까."

결국 마법사로서는 조금 미묘하지만 사무 능력이 있는 사람이 조직 운영을 한다는 말이다.

그러므로 회장이라고 해서 꼭 뛰어난 마법사는 아닌 모양이다.

"그리고 귀족의 자제의 취업지이든."

세금이 투입되고 있는 조직이므로 간신히 마력은 있지만 현장에서 활약하기는 힘든, 그런 귀족의 자제도 조직 운영 쪽에 들어간다고 한다.

"교육은 받고 있으니까 사무 정도는 큰 문제없겠지. 나머지는……."

블랜타크 씨는 안내를 위해 우리 앞을 걸어가고 있는 젊은 여성 직원을 턱으로 가리킨다.

왕도에 살며 간신히 마법사 대접을 받는 여성이 결혼할 때까지 임시로 일을 하거나, 사람에 따라서는 결혼 뒤에도 직원으로 남는 경우도 많다고 한다.

"사무나 관리 부문은 기본적으로 관공서 일이니까 마법은 별로 관계가 없지."

"마법 길드는 결국……."

뛰어난 사람은 현장이나 연구 부문, 그렇지 않은 사람은 길드 조직을 운영하는 부문으로.

확실히 합리적이긴 하다.

"이쪽입니다."

누님의 안내를 받아 지하에 있는 연구실로 들어가자 거기에는 몇 명의 남녀 마법사가 새로운 마법진 시험 제작이나 해석 등으로 바쁘게 일하고 있었다.

마력도 한눈에 보아 중급도 여러 명 존재하는 것 같다.

"이곳이 마도 길드의 심장부야."

이렇게 말해서 미안하지만 지금 이 위쪽 층이 날아가 회장 이하 직원들이 전멸해도 마도 길드의 운영에는 아무런 지장도 없다.

그들 연구 부문이야말로 이 마도 길드의 핵심이라고 블랜타크 씨는 작은 목소리로 내게 설명한다.

"오오! 새로운 마법진을 매각해주신 바우마이스터 남작님이 군요!"

우리가 온 것을 발견한 초로의 한 남성이 말을 걸어온다.

백발이 섞인 푸석푸석한 머리를 아무렇게나 올백으로 넘긴, 그 야말로 연구자 같은 풍모를 가진 사람은 연구 부문의 최고 책임 자 루카스 게츠 베켄바우어라고 자신을 소개했다.

"블랜타크. 알프레드의 제자는 정말 멋진 마법의 소유자로군."

"그렇지."

아무래도 이 두 사람은 아는 사이인 모양인지 서로 허물없이 대화를 나누고 있었다.

"좋아, 이만한 마력이 있다면. 바우마이스터 남작님, 이쪽으로 가시죠."

베켄바우어 씨는 그저 형식적으로 연구 부문을 안내할 생각은 없는 것 같다.

내 손을 잡아끌고 자신이 연구하고 있는 공간으로 억지로 끌고 간다.

"블랜타크 씨?"

"이런 남자야. 한마디로 연구에 미친 인간?"

내가 봤을 때 베켄바우어 씨의 마력은 중급에서도 위쪽이다.

평범하게 모험자 일을 하는 편이 훨씬 돈을 잘 벌 텐데, 마도 길드에서 연구에 시간을 허비하고 있다.

이곳에 있는 사람들은 대부분 그런 느낌인 것 같았지만.

"이것이 얼마 전 바우마이스터 남작님에게 구입한 마법진을 개량한 것입니다."

"블랜타크 씨, 알아보겠어요?"

"아니, 틀린 그림 찾기 하는 것 같군……."

집중해서 쳐다보자 현기증이 날 것 같은 마법진의 문양을 보며 블랜타크 씨와 나는 결코 마법진 연구를 하지 못할 거라고 느낀다.

"그래서 이건 어디로 이동을?"

"아니, 우연한 성과지만 이것은 반대 효과를 내는 마법진의 시제품입니다."

"반대라고요?"

"네, 반대로 어딘가에서 이쪽으로 이동시키는 마법진인 거죠."

베켄바우어 씨의 설명에 따르면 이 마법진은 사람이나 물건을 이 마법진 위로 끌어당기는 효과가 있다고 한다.

"효과는 알겠습니다만 어디에 있는 것을 끌어당기는 건가요?"

"그 부분이 바로 이 마법진이 아직 시제품에 머물고 있는 이유죠."

평범한 마법과 마찬가지로 마법진을 쓰는 마법사의 상상력에 달려 있다고 한다.

"주절주절 설명해도 의미가 없겠지. 시험을 해보도록 할까. 이렇게……."

베켄바우어 씨가 마법진 앞에 서서 10초쯤 눈을 감으면서 집중한다.

그러자 한순간 마법진이 푸르스름하게 빛나더니 다음 순간 뭔가 하얀 천 같은 것이 놓여 있었다.

"뭐야, 이건?"

"팬티……."

마법진 위에는 하얀 여성용 팬티가 놓여 있었다.

게다가 새것이 아니라 방금 전까지 누군가가 입고 있었던 것처럼 보였다.

"저 여성 직원이 입고 있던 팬티를 이동시킨 거야."

베켄바우어 씨 입에서 나온 충격적인 발언에 연구실 안에 있던 사람들의 시선이 전부 우리를 이곳으로 안내해준 여성 직원에게로 쏠린다.

느닷없이 어쩔 수 없는 이유로 주목을 받은 그녀는 얼굴이 새빨개진 채 분노로 몸을 떨고 있었다.

"이처럼 이 마법진은 끌어당기는 대상물의 크기, 무게, 거리에 따라 필요 마력량이 달라지지. 이론적으로는 시간이나 차원을 뛰어넘는 것도 가능하지만 마력 소비량의 차원이 달……."

"느닷없이 이게 뭐 하는 짓이에요!"

그 여성 직원은 진지한 얼굴로 설명하는 베켄바우어 씨의 따귀를 때리더니 낚아채듯이 마법진 위에 있는 팬티를 갖고 사라진다.

그 옆에는 볼에 따귀 자국이 난 베켄바우어 씨가 남겨져 있었다.

"나는 연구 부분의 최고 책임자인데……."

"명백히 자네가 잘못한 일이잖아."

블랜타크 씨의 지적에 우리뿐 아니라 다른 직원들도 동시에 고개를 끄덕였다.

"무척 흥미로운 물건이기는 하군요."

"우연의 산물이라는 점에서 연구자 입장에서 보면 실패작이지만."

강제 이전 마법을 개량하던 중에 우연히 탄생한, 다른 장소에서 물건을 끌어당기는 마법진.

그 위력을 나와 블랜타크 씨는 똑똑히 목격하였다.

실험으로 입고 있던 팬티를 빼앗기고, 그 복수로 베켄바우어 씨의 따귀를 때린 여성 직원을 보내고 나서 나는 그 마법진으로 시선을 되돌린다.

하지만 아무리 봐도 예전의 마법진과의 차이를 알 수가 없다.

아마 내 머리로는 영원히 이해하지 못할 것이다.

"실제로 써보시겠습니까?" "그래도 될까요?"

"솔직히 그리 성공률이 좋지 않으니까 큰 위험은 없습니다."

끌어당길 수 있는 것과 그 위치를 정확하게 상상하지 못하면 단순히 마력만 낭비하고 만다고 한다.

베켄바우어 씨가 눈앞의 여성 직원이 입고 있던 팬티를 표적으로 한 것에도 어느 정도 이유가 있었던 것이다.

"남자 팬티를 가져와 봐야 아무도 즐거워하지 않으니까요."

"납득은 돼지만……."

내게는 '어째서 팬티에 집착할까?' 하는 의문만이 남는다.

"그러고 보니 이론적으로는 차원과 시간도 초월할 수 있다고 하셨죠?"

"이론상으로는 그렇습니다."

차원이란 이 세계와 다른 흡사한 세계, 즉 평행 우주를 말한다.

듣자니 고대 마법문명 시대에 이세계의 산물을 마법으로 끌어당겼다는 전설이 남아 있다고 한다.

그것이 사실인지 지어낸 이야기인지는 알 수 없지만.

이곳에 그 이 세계에서 온 인간이 있기는 하지만 말이다…….

정확히는 전생인지 빙의인지 분명하지 않았지만 확실히 이세계는 존재하고 있다고 나는 단언할 수 있다.

믿어 줄지는 알 수 없지만.

"그럼 당장 해볼까요."

그렇게 해서 나도 시험 삼아 마법진을 써보기로 한다.

다만 이 마법진의 마력 소비량은 물건의 무게에 거리를 곱한 만큼이라고 한다.

원거리에 있는 무거운 물건을 끌어당기면 방대한 마력을 필요로 한다.

게다가 떠올리는 데 실패하면 마력만 헛되이 날리고 만다.

"그렇다면 시간이나 차원이 다르면?"

"소비 마력의 차원이 다르겠죠. 나라면 목적을 달성하지 못하고 마력만 날린 채 기절할 겁니다."

중상급 마력을 가진 베켄바우어 씨도 그 정도라니 이세계에서 물건을 가져오려면 상당한 마력이 필요하리라.

무엇보다 그 대상물의 이미지를 떠올리지 못하면 마력만 낭비하고 마는 것이다.

우선은 안전책으로 가까운 것을 떠올리기로 한다.

"뭘 하려고?"

"바우마이스터 남작님, 확실하게 이미지를 굳힌 다음에 하지 않으면……."

구체적으로 무엇을 할지를 잘 생각하지 않고 마법진 앞에 서서 집중해버린 것이 좋지 않았던 걸까?

마법진이 푸르스름하게 발광한 후, 그 위에는 아까와 비슷한 물체가 놓여 있었다.

자세히 보니 역시 여성용 팬티였다.

이 세계에서도 지구와 마찬가지로 속옷이 보급되어 있다.

내 본가와 같은 시골에서는 직접 만든 펑퍼짐한 팬티를 입겠지만 왕도나 다른 도시에는 전문 의상실에서 만든 세련된 디자인의 속옷도 존재하는 것이다.

이것도 왕후 귀족용까지는 아니지만 그 나름대로 비싸 보이는 속옷이다.

"색깔은 노란색이고 여성용인가."

"뒤에 토끼 무늬 자수가 있군.

이 속옷의 주인은 무척 귀여운 것을 좋아하는 모양이다.

"누구 거냐? 꼬마야."

"글쎄요. 실은 저택 안의 물건을 적당히 떠올린 것뿐이라서."

우리 집 안에 있는 물건을 뭔가, 하고 이미지를 떠올렸기 때문에 이건은 누구의 옷장 안에서 전송되어 왔을 가능성이 높았다.

"그 정도의 이미지로 성공하다니. 역시 바우마이스터 남작님. 그리고 이 팬티는……."

베켄바우어 씨는 그 팬티를 손으로 집어 들고 그 온기를 확인했다.

본인은 연구자로서의 시선으로 전송되어 온 물건을 확인한 것이겠지만, 옆에서 보면 단순히 속옷에 집착하는 변태 아저씨로밖에 안 보였다.

"흐음, 방금 전의 내 이미지도 겹쳤겠지. 이 팬티는 누가 입고 있던 것이 틀림없어."

"네? 그래요?"

그렇다면 엄청난 일을 저지르고 말았다.

나는 저택에 있는 것을 상상했을 뿐인데…….

하는 생각을 하고 있으려니 갑자기 연구실 문이 벌컥 열리며 안으로 한 여성이 난입해 온다.

그 여성은 오늘 집에서 쉬고 있을 이나였다.

"벨! 내 팬티!"

"용케 알아냈군."

"느닷없이 입고 있는 팬티가 사라지다니, 마법 밖에 없잖아."

게다가 오늘 내가 마도 길드를 방문할 예정이라는 것도 알고 있었다.

팬티를 되찾기 위해 서둘러 마도 길드로 가니 친절한 여성 직원이 이 지하 연구실까지 안내해주었다고 한다.

틀림없이 아까 베켄바우어 씨에게 팬티를 빼앗긴 여직원이리라.

"오오! 처음부터 상급 귀족 저택에 사는 여성의 팬티를 소환한 건가. 훌륭한 재능이군. 하지만 생긴 것은 차도녀 타입인데 팬티는 귀여운 걸 좋아하나. 이거 어느 정도 갭이 있군요…….."

"그딴 소리 말고 팬티나 내놔!"

여전히 팬티를 꼭 쥐고 있었기 때문에 베켄바우어 씨는 이나에게 강렬한 따귀를 맞고 만다.

그보다 이 사람은 왜 이렇게 쓸데없는 말이 많은 걸까?

한마디로 '입이 재앙'인 셈이다.

"있잖아, 이나."

"왜?"

"다음에 속옷 살 때 같이 가줄게."

"……뭐, 좋아."

"꼬마야, 너한테 콩깍지가 씌어 있어서 천만다행이구나."

이나의 강렬한 제재를 피할 수 있어서 나는 진심으로 안도했다.

"벨, 이번에는 팬티 말고 다른 걸로 해."

"그런 제어는 아직 익숙하질 않아. 이제 겨우 두 번째라서 말이야."

"익숙하지 않아도 팬티밖에 소환하지 못한다는 건 너무 한심하잖아."

"새삼 들으니까 확실히 한심하네……."

마침내 팬티를 돌려받은 이나도 낀 가운데 나는 다음 소환 실험을 개시한다.

그보다 어느새 실험이 되어버렸는지는 모르겠지만 소환이라고 하기에는 그 성과가 미묘하다고 할 수 있었다. 기껏해야 끌어당기는 수준이라고 할까.

"어쨌든 팬티는 안 돼."

"알았어……."

이나의 강한 질책을 들으며 나는 다시 우리 집에서 뭔가를 끌어당기는 이미지를 머리에 떠올린다.

그러자 세 번째로 마법진이 푸르스름하게 빛나며 이번에는 검은 뭔가가 그 위에 놓여 있다.

"어디 보자······."

그 검은 물체는 우리가 흔히 브래지어라고 부르는 물건이었다.

"검은색 브래지어······!"

"벨······."

"아니, 팬티는 아니니까······."

"그렇다고 브래지어는 아니잖아!"

확실히 이나의 말 대로이긴 하지만 어쩐지 사고가 수렁 속에 빠져버린 듯하다.

연속으로 속옷을 소환하다니, 이는 내 성품이 의심받을 일이다.

처음부터 그런 사람은 없다고 한다면 딱히 할 말은 없지만.

"누구 거야?"

"흐음, 사이즈는 작군."

또 다시 베켄바우어 씨가 검은 브래지어를 집어 똑바로 관찰을 시작한다.

거듭해서 말하지만 이것은 연구자로서 진지하게 소환물을 관찰하고 있을 뿐이다.

겉모습은 단순한 변태 아저씨였지만.

그리고 몇 분 쯤 뒤.

"베에에엘!"

이번에는 루이제가 연구실로 난입해 온다.

역시 어떤 여성 직원이 친절하게 안내해주었다고 한다.

"어? 루이제 거야?"

설마 저 루이제가 검은 속옷을 입고 있을 줄이야.

하고 싶은 말도 조금은 있지만 그걸 입에 담았다간 엄청난 사태가 벌어질 것 같으므로 말하지 않기로 한다.

하지만 또 다시 베켄바우어 씨는 분위기를 파악하지 못했지만.

"그런 앳된 용모로 검은 속옷은 아직 이르겠지. 게다가 브래지어가 필요한 가슴으로 보이지도 않는데……."

"흥!"

"꾸웨엑!"

베켄바우어 씨는 루이제에게 왕복 따귀를 맞고 붉은 뺨 자국을 더욱 짙게 만든다.

그 정도로 끝난 것은 그나마 루이제가 힘 조절을 했기 때문이다.

"있잖아, 다음에 속옷 살 때 같이 가줄게."

"흐음, 뭐, 좋아."

"꼬마야, 너한테 콩깍지가 씌어 있어서 천만다행이구나."

이번에도 루이제의 제재를 모면하여 나는 진심으로 안도했다.

"어째서 속옷뿐인데? 혹시 취미야?"

"낸들 알아. 이미지를 조절하기가 쉽지가 않아."

"벨도 앞으로 조심하지 않으면 저 영감님처럼 변태 취급당할걸."

나는 루이제와 이나에게 귀가 아프도록 잔소리를 들었다.

"마도 길드의 연구 부문의 최고 책임자를 변태 영감이라고 하다니……."

"상황만 놓고 보면 부정하기 어렵군."

이번에는 루이제도 끼어 역시 실험을 속행하는 것 같다.

양 볼에 이중의 따귀 자국을 만든 베켄바우어 씨는 내게 다음 것을 소환하도록 주문한다.

"집 말고 다른 곳으로 하면 되지 않아?"

"하지만 그랬다간 피해를 주게 되겠지."

"집 안에서도 나는 팬티를 뺏겼지만."

"나는 브라."

이나와 루이제가 비난이 담긴 시선을 보냈기 때문에 나는 이런 재미없는 실험을 빨리 끝내기로 결심한다.

그렇다면 되도록 원거리의 물건이 좋겠군.

굳이 무리하게 성공할 필요는 없다.

원거리에서 소환하려 했다가 마력만 소비하고 끝나버린 상황이 되는 게 지금으로서는 가장 좋은 결과인 것이다.

참고로 지구에서의 소환은 현 시점에서는 위험하니 그만두기로 한다.

나는 언제나 안전한 방법을 모색한다. 그 때문에 상황에 휩쓸리는 경우도 많은 남자니까.

"어디 보자……. 목표는 어쿼트 신성제국령에서."

"그래. 외국이니까 불평도 못 하겠네."

이나가 감탄한 듯 말하지만 역시 사람이 살고 있을 만한 곳에서 소환하기는 힘들 것이다.

그래서 얼마 전에 본 지도를 참고하여 누군가의 소유물이 아닌 자연물의 소환을 시도해 보기로 한다.

어퀴트 신성제국령 북방의 해역…….

어퀴트 신성제국은 린가이아 대륙의 북반구를 점유하고 있다.

그리고 그 북단에는 남단부와 마찬가지로 넓은 바다와 섬들이 펼쳐져 있다고 하며 겨울에는 매우 추워진다.

그 바다에서 잡히는 해산물은 제국 전체에서 큰 인기를 누린다고 한다.

전에 읽은 책에 따르면 그 해산물은 지구의 홋카이도에서 잡히는 것과 흡사한 것 같다.

그 다음은…….사실 이 마법진은 꽤 편리할 수도 있겠네? 뭐, 성공했을 때 얘기지만…….

그런 생각을 하면서 마법진 앞에 서자 또 푸르스름하게 발광하며 그 위에 뭔가가 나타난다.

"속옷?"

"그럴 리가 있냐!"

나는 이나의 말에 반박하면서 마법진 위에 나타난 물체에서 갑자기 거리를 두었다.

"성공은 했군. 하지만……."

마법진 위에 나타난 물체.

그것은 지구에서 흔히 말하는 참치라는 물고기였다.

게다가 친절하게, 바다 속에서 헤엄치고 있던 무게 2백 킬로 가까운 개체를 소환해버린 모양이다.

여전히 살아 있는 참치는 마법진 위에서 힘차게 파닥거렸다.

"이나."

"할 수 없지……."

이나는 내가 마법주머니에서 꺼낸 창을 건네자 재빨리 참치의 숨통을 끊는다.

곧바로 참치는 마법진 위에서 움직이지 않았다.

"과연. 이번에는 도움이 될 만한 것을 소환했군요."

"아니, 베켄바우어 씨가 그런 말을 하는 건가요?"

솔직히 최초에 팬티를 소환한 사람이 할 말은 아니었다.

"뭐, 상관없잖아. 빨리 먹자."

"먹는다고?!"

사실 린가이아 대륙은 물고기가 흔하다.

마법주머니에 넣으면 신선도가 떨어지지 않기 때문에 내륙부에 있는 왕도나 다른 도시 등에서는 고급 식재료로서 부자들이나 왕후 귀족이 많이 소비하고 있는 것이다.

다만 고추냉이는 서양 고추냉이와 비슷하고 간장이 아니라 소금을 찍어 먹는 것이 보통이었지만.

"역시 신선한 날 생선은 맛있군."

먹는다고 해도 저토록 큰 참치다.

해체는 전문가가 아니면 불가능하므로 곤란했지만, 그 고민을 해결한 사람은 아까 베켄바우어 씨에게 팬티를 빼앗긴 여성 직원이었다.

듣자니 그녀의 본가가 생선가게라고 한다.

본가에서 도구를 빌려오더니 익숙한 솜씨로 참치를 해체해 간다.

그리고 멋지게 회를 떠서 접시에 담았다.

"북방산 참치라. 무게는 213킬로. 시세는 20만 센트 정도군요."

갑작스럽게 나타난 고급 식재료에 마도 길드에 있던 모두가 모여들어 회를 먹었다.

"뭐? 그 정도나 하나?"

"네. 헬무트 왕국 연안의 바다에서도 잡히지만 맛은 북방산이 좋으니까요."

북방산 참치는 그 유명한 일본의 오마참치에 필적하는 브랜드인 모양이다.

게다가 수입품이므로 관세와 수송료 때문에 가격이 더 비싸진다고 한다.

"과연. 하지만 정말로 맛있군."

전세에서도 이토록 비싼 참치는 먹어본 적이 없기 때문에 나는 그 맛에 감동했다.

그리고 회를 먹기 위해 제공한 내가 만든 간장도 호평을 얻은 것 같다.

"소금에 찍어 먹는 것보다 이쪽이 맛있군요."

"이렇게 되면 다음 사냥감이 필요해지는군."

지금까지 팬티만 소환했던 마법진이 처음으로 쓸모있는 짓을 한 것이다.

여기서는 마력이 남아 있는 한 전력을 다해 계속 소환을 해야 하리라.

"북방 바다의 해산물들을."

"그럴 줄 알았어……."

어이없어 하는 이나를 달래면서 나는 차례차례 북방산 어패류를 소환해간다.

지구의 것보다도 큰 가리비에 말똥성게를 닮은 성게.

오징어나 문어조차 고급 식재료이므로 모두들 즐겁게 먹고 있다. 아무래도 악마의 물고기니 하는 취급은 받지 않는 것 같다.

린가이아 대륙에 사는 사람들에게는 평소에 먹는 동물 고기보다 바다에서 잡히는 해산물이 고급품이며 훌륭한 요리라는 이미지가 강하다.

그러므로 갑자기 시작된 시식회는 큰 인기를 얻었다.

"계속 잡아!"

이번에는 도미, 넙치, 가자미, 방어 등등.

정식 명칭은 다르다고 하지만 겉모습은 대략 비슷하고, 생선가게집 딸인 여성 직원도 고급품이라 맛있다고 하므로 문제는 없을 것이다.

그녀는 차례차례 소환되는 해산물을 잡아 회로 떴고, 그것을 마도 길드 직원들이 입으로 가져간다.

나도 오랜만에 맛보는 바다의 맛에 입맛을 다셨다.

"자, 이제 슬슬 모두 배불리 먹었으니."

"아니, 그건 상관없으니까. 그보다, 실험!"

"그건 알고 있어요."

역시 내 마력량으로도 앞으로 한 번 더 소환하는 것이 한계였다.

주위를 보니 회를 잔뜩 먹고 만족해하는 직원들의 모습이 보이지만, 신경 쓰지 않고 마지막 소환을 하기로 한다.

다만 잔존 마력 관계로 너무 무거운 것은 소환할 수 없을 것 같았다.

"거리에 중점을 두도록 해요."

"알겠습니다."

베켄바우어 씨의 말에 나는 또 북방 해역에서 뭔가 가벼운 것을, 하고 이미지를 떠올린다.

결국 성공률은 100%였던 것 모양이라 마법진 위에는 발광과 함께 뭔가 작은 물체가 놓여 있었다.

"보라색의……."

"속옷이군요."

"벨!"

"왜 또 속옷인데!"

"낸들 알아!"

북해의 바다에 있는 해산물을 표적으로 했는데 나는 또 속옷을 소환하고 말았다.

이나와 루이제로부터 비난이 쏟아졌지만 나도 딱히 좋아서 속옷을 소환한 것은 아니니까.

"어째서?"

"바다에서 배에 타고 있던 누군가일 가능성은 있지. 하지만 이 속옷은……."

베켄바우어 씨는 세 번째 속옷을 손에 들고 조사했지만, 이나와 루이제 그리고 그 여성 직원뿐 아니라 마도 길드의 회장조차 베켄바우어 씨를 의아한 표정으로 보고 있었다.

"색깔은 보라색이고 재질은 비단인가. 제법 큰 사이즈의 브라로 레이스나 속이 비치는 천이 많이 쓰였군. 봉제 솜씨도 훌륭하고."

"변태……."

이나 말대로 본래 마법 연구가인 베켄바우어 씨가 속옷에 대해 해박한 것은 조금 이상한 것 같지만 베켄바우어 씨의 말에 따르면 전혀 그렇지 않다고 한다.

"내 본가는 귀족 상대의 속옷 전문 상점이거든. 자연스럽게 속옷 지식이……."

"그런 지식이 자연스럽게 몸이 붙는 건가?"

"본가에 있는 동안에는 반 강제로 일을 도와야 했으니까."

마법사의 재능은 유전되지 않는다.

따라서 다양한 계급에서 갑자기 나타나는 셈이라 마법 이외에 다른 특기를 갖고 있는 사람도 존재했다. 베켄바우어 씨의 경우 그것이 도움이 되고 있다고 보긴 어렵지만.

그리고 그런 베켄바우어 씨의 미묘한 과거조차 지평선 너머로 날려버리는 충격적인 사실이 밝혀진다.

"이 가문은……."

"네? 속옷에 가문이요?"

베켄바우어 씨가 그 속옷에 가문이 붙어 있음을 확인한다.

"왕국도 그렇지만 왕족이나 황족쯤 되면 보통 한 상점의 물건만 입지. 상점 측도 다른 물건과 구별하기 위해 가문의 자수를 놓는 게 일반적이고."

역시 이제 마법 연구가보다 속옷 전문가의 이미지가 더 강한 베켄바우어 씨 답게 적절한 해설을 덧붙인다.

"참고로 그 가문 말입니다만."

"흐음, 필리프 공작가의 것이군. 선제후의 지위에도 올라있으며 어퀴트 신성제국에서는 1,2위를 다투는 대귀족가문이지."

세상은 모르는 편이 행복한 것도 있다.

그보다 그런 대귀족가문 여성의 속옷을 빼앗아 버리다니 자칫하면 외교 문제로 발전할 수도 있으리라.

나를 포함하여 모두의 얼굴이 일제히 파랗게 질린다.

"저기, 블랜타크 씨?"

"나한테 묻지 마."

"베켄바우어 씨?"

블랜타크 씨 입장에서는 확실히 모른다고 할 수밖에 없을 것이다.

그러므로 이 실험의 책임자인 베켄바우어 씨에게 묻자 그는 반사적으로 재빨리 이렇게 대답했다.

"북방의 해산물을 소환하는 실험은 무사히 성공. 속옷? 그런 것은 모릅니다. 그렇죠? 바우마이스터 남작님."

"네, 모릅니다!"

나는 재빨리 속옷을 마법주머니에 넣었고, 이것으로 증거는 완전히 은폐되었다.

지금 이 시각 필리프 공작가의 한 여성이 북쪽 바다에서 노팬티, 노브라 상태가 되어 있다 해도 그것은 우리가 관여할 수 없는 일이었다.

"정말로 괜찮아?"

"괜찮지는 않지만 솔직하게 폐하에게 얘기할까?"

"그건 힘들겠지."

내 의문에 이나도 입을 닫기로 결심한 모양이다.

회장을 비롯한 다른 길드 직원들 모두에게도 함구령이 내려져, 공식적으로는 그저 북방의 해산물 소환에 성공했다는 기록만이 남겨지게 된다.

하지만 훗날 그 속옷 주인과 크게 인연을 맺게 되는 것은 제아무리 나라도 상상할 수 없었지만.

그리고 다음 날······.

"다녀왔습니다, 아버님."

"어서 와라, 델리아. 그건 그렇고 뭐 하나 물어보자."

그 하얀 팬티의 주인이자 생선가게 집 딸, 그리고 마도 길드의 직원인 델리아는 오늘도 일을 마치고 집으로 돌아오자 아버지인 생선가게 주인이 질문을 했다.

"뭔데요? 아버지."

"오늘 바우마이스터 남작 저택에서 대량 주문이 들어왔는데. 너 혹시 이유를 아니?"

"아버지에게 전수받은 솜씨를 인정받았기 때문이에요."

"뭐?"

몇 년 후 델리아 양은 바우마이스터령에 아버지가 운영하는 생선가게의 분점을 내게 된다.

제3화 시작된 모험자 생활과 새로운 의뢰

"이야, 바우마이스터 남작의 마법은 편리하군요."

아버지와 형의 죽음으로 20세 전부터 블라이히뢰더 변경백작으로서 고생을 해온 나지만, 이 나이에 편히 지낼 수 있다는 건 근사한 일이죠.

'순간이동'의 마법이란 정말로 편리해요.

원래는 큰돈을 지불하고 마도비행선을 타거나 시간을 들여 원거리 마차로 와야 하는 왕도를 한 순간에 올 수 있으니까요.

나는 일주일에 한 번 정해진 요일 아침에 바우마이스터 남작이 블라이히부르크로 데리러 왔다가 또 다른 정해진 요일 아침에 블라이히부르크로 데려다 주는 생활을 지난 2년 반 동안 계속하고 있었어요.

내가 왕도에서 일주일의 절반가량을 활동할 수 있다는 것은 매우 편리한 일이죠.

나는 단순히 신분이 높은 귀족이 아니라 남부의 귀족들을 통괄하는 몸이니까요.

중앙의 별 볼일 없는 귀족들과 교섭할 때 왕도에 상주하는 중신뿐만 아니라 내가 실제로 얼굴을 보이면 더 유리한 경우도 많고.

새로운 인맥 만들기나 관계를 강화하기 위한 사교 모임에도 얼굴을 내밀기가 쉽죠.

바우마이스터 남작에게 거금을 지불해도 충분히 이익이 나는 겁니다.

그런 까닭에 조금 여유가 생긴 나는 다른 사람의 고민 상담을 받는 일도 가능해 졌습니다.

나도 젊은 시절에 고생을 했으니까 가끔은 마찬가지로 고민을 안고 있는 사람들에게 조언을 통해 힘이 되어주고 싶은 겁니다.

물론 완전한 자선 사업은 아니지만요.

"블라이히뢰더 변경백작님이 벨에게 운송기사 일을 부탁하고 있는 것은 저희도 알고 있습니다만……."

"이런, 고민이 생각보다 훨씬 심각한 모양이군요."

내게 상담을 받으러 온 고뇌하는 어린 양은 모두 세 명.

첫 번째는 바우마이스터 남작의 모험자 예비학교 시절부터의 친구이자 같은 파티 멤버이며 또한 바우마이스터 남작가의 종사장이기도 한 엘빈 폰 아르님 군.

그 또한 서부 지방의 작은 기사작가의 오남으로, 바우마이스터 남작과 출신이 별반 다르지 않다고 들었습니다.

모험자 예비학교는 서부에도 몇 곳이 있는데도 그가 일부러 남부에 있는 블라이히부르크의 모험자 예비학교를 선택한 이유. 그것은 검술 재능이 뛰어났기 때문에 형들로부터 소외당했기 때문이라고 하는군요. 이런 사연은 딱히 드물지도 않죠.

그 대신 바우마이스터 남작과 알게 되었으니까, 나는 오히려 잘 된 일이라고 위안을 삼는 것이 낫지 않을까 하고 생각합니다.

"이나와 루이제와 달리 저는 상담을 드릴 수 있는 입장은 아니지만……."

"그런 것은 신경 쓰지 말아요. 그대는 바우마이스터 남작의 가신이니까요. 종자의 가신의 상담이니 당연히 들어줘야죠. 이래봬도 20대 시절에는 고생의 연속이었으니까."

지금도 고생의 연속이지만 어느 정도는 익숙해졌다는 점이 크겠죠.

"감사합니다."

나머지 두 사람은 쉽게 상상이 가겠지만, 내 배신의 딸들인 이나 수잔느 힐렌브랜트와 루이제 욜랜드 아우렐리아 오버벡입니다.

창술과 마투류 사범이므로 가문 안에서는 중견의 위치라고 해야 할까요.

마찬가지로 바우마이스터 남작의 모험자 예비학교 시절의 친구이자 지금은 일가를 이룬 바우마이스터 남작의 측실 후보예요.

가문의 격 문제로 본처 자리는 호엔하임 추기경의 손녀딸에게 빼앗겼지만 말이죠.

나로서는 어떻게든 가장 총애를 받기를 바랄 따름이에요.

다른 여성을 밀어 넣는 방안은 우리 일족에 적령기 여성이 없다는 점과 바우마이스터 남작에게 미움을 살 가능성이 있다는 점 때문에 그만 두었습니다.

"그래서 이나 씨와 루이제 씨도 같은 고민인가요?"

"네."

"무척 심각한 고민이에요."

평소에 그토록 태평해 보이는 루이제 씨가 심각하다고 할 정도니까 정말로 심각한 것이겠죠.

그보다 나는 어떤 고민인지 금방 알 수 있었지만요.

"너무 무거운 짐인가요? 2백억 센트는."

내 질문에 세 사람은 일제히 고개를 끄덕였어요.

"뭐, 확실히 너무 많기는 하죠."

"그보다도 못된 장난에 가깝다고 생각합니다."

확실히 루이제 씨의 말 대로죠.

2백억 센트라니 지금의 나라도……아니, 블라이히뢰더 변경백 작가의 화폐 보유량으로 따져 봐도 즉시 모으는 일은 불가능하니 까요.

물론 영지도 포함한 총 자산은 그 몇 배가 되겠지만요.

"모험자가 뜻밖의 발견으로 거금을 손에 넣는다. 꿈같은 일이 기는 하지만 너무나도 금액이……."

평소에는 냉정한 이나 씨마저 난감해 하고 있는 것 같군요.

과연, 새 삶을 살기 위해 모험자가 된 사람이 뜻하지 않은 거금 을 손에 넣어 주위의 부러움을 산다.

모험자 길드로서도 모험자 개인의 성과를 꼭 기밀에 붙여야 한 다는 법도 없으니 시간이 지남에 따라 세간에 소문이 퍼져 나가 는 일을 막을 방도는 없다.

모험자가 하루에 몇 만 센트를 벌면 동료들은 부러워하며 술 한 잔 사라고 할 것이고,

수십만 센트라면 더욱 부러워하며 본인도 그렇게 벌고 싶다고 생각할 것이며,

수백 만 센트라면 이는 세간에서 '백만장자'라 불리며 부자의 최저 조건으로 보는 경우가 많다.

그런데 그보다도 훨씬 더 많다면…….

수십 만 센트부터 늘어나겠지만 공갈 협박에 돈 빌려달라는 부탁에 이상한 사기 투자 얘기 등등.

지인과 친구들도 어째선지 이상하게 늘어나게 되죠.

그리고 자칫하면 범죄에 휘말리는 경우도.

모두가 큰돈을 얻고 싶어 하지만 막상 얻으면 귀찮은 일도 늘어난다.

세상은 좀처럼 자기 뜻대로 되지 않는 법이에요.

2백억 센트를 지금까지 거금과 인연이 없던 소년소녀에게 툭 건넨다. 과연 일종의 짓궂은 장난에 가깝겠죠.

지금은 아직 세간에 퍼지지 않았지만 만약 그들이 거금을 얻은 사실이 세간에 알려진다면?

액수가 액수이므로 훨씬 귀찮은 일이 생기리라는 것은 쉽게 상상할 수 있을 거예요.

돈을 노린 혼담이 밀려들고, 엘빈 군의 경우는 본가가 일을 저지를 가능성도 있어요.

이나 씨와 루이제 씨조차 본가가 무슨 짓을 꾸밀지도 몰라요.

"본가에서 돈을 빌려 달라느니 보내라느니 하는 정도는 다행이라고 해야겠죠."

특히 엘빈 군은 형들과 사이가 별로 좋지 않다고 하니까 자칫하면 엘빈 군을 죽이고 유산을 상속받으려고 친족이 암살자를 보낼 수도 있어요.

그 정도로 엄청난 금액이니까요.

"우리도 똑같은가."

"우리의 경우는 여자니까 더 심각해요."

여성은 기본적으로 일가를 이룰 수 없기 때문에 엘빈 군처럼 최악의 경우 돈의 힘으로 귀족으로서 독립한다는 선택지조차 없어요.

"우리의 창술 도장을 나라 전체로 확장할 테니까 돈을 내놓으라고 할 수도 있겠죠."

"어라? 이나 씨 본가의 창술 도장은 꽤 알아주는 유파였던 것 같은데."

"조상님이 본부에서 모든 기술을 전수받고 도장 운영권을 얻었지만 이 돈이면 본부에서 활약해서 정상에 서라던가……."

"우리도 그럴 수 있겠네."

과연, 돈의 힘으로 왕국 전체에 확장할 유파 도장 본부의 정상에 설 수 있다면, 집에서는 보잘것없는 사범이라도 밖에 나가면 다른 도장주들이 굽신굽신 머리를 조아리는 신분이 될 수 있다.

배신(陪臣)인 그들의 일종의 입신출세의 방법이기도 합니다.

과연 두 사람의 부친이 그 유혹을 이겨낼 수 있을까 하는 점이겠죠.

"너무 큰돈이라 오히려 단점밖에 느껴지질 않아요."

"그렇군요. 하지만 반려할 수는 없겠죠."

왕국도 이번에는 바우마이스터 남작 일행을 위험에 노출시켰다는 사과의 뜻을 담아 이 거금을 건넨 것이에요.

아니, 아니죠.

블랜타크가 보낸 보고서를 읽었지만 딱히 왕국도 손해는 보지 않았어요.

확실히 거금을 주기는 했지만 대신 그 금액 이상의 자산을 손에 넣었으니까요.

긴 안목으로 봤을 때 이 정도 금액이라면 모두 회수하고도 남을 거라는 계산이 끝났겠죠.

그 재무경이라면 그 정도는 예상한 범위 안일 테니까요.

"네에? 안 되나요?"

'왕국에 돌려줄 바에는 나한테 전부 넘겨!'라던가 '오히려 폐하에게 실례가 된다'고 하겠죠.

후자 쪽은 왕국이 너무 지나치게 강력해지면 자신들의 입지가 약해진다는 귀족들의 속마음이 드러나 있는 것이겠지만.

나 역시도 그저 조건 없이 돈을 돌려주는 것은 바라지 않아요.

"네, 안돼요."

"그런……."

엘빈 군은 어깨를 푹 떨궜지만 달리 방도가 없는 것도 아니죠.

다만 그것을 설명해줄 사람은 내가 아니에요.

내가 근처에 있는 벨을 울리자 실내에 한 남성이 들어왔어요.

우리 가문이 자랑하는 전속 마법사인 블랜타크예요.

"여어, 파산 걱정은 괜히 했던 거 아니냐."

"짓궂은 소리 그만 하세요. 정말로 심각하니까……."

"엘 꼬마는 검을 좋아하잖아? 명검을 마음껏 살 수 있을 텐데."

"지금 갖고 싶은 검을 몽땅 사도 2백억 센트의 수백분의 1도 못 써요. 게다가 검이란 건 그냥 사서 모은다고 기쁜 게 아니라고요."

본인의 기량도 높이면서 자기 손에 맞는 검을 필요에 따라 산다, 그건가요?

나는 검이 서툴지만 그런 얘기는 들은 적이 있어요.

"이나와 루이제 아가씨는 어때? 단 음식도 옷도 화장품도 장신구도 자유롭게 살 수 있어."

"그렇게 사봤자 어차피 다 쓰지도 못하는걸요."

"한계가 있으니까요……."

이나 씨가 방금 나를 힐끔 쳐다봤지만, 그렇다면 내 고모님의 소문을 알고 있군요.

그 고모님이라면 욕망이 허락하는 한 물건을 사들이겠지만, 그래도 쉽사리 쓸 수 있는 금액은 아니죠.

"미안, 미안. 확실히 너무 엄청난 거금이지."

바우마이스터 남작과 같은 파티에 있었기 때문에 보통이라면 클리어할 수 없는 지하 유적을 공략해 많은 성과를 얻었다.

일정 이상의 보수를 받을 권리가 있으며 그들도 그에 걸맞은 활약을 했다.

하지만 2백억 센트라면 패가망신의 원인이 될 수밖에 없다.

그럼 어떻게 할까?

고민 상담을 받은 것은 나지만 이 답은 원래 같은 모험자였던 블랜타크에게 맡기는 것이 좋겠죠.

그라면 이런 경우도 대응할 수 있을 테니까요.

"처음 등록할 때 길드 본부에서 받은 책자는 갖고 있겠지?"

"네."

블랜타크의 물음에 세 사람은 고개를 끄덕이면서 대답합니다.

"제27조 4항. 분배금 이의신청 제도를 이용한다."

나는 모험자를 해본 경험이 없기 때문에 모르지만 과연 역사가 있는 길드답게 그 나름대로 규칙이 잘 갖춰져 있는 것 같군요.

"분배금 이의신청 제도요?"

"예."

블랜타크의 말에 따르면 모험자의 보수는 인원수대로 똑같이 나누는 것이 기본이지만, 어느 정도 숙련된 파티에 신입을 받아들이는 경우 그 신입은 수습 대우를 적용받아 한동안 보수를 낮출 수 있다.

반대로 경험이 적은 파티에 숙련된 경험자를 받아들여 조언을 받으면서 경험을 쌓는 경우 그 기간 동안 숙련자의 보수를 높이는 등, 경우에 따라 조건을 바꾸는 일이 그런데 그것을 악용하는 모험자도 있다는군요.

"이미 충분히 전력이 되고 있는 신입을 여전히 낮은 보수만 준 채 탈퇴도 허락하지 않고 묶어둔다. 또는 더 이상 지도가 필요 없는데 연배가 있는 모험자가 언제까지나 그 파티에 눌러앉아 거액의 보수를 요구한다. 뭐, 모험자도 각양각색이죠."

살기 위해서라기보다 남보다 많은 돈을 얻고 싶어서 타인을 속이고 착취하려고 한다.

그런 점은 모험자나 귀족이나 그리 다르지 않지만요.

"그런 피해를 받고 있는 모험자가 길드 본부에 이의를 제기하는 겁니다. 그러면 본부에서 사람이 나와 진술을 들은 뒤 경우에 따라서는 화해안을 제시하죠."

강제력은 없기 때문에 도움이 되는지는 그 사람 나름이라고 하지만 분배금 이의 제기를 받은 모험자와 파티는 기록에 남기 때문에 신입이 또 다시 그 악덕 모험자나 파티에게 속는 경우가 줄어든다.

이 제도의 본래 목적은 그런 부분에 있다고 하는군요.

"하지만 그 제도는 보수가 낮다고 불만을 토로하기 위한 것 아닌가요?"

"아뇨, 보수에 불만이 있기 때문에 이의를 제기하기 위한 제도입니다. 보수가 너무 많다고 이의를 제기한 경우는 지금까지 들어본 적이 없지만, 해서는 안 된다고 규칙에 적혀 있지도 않으니까요."

"확실히 적혀 있지 않네요……."

블랜타크가 갖고 있는 책자를 보니 확실히 적혀있지 않군요.

보통 보수가 너무 많다고 이의를 제기하는 사람은 없을 테니까 어떤 의미에서는 규칙의 맹점을 찔렀다고도 할 수 있겠죠.

"너희들은 이걸 활용해서 꼬마에게 전부 떠넘겨 버려."

"알겠어요."

세 사람은 좋은 해결책을 찾아냈다며 얼굴이 활짝 펴서 모험자 길드로 갔어요.

틀림없이 이의를 제기 받은 바우마이스터 남작에게는 '마른하늘에 날벼락'이겠지만요.

내 입장에서는 그에게 돈이 모이는 게 바람직하지만.

"혹시 폐하나 도사, 루크너 재무경도 그렇게 될 것을 예상했다는 건가요?"

"틀림없이 그렇겠죠. 그렇지 않다면 이런 결정을 내리지 않았을 테니까요."

며칠 뒤 다시 세 사람에게 보고를 받는데, 그들은 1억 센트만 받고 나머지는 몽땅 바우마이스터 남작의 보수에 얹어버렸다고 하는군요.

이의제기 후 진술을 들으러 온 심의관은 다시 세 사람에게 지하유적에서의 전투에 관한 보고를 들었다고 하는군요.

만약 두 번째 드래곤 골렘을 바우마이스터 남작이 격파하지 않았다면 세 사람은 이 세상에 없었을 거라고 설명하고, 보수의 대부분은 바우마이스터 남작이 받을 권리가 있다고 그에 대하여 권고안을 낸 것 같아요.

하지만 정상적으로 보수를 분배했는데 너무 많다고 분배금 이의 제기를 받고 기록에 남길 줄이야.

역시 바우마이스터 남작은 기구한 별 밑에서 태어난 것 같아요.

이유는 둘째 치고 분배금 이의 제기를 받은 모험자는 안 좋은 이미지가 따라 다니니까요.

아마 모험자 길드 측 또한 기록을 남기지 않는 방안도 검토했겠지만, 그렇게 하면 세 사람이 2백억 센트를 받았다고 영원히 세간에 인식될 것이므로 어쩔 수 없이 기록으로 남긴 상황일까요?

새삼 바우마이스터 남작에게 그런 기록이 붙는다 해도 평가에는 아무런 영향도 없을 테고, 오히려 지하 유적에서의 상세한 전투 정보가 세간에 퍼져 더욱 평가가 올라가겠지만.

저 세 사람에게 천문학적인 액수의 거금이나 세간의 주목은 견디기 힘든 것이겠지요.

바우마이스터 남작만은 새삼스러우니 제외하겠지요.

이번 일은 가신과 두 명의 측실을 위해 참아주었으면 해요.

그 세 사람은 잘못된 선택을 하지 않았으니까.

"그런데 엘리제 아가씨는 이의를 제기하지 않았군요. 아니, 세 사람은 의논조차 하지 않았나?"

"그건 말이죠, 블랜타크."

확실히 이 나라의 여성은 지위가 낮으며, 그런 상황에서 이나 씨와 루이제 씨가 거금을 갖게 되면 주변의 성인 남자들이 꿈지럭거릴 것 같아서 두려운 거예요.

그런데 엘리제 씨는 호엔하임 추기경의 손녀딸이므로 그녀에 대해 쓸데없는 간섭을 해올 바보는 거의 존재하지 않겠죠.

게다가 그 엘리제 씨의 성품으로 봐서는 그런 돈은 바우마이스터 남작에게 맡기고 끝낼지도 모릅니다.

바우마이스터 남작도 바보가 아니니까 드래곤 골렘을 격파할 때 마지막의 마지막 순간에 기절할 때까지 마력을 나눠준 그녀를 괄시할 리도 없으니까요.

세 사람과는 달리 엘리제 씨는 그런 분배금 이의 제기를 할 필요가 없는 거예요.

"기부금도 낼 테고 말이죠."

"그런 건 이번에는 형식뿐이에요."

그런 눈앞의 기부금보다도 그들에게는 새로운 이권이 생기기 때문에 기부금이 없어도 신경조차 쓰지 않을 것이다.

"설마, 꼬마에게 돈이 모이고 있는 것은 아닌지……?"

"네, 더 이상은 입에 올려서는 안 돼요."

간단히 설명하면, 안정되기는 했지만 최근 들어 정체되고 있는 왕국 경제를 폐하와 루크너 재무경은 어떻게든 하고 싶어 하죠.

특히 차츰 넓어지는 왕국 교외에 있는 빈민촌, 이것은 자칫하면 왕국 쇠퇴의 원인이 될 수도 있어요.

폐하를 비롯해서 어떻게 할지를 고민하고 있을 때 고대용을 격파하는 엄청난 마법사가 나타났다.

게다가 그 본가는 남부 변경의 귀족가이며 또한 그곳에 인접하는 개발 가능한 광대한 미개척지가 있었다.

왕국 단독으로 개발하려 하면 그에 따르는 거액의 예산이 필요하지만, 실패할 가능성을 생각하면 루크너 재무경도 그리 쉽게 예산 집행에 나설 수가 없다.

어쨌거나 그에게는 남동생이라는 대항 세력까지 있으니까.

아니, 이 부분은 정확하지가 않군요.

높은 사람이 뭔가 새로운 일을 시작하려고 하면 그곳에 반드시 대항세력이 나타난다.

설령 그것이 훌륭한 정책이라고 해도 반대를 통해 이익을 얻는

패거리의 저항을 받는 거예요.

실패의 가능성은 그들 입장에서 보면 매우 강력한 무기인 셈이죠.

성공해서 경제가 좋아져야 많은 사람을 행복하게 만들겠지만, 그들은 그런 일에는 관심이 없는 거예요.

얘기를 앞으로 되돌려, 어느 날 갑자기 나타난 용을 물리친 영웅 바우마이스터 남작은 그 뒤에도 팔케니아 초원에서 두 번째 용을 물리치고 그 해방에 공헌했어요.

그리고 이번에는 매우 이용 가치가 높은 물건이 대량으로 잠들어 있던 고대 지하유적의 공략에 성공.

왕국은 조금의 손해도 보지 않고 바우마이스터 남작에게 자금을 집중시키는 일에 성공한 거예요.

이렇게 되면 남은 것은 이제 그 가능성밖에 없겠죠.

넓디넓은 남단 미개척지, 그 땅을 바우마이스터 남작의 영지로 삼아 개발을 맡겨 버린다…….

다행히도 개발 자금은 너무 많다 싶을 정도로 충분하니까요.

게다가 만약 실패해도 그것은 바우마이스터 남작의 지갑에서 나가는 것이고, 왕가는 지불한 재화 이상의 자산을 얻는다.

그러니까 그 패거리는 두려운 거겠죠.

"(그렇게 되면 다음 문제는 본가의 처리인가요…….)"

그곳은 나 또한 성가시게 느끼는 곳이니까요.

기사작령에 상응하는 규모로의 영지 축소.

현재 아무런 개발도 하지 않았으므로 왕국에서 태만을 이유로 거둬들인다?

절차상으로는 영지의 분할 명령으로 할 작정일까요?

어쨌든 그곳의 영주가 어떻게 반응할지.

현 당주는 냉정한 편이지만 그곳의 후계자는 나로서도 알 수가 없군요.

지금까지 얼굴조차 본 적이 없기 때문에 더 불안을 느끼는 게 당연하겠죠.

소문에 따르면 귀족으로서의 됨됨이 그리 좋지 않은 것 같고.

분할 명령만 내린다면 반발할 것은 뻔한 일. 왕국 측에서는 중앙에 가까운 적당한 영지로 옮겨주는 방안을 고려하고 있는 걸까요?

유일한 근심은 중앙의 왕국 정부와 남부 변경과의 거리겠죠?

왕국 입장에서는 불면 날아갈 듯한 기사작가에 대한 배려 따위는 필요 없다고 느끼고 있을 가능성도 있으니까.

그래도 섣불리 화나게 만들어 개발할 때 간섭이라도 하고 나선다면, 가까이에 있는 주군인 나로서는 여간 귀찮지 않겠죠.

내 발목을 잡기 위해 일부러 방치할 가능성도 있으니까요.

광대한 규모의 영지의 신규 개발인 셈이에요.

게다가 바우마이스터 남작이 현재 갖고 있는 것은 돈과 소수의 가신뿐이며 그 미개척지의 넓이로 봐서 최소 백작령, 내가 없다면 변경백작령 중에서도 큰 부류에 속하는 규모이니까요. 완전히 새로운 백작가가 처음부터 시작하는 거예요.

그 수고로 보자면 내게 협조를 부탁하지 않을 가능성은 제로인 셈이고, 도움을 주면 그 답례를 받는 것이 이 세계의 기본.

이 경우로 말하면 우선은 백작가에 어울리는 가신단에 속할 인재 알선.

어느 귀족이든 자신이나 가신의 친척 중에 허송세월만 보내고 있는 자들에게 자리를 주고 싶겠죠.

교회도 그런 규모의 영지라면 몇 개의 교회가 필요할까.

그곳 모두에 사람을 두게 된다면 이제 이것은 일종의 이권인 셈이니까요.

엘리제 아가씨의 일시적인 기부금보다 이쪽이 중요하겠죠.

그보다 그 기부금 몫으로 빨리 개발을 진행하라는 것이 진짜 속내겠군요.

한 마을이 생기면 교회가 하나 늘어나고 그 만큼 성직자가 필요해진다.

그 정도 규모의 영지라면 상당히 큰 지부도 필요하므로 그 간부 자리도 늘어날 테고, 사실 그런 것은 삼척동자도 다 아는 일이니까요.

다음으로 개발에 필요한 인원의 알선.

자기 영내의 상회나 영주민들이 새롭게 장사를 하거나 일자리를 얻을 기회인 거예요.

그리고 그들이 번 돈을 고향으로 가지고 돌아와 영내에서 소비한다.

거리상으로 보자면 사실 남부 귀족들에게 그 혜택이 크게 돌아가는 셈이라 나를 포함한 그 남부 귀족들이 얻을 이권을 조금이라도 가로채기 위해 왕국 정부는 그 혹 같은 본가에 대한 대처를 소홀히 한다.

'상대는 지체가 낮으니까'라는 이유로.

한번 그 자들을 들쑤셔 볼까요. 마침 모험자인 바우마이스터 남작에게밖에 부탁할 수 없는 의뢰도 있고 말이죠.

너무 생각이 많아도 의미가 없고 사실은 왕국 측도 뭔가 변화가 생긴 뒤에 움직일 가능성도 있으니까, 나는 바우마이스터 남작에게 일을 부탁하려고 블랜타크와 상세한 논의에 들어갔어요.

"또 수행인가요?" 제가 따라가나요

"이번에는 그렇게까지 위험하지 않으니까."

"위험도로 보자면 그렇지만 성가신 교섭이……."

"교섭이 귀찮아지느냐는 상대에게 달려있어요."

"틀림없이 소동이 벌어질 테니까요."

그래도 나는 블라이히뢰더 변경백작으로서 많은 영주민들의 생활을 지켜줄 의무가 있는 거예요.

그러므로 마음을 독하게 먹고 상황을 움직일 결단을 내렸습니다.

* * *

−에드거 군무경 저택−

"이건 큰 기회로군. 블라이히뢰더 변경백작 녀석, 루크너 재무경 주변과 물밑에서 은밀히 뭔가를 꾸미고 있는 것 같던데……아니, 아직 연대는 하지 않은 건가? 어쨌거나 내 눈은 못 속여!"

페하는 다르지만 왕성에 있는 녀석들 중에는 군인의 임무에 충실한 나를 그저 머리 나쁜 야만인으로 취급하는 녀석이 있어서 곤란…할 리가 없지.

오히려 고마울 따름이야.

나를 군에서 엄격한 훈련밖에 시킬 줄 모른다고 멋대로 생각해 주니까 말이야.

최근의 왕도에서 가장 화제가 되고 있는 귀족이라면 단연 바우마이스터 남작이겠지.

몇 번인가 얼굴을 봤으며 그 녀석 두 형의 주군이 바로 나야.

그 때문에 새롭게 법의 기사작 자리 하나를 마련하고 데릴사위 자리도 알아봐주고 했지만, 팔케니아 초원 해방에 따르는 왕국군 예산과 지위 증가에 비하면 새 발의 피지.

게다가 이번에는 거대 지하 공군기지에 복수의 대형 마도비행선, 드래곤 골렘을 비롯한 병기용 마도구도 대량으로 확보했다.

엄밀히 따지면 공군 녀석들과는 파벌이 다르지만 새로운 기지에는 경비병을 배치해야 하니까 말이지.

이야, 정말로 바우마이스터 남작님 만만세로군.

페하는 바우마이스터 남작에게 막대한 보수를 지불했다.

조금 상식을 의심할만한 액수지만, 왕국 또한 그에 걸맞은 것을 얻었어.

그리고 바우마이스터 남작에게 왕국이 거금을 모아준 이유는 하나.

그 녀석의 본가가 있는 대륙 남단부를 개발시킬 작정이겠지.

"그렇다면 우리도 힘을 보태야겠군."

이 상당한 규모가 될 새 영지에는 그것을 지킬 방위력이 필요해진다.

"바우마이스터 남작에게는 처음부터 함께 해온 가신이 많지 않아."

그 엘빈인가 하는 바우마이스터 남작의 친구 애송이는 검술은 뛰어나지만 군을 통솔하려면 아직 경험이 필요하다.

그밖에는 측실 후보인 여자뿐이니 그렇다면 내가 제후군 간부가 될 수 있는 인재를 추천해주지.

모두 우리와 종자 가문의 삼남 이하지만 교육은 철저히 시켜뒀다.

바우마이스터 남작을 뒷받침할 훌륭한 가신이 되겠지.

이런, 이건 강요가 아니야.

귀족 간의 상부상조 정신, 서로 돕는 마음은 소중한 거잖아?

하지만 우리만 독점하면 여기저기 시샘하는 놈들이 많을 테니까.

암스트롱 백작가에도 말을 해두자.

그곳의 당주와는 가까운 사이고, 바우마이스터 남작에게 마법을 가르치고 있는 암스트롱 도사와도 모르는 사이가 아니니까.

맛있는 요리는 친구와 나눠먹어야지.

"그렇다 해도 그저 결과를 기다리며 움직이는 것도 우책(愚策)이지."

귀족은 다 거기서 거기니까.

바우마이스터 남작에게 어떻게 남단 미개발지를 개발시킬까?

그곳은 서류상으로 그 녀석 본가의 소유일 텐데.

그렇다면 그것을 바우마이스터 남작에게 분할 양도 시켜 본가로부터 독립을…….

아니, 그 시점에 본가의 지위는 바우마이스터 남작에게 넘어가겠군.

그는 공적도 있으니 최소한 백작 자리에 오르겠지.

"본가로서는 탐탁지 않을 수도……."

전에 조금 조사를 시켜봤지만 바우마이스터 남작의 본가는 고집 센 시골 귀족이라는 느낌이다.

바우마이스터 남작에게 영지나 작위를 추월당하고 화를 이기지 못해 시해를……할 가능성이 있다

"그리 쉽사리 남의 손에 죽을 녀석은 아니지만, 만일의 경우도 있으니까."

자칫 잘못되면 곤란하니까 호위라도 붙여둘까.

경비대에는 썩고 있는 녀석들이 아주 많으니까 말이야.

적당히 뽑아서 그를 지키게 하자.

그리고…….

"바우마이스터 남작과는 좀 더 가까워져야겠군."

우리를 행복하게 해 줄 훌륭한 녀석이니까.

그래서 보답으로 내 비장의 카드를 증정할 생각이야.

"이봐—! 빌마 거기 있느냐!"

"빌마님이라면 아까 돌아오셨습니다."

"뭘 하고 있지?"

"수렵을 나가셨던 터라 잡아오신 걸 조리하고 계십니다."

곁에 있던 하인에게 말을 걸자 아까 저택으로 돌아왔다고 한다.

"그렇다면 기다릴 필요도 없겠군. 빌마!"

그녀를 찾으면서 주방으로 들어가자 그곳에는 요리를 하는 빌마와 큰 접시에 수북하게 담긴 사슴고기 구이가 담겨 있었다.

"많이도 잡았군. 사슴 고기가 맛있어 보이는구나."

"나리도 먹을래?"

"그러지. 하지만 이제부터는 나를 '아버님'이라고 불러라."

"뜬금없는 얘기."

"뜬금없기는 하지만 양녀를 맞아들이는 일은 그리 번거롭지 않아. 내일 아침 일찍 관청에 서류만 내면 끝이니까."

"나 시집 가?"

"그럴 예정이다. 사정은 이제부터 얘기하겠지만 그 전에······."

빌마는 어떤 사정 때문에 종자로부터 맡아서 돌봐주고 있다.

체구가 작고 귀여운 아가씨지만 그 외모와는 달리 실력도 있고 수렵에도 능하다.

군에서는 쓸모가 없지만, 완력이 세므로 어디에든 써먹을 곳이 있을 것 같아 데리고 있었던 것이다.

"고기가 엄청 많아."

"먹음직스럽구나."

우선은 눈앞의 고기를 먹도록 하자. 우리 가문의 가훈에 '먹을 때를 놓치지 말자'라는 것도 있으니까.

"맛있구나."

"올해는 사슴이 많아."

"너무 숫자가 늘어나면 숲이 황폐해지니까. 사슴은 그저 잡아먹는 게 최고지."

군의 임무 중에는 수원지의 경비와 보전도 있으니까.

고기도 확보할 수 있어서 빌마는 적극적으로 사냥을 다니고 있다.

자, 이제 본론으로 들어갈까.

"빌마는 바우마이스터 남작을 알고 있지?"

"그럼, 유명인이니까."

"그것도 그런가."

왕도에 살면서 그를 모른다면 무척이나 세상 물정에 어두운 자일 것이다.

"그 바우마이스터 남작이 남쪽에서 조금 이런저런 일이 있는 모양이다."

"이런저런 일? 아버님은 뭔가를 파악한 거야?"

"그래. 귀족적인 이런저런 일들. 그리고 아주 먹음직스럽지."

우리 가문도 역사가 긴 대귀족이니까.

법의니까 영주 귀족에 비하면 대단하지는 않지만 그래도 나름 훌륭한 귀를 갖고 있지.

"언제인데?"

"시간은 조금 걸리겠지만. 적당한 때를 봐서 너를 호위로 보낼 테니까 준비해 둬라."

"알겠어."

빌마는 말수는 적지만 눈치가 빠른 아가씨니까.

이 정도만 얘기해도 거의 알아차린 모양이다.

"하지만 살짝 편법 아닌가."

"그 녀석에게 여자를 접근시키면 이것저것 귀찮으니까."

지난 2년 반 동안 바우마이스터 남작에게 여동생이나 딸을 밀어 넣으려는 귀족은 많았다.

하지만 그 호엔하임 추기경의 손녀가 본처이고, 블라이히뢰더 변경백작도 두 명의 측실 후보를 보내두고 있다.

이 틈에 끼어드는 일은 쉽지가 않으며 그 전에 결정적인 조건이 있었다.

"그 지하 유적의 상세 내용을 들었는데, 그 녀석의 약혼자는 전부 모험자로서 참가하고 있다."

바우마이스터 남작은 한동안 모험자를 계속할 것이다.

그렇다면 그 아내가 될 여성에게도 그에 걸맞은 능력이 요구되는 것이다.

"나도 참가하고 싶었어. 미성년이라 안 되지만……."

"안타까웠지. 너라면 충분한 전력이 됐을 텐데. 하지만 지금부터도 늦지 않았어."

내가 장래를 내다보고 돌보고 있는 것이다.

빌마 정도의 전투력을 가진 아가씨는 그리 많지 않다.

다른 귀족 가문의 딸은 앞으로의 바우마이스터 남작의 생활을 따라가지 못할 테지만 빌마라면 충분히 대응할 수 있다.

"처음에는 호위 대우로, 그리고 천천히 가까워져라. 바우마이스터 남작도 그쪽에서 따분할 테니까 그런 쪽으로도 확실하게 상대를 해줘."

"어떻게든 해볼게."

이렇게 해서 기정사실을 만들고, 최종적으로는 빌마를 바우마이스터 남작의 측실로 들어앉힌다.

내 딸은 이미 모두 시집을 갔으며 아무리 나라도 딸에게까지 전투 훈련을 시키지는 않았다.

그런 점에서 빌마는 조건을 충족하고도 남으며 내 수양딸로 삼았으니까 연결고리로 써먹을 수 있다.

양녀이므로 측실이라도 상관없고, 호엔하임 추기경에 대한 배려도 충분하다.

그 영감은 폐하조차 요괴 취급을 하는 사람이니까 섣불리 적으로 삼는 것은 상책이 아니다.

나도 그 정도는 분별할 줄 알지.

"빌마는 바우마이스터 남작이 싫으냐?"

"아니, 흥미가 꽤 많아."

"흥미가 많다?"

"드래곤 버스터라면 언젠가 용 고기를 먹여줄지도 몰라. 인품은 얘기를 해보기 전에는 모르지만."

"나쁜 녀석은 아니다."

출생 탓인지 귀족 사회에는 소홀한 부분이 있는 것 같지만 말이야.

나도 굳이 따지자면 그런 쪽을 싫어해서 의무적으로 하는 부분도 있으니까 꽤 마음이 잘 맞을지도 모른다고 생각하지만.

"생활력도 있으니까 빌마도 굶어죽을 염려는 없을 거다."

"그게 제일 중요해."

빌마는 잘 먹으니까. 장래의 남편이 될 남자의 조건에 그런 현실적인 부문도 필요하다.

너무 현실적이라 조금 재미는 떨어지지만 세상의 결혼관은 대부분 그렇겠지.

사는 것이 블라이히뢰더 변경백작이 좋아하는 책 같지도 않을 테고.

"미래의 서방님과 수렵을 할 수 있다니 근사해."

빌마는 수렵이 취미이기도 하니까.

함께 가면 데이트나 다름없는 셈이군.

바우마이스터 남작이 어떻게 생각할지는 모르지만 빌마나 내가 그렇게 생각하면 되는 것이다.

"하지만 아직 마물의 영역에는 들어갈 수 없어."

"그건 그렇지만……딱히 문제없지 않을까?"

남단 미개척지 대부분은 마물의 영역이 아니니까 그곳에서의 수렵은 문제가 없을 것이다.

게다가 그런 촌구석은 길드의 감시도 허술하니까.

"실수로 잠시 들어간다 한들 어차피 보는 사람도 없고, 최악의 경우 귀족의 명령으로 얼버무릴 수 있어."

왕국의 종군 명령과 똑같군.

귀족이 미성년을 자신의 부하로 들이고, 결과적으로 마물 영역에 들어가도 길드는 말을 꺼내지 못한다.

주군의 명령으로 처리되기 때문이다. 그리고 빌마는 바우마이스터 남작의 호위로서 활동할 예정이다.

이런 근거가 있다면 빌마는 자유롭게 움직일 수 있을 것이다.

"바우마이스터 남작님을 만나는 게 기대돼."

"나도 기대된다. 너를 호위로 보내는 것이."

조금 무뚝뚝한 면도 있지만 빌마는 눈치가 빠르고 귀여우니 데리고 있어서 손해 볼 일은 없다.

어린 나이 치고는 스타일도 제법 괜찮고 말이지.

바우마이스터 남작에게 붙어 있는 그 루이제인가하는 아가씨보다 가슴도 크고.

"우리와 바우마이스터 남작가, 양쪽의 행복을 위해 열심히 해야겠지."

"아버님, 무척 좋은 얘기네."

"그렇지?"

다만 아직 정보가 충분하지 않기 때문에 나는 가신들에게 더욱 상세한 정보를 수집하도록 명령했다.

***

"정말 오랜만에 돌아온 것 같네."

"나는 지난주에 짐을 들고 왔었…."

"벨 너는 그렇지."

갑작스러운 2년 반 동안의 왕도 유학에 모험자로 데뷔한 첫 지하 유적 탐색에서 죽을 뻔하기도 하는 등,

어른과 정치가 얽힌 이런 저런 일들을 무사히 해결한 우리는 마침내 블라이히부르크에 있는 집으로 귀환했다.

사실은 '순간이동' 마법을 쓸 수 있는 관계로 가끔 돌아오기는 했지만, 모험자로서 필요한 학습과 훈련에 바빴고 또 휴일에도 엘리제와 데이트를 해야 했기 때문에 실질적으로 집에 있던 시간은 그리 많지도 않다.

모처럼 시설이 잘 갖춰진 저택이라 조금 아쉬웠지만, 이것으로 마침내 내 집에 자리 잡고 눌러 앉을 수 있게 되었다.

첫 임무로 성가신 지하 유적의 공략을 마친 우리는 발견한 물건과 시설에 대한 보수를 받자 에리히 형 일행이나 블랜트가 사람들, 거기에 암스트롱 도사나 워렌 씨 등, 왕도에서 신세를 진 사람들에게 인사를 하고 난 후 '순간이동' 마법으로 블라이히부르크로 돌아왔다.

실은 그 과정에서 엘을 비롯한 세 사람이 얻은 보수의 대부분을 내게 넘기는 사건이 발생했다.

액수가 너무나 커서 골치 아픈 일만 생길 것 같으니까 필요 없다고 한다.

게다가 꼼꼼하게 모험자 길드의 분배금 이의 제기 제도까지 이

용했다.

이 제도를 쓰지 않으면 공식적으로 기록이 남지 않으므로, 세 사람이 거금을 갖고 있다는 정보만이 소문으로 퍼져버리기 때문이리라.

게다가 엘리제도 얻은 거금의 대부분을 내게 맡겨 버렸다.

지불은 12년 분할이라고 해도, 또 늘어난 백금화가 아니라 왕국 정부가 발행한 '왕국수표' 다섯 장은 마법주머니 안에 있다.

이 왕국수표는 마도구의 구조를 이용하여 만들어진 목제 화폐다.

왕성에 가져가 신청하면 그곳에 적힌 금액만큼의 재화와 교환해주는 것이다.

한마디로 왕국 전용 보증 수표랄까.

위조 대책으로 마도구 기술을 이용하는 것이겠지만, 갖고 있는 사람 자체가 몇 안돼서 담당자가 소유자의 얼굴을 쉽게 기억할 수 있기 때문에 위조 사건은 지금까지 한 건도 발생하지 않았다고 한다.

들키기 쉬운 왕국수표의 위조로 '위폐 제조는 사형'이라는 형법에 도전하는 사람은 존재하지 않으리라.

은화나 금화는 가끔 위조 사건이 발생했다가 범인이 붙잡혀 처형당하는 모양이지만.

당연히 왕국수표는 좀처럼 볼 수 있는 물건이 아니다.

게다가 이번 왕국수표의 금액은 한 장에 10억 센트.

그러므로 나는 1억 센트가 넘는 보수를 사양한 엘 일행에게 내가 갖고 있던 백금화 백 개를 나눠주고 이 왕국수표를 받았다.

엘 일행은 그보다 한 자리수가 적어도 상관없다고 했지만, 역시 그러면 분배 비율이 너무 낮아져버린다.

그러므로 반강제로 1억 센트를 건넸다.

"나도 데려 가라. 나리가 경비를 아끼라고 하셨거든."

얘기를 다시 되돌려, 블랜타크 씨에게도 함께 데려가 달라는 부탁을 받았기 때문에 나는 그를 데리고 블라이히부르크로 돌아오게 된다.

내 '순간이동'은 그 뒤로 아무리 훈련해도 자신을 포함해 여섯 명까지밖에 옮기지 못했지만, 이번에는 아슬아슬하게 한 번으로 끝냈다.

"앞으로 왕도에 볼일이 있을 때는 꼬마에게 부탁해야겠구나."

"제가 모험자 일 때문에 없을 때는요?"

"하루 이틀 기다려도 그 편이 더 빠르니까. 경비도 아낄 수 있고."

매우 편리하기 때문에 블랜타크 씨와 그 주인인 블라이히뢰더 변경백작에게는 단단히 붙잡힌 것 같다.

'순간이동'이나 '통신' 마법을 쓸 수 있는 마법사는 재야에 있는 인물도 의무적으로 등록을 해야 하므로 숨기는 일은 거의 불가능하다.

치안 유지와 유사시 징집될 가능성이 있다는 점이 이유인 모양이다.

그 징집 자체가 지난 2백년 가까이 없었다 해도.

그러므로 나는 블랜타크 씨도 함께 데리고 블라이히부르크로 돌아와 곧바로 블라이히뢰더 변경백작에게 보고를 했다.

이어서 그 길로 모험자 길드 블라이히부르크 지부로 이전 신고를 한 뒤 지난 며칠 동안은 블라이히부르크에서 제일 가까운 마물 영역에서 평범하게 마물을 잡고 있었다.

처음부터 느닷없이 왕국 강제 의뢰를 받는 모험자는 애당초 있을 수가 없으며 보통은 이렇게 평범하게 마물을 잡는 것이다.

길드로부터 지시를 받은 마물 영역인 숲으로 향해 그곳에서 차례차례 마물을 잡는다.

곰을 닮은 마물에, 늑대를 닮은 마물, 멧돼지를 닮은 마물.

이런 류의 마물은 장생한 야생동물이 어째선지 마물 영역에 이끌려 들어와 그곳에서 갑자기 변이를 일으켜 마물로 변하는 모양이다.

그 밖의 특징으로서는 보통의 야생동물보다 몇 배나 크다는 점과 그 몸 안에 마석을 갖고 있는 점.

그리고 번식력과 성장이 범상치 않은 점과 고기나 뼈나 가죽이나 송곳니 등의 소재가 비싸게 팔리는 점일까.

다만 보통의 몇 배나 큰 곰은 평범한 사람이 어떻게 할 수 있는 것이 아니다.

자칫하면 한 방에 즉사하고 만다.

그런 위험성을 포함한 고액의 보수를 받을 수 있는 직업이 모험자이기도 한 것이다.

"어쩐지 엘과 이나가 무척 의욕적인걸."

"데뷔전에서 너무 상식에서 벗어난 일을 겪었다고……."

확실히 엘리제의 말대로 지하 유적 탐색에서는 엘도 이나도 극한 상태를 경험했다.

두 번째 드래곤 골렘전에서도 블랜타크 씨와 내가 장시간 마법으로 싸우고 있는 동안, 다가오는 골렘들을 상대하느라 정신이 없었다.

도움이 안 되는 것보다는 낫겠지만 데뷔전에서 너무 큰 무력감을 느꼈을 테니, 틀림없이 지금의 평범한 모험자 일에 이렇게 의욕을 보이는 것이리라.

루이제는 언제나 그런 느낌이므로 별다른 변화가 없었고, 엘리제는 회복 역할이므로 누군가가 다치지 않으면 나갈 일이 없었다. 식사 당번 이외에는.

"자, 이제 제법 잡았으니까 돌아갈까."

숲에 들어간 직후부터 엘과 이나는 가장 앞에서 마물을 계속 잡았으며 루이제는 그 보좌 역할을 맡았다.

나와 엘리제는 후방의 '마법장벽' 안에서 만일의 사태에 대비해 대기하고 있었지만, 이제 충분한 숫자를 잡은 것이다.

나는 그렇게 판단해 모두에게 철수를 권했다.

"그래. 이제 충분히 잡은 것 같으니까."

"저기, 루이제 씨는 사냥을 하지 않아도 괜찮나요?"

오늘도 마물을 한 마리도 죽이지 않은 루이제에게 엘리제가 그 이유를 묻는다.

"저 두 사람에게 양보하고 보좌를 맡았지만 전혀 나설 차례가 없으니까요."

지난 며칠 동안 엘과 이나는 자신들이 중심이 되어 상당한 수의 사냥감을 잡았다.

이만큼 잡았으면 충분히 만족했을 테고, 좋은 경험이 됐으리라.

딱히 우리가 손을 놓거나 마음이 해이해져 있는 것은 아니다.

"다른 곳의 무책임한 녀석들이 너희를 향해 엄청 투덜대고 있겠지."

루이제는 '진짜 힘든 것은 전혀 모르면서'라며 불만스러운 표정을 짓는다.

어느 세상이든 무서운 것은 다른 사람의 질투와 시기였다.

용을 퇴치한 나에 대해서도 '꼬맹이가 운이 좋았다'고 소문을 내는 귀족이나 마법사가 있다.

루이제에 대해서도 '미숙한 꼬마'라고 뒤에서 비판하는 마투류 수련자들이 존재한다.

역시 성녀 대접을 받는 엘리제에 대한 악평은 나오지 않았지만, 엘이나 이나에게는 더욱 심한 욕을 하는 녀석이 있었던 것이다.

"운 좋게 바우마이스터 남작에게 붙어 있을 뿐이면서."

지하 유적 탐색에서 거액의 보수를 받은 것 때문에 쓸데없는 입방아에 오르게 된 모양이다.

일반적인 지하 유적 탐색에서 그런 어마어마한 보수를 받는다는 것은 기적이었다.

발견된 물건이 워낙 귀한 것이라 왕국이 독점하기 위해 비싸게 사들인 점도 컸다.

대부분 반려하고 내게 넘긴 사실이 밝혀졌어도 그 액수는 일인당 백금화 백 개이므로 일본 돈으로 치면 대략 100억 엔.

평범한 모험자가 평생 노력해도 얻을 수 없는 거금이었기 때문에 더욱 비난이 쏠려버린 것이다.

내 앞에도 '그런 애송이나 계집애보다 우리가 더 쓸모가 많다'고 지껄이는 이상한 녀석들이 시도 때도 없이 나타나 여간 성가신 것이 아니었다.

다만 루이제에 관해서는 그 암스트롱 도사의 제자라는 이점 때문에 대놓고 비난하는 녀석들은 존재하지 않았다.

그 도사에게 정정당당하게 시비를 걸 사람은 없는 모양이다.

나도 그런 무모한 짓은 하지 않으니까 당연하다고 할 수 있었다.

"그만한 성과를 올린 파티에서 보수의 대부분을 사양했는데도 말인가요?"

"그래도 1억 센트니까. 불평을 하고 싶은 녀석도 많겠죠."

루이제의 대답에 엘리제는 납득을 못한 것 같았지만, 일부라 해도 워낙 어마어마한 금액이니까 그런 모양이다.

지하유적 중에서도 특히 마도비행선의 가치는 크다.

현재 가동에 성공한 새로운 마도비행선은 증편이나 목적지를 늘려, 왕국 내에서 여객선으로 이용되기 시작했다.

운임으로 유지비나 선원의 급료를 충당하고 수리나 운용 기술 등도 습득한다.

평소에는 왕국 내의 운수에 공헌하고 전시에는 유력한 유격 전력이나 병참 유지 등에도 도움이 된다.

헬무트 왕국에서는 우리가 왕도에 가기 전까지는 예비도 포함하여 여덟 척이 가동 상태였다.

그런데 언데드 고대용에서 나온 초거대 마석이 손에 들어와 지금까지 자리만 차지하고 있던 초거대 마도비행선의 취항에 성공.

이 배는 우리가 사는 대륙인 린가이아의 이름을 달고 현재 군에서 훈련이 진행되고 있다.

계속해서 그레이드그랜드에서 나온 마석으로 또 한 척이 취항 가능해졌고 이 배는 이미 기존의 항로를 비행하고 있었다.

그리고 이번에는 지하 유적에서 나온 사용 가능한 일곱 척에, 드래곤 골렘 두 마리에서 나온 마정석과 지하유적의 동력원이었던 마정석 두 개를 합쳐 이미 네 척이 가동 가능해졌다고 한다.

결국 우리 덕분에 왕국은 가동 가능한 마도비행선이 배 이상인 스무 척으로 늘었으며 게다가 군에서도 한 척의 초거대 마도비행선의 전력화가 이뤄지고 있다.

북방의 어쿼트 신성제국에 대해 군사적으로 상당히 우위에 서게 되었으니 우리에게는 그만한 보수를 받을 권리가 있는 것이다.

엘이나 이나를 비난하는 녀석들 입장에서 보면 그런 행운이 마음에 들지 않는 것이겠지만.

"그래. 슬슬 돌아갈까."

엘도 이제 충분하다고 생각한 모양이다.

검을 천으로 닦으면서 우리에게 말을 건다.

"검이 아주 잘 드는 것 같네."

"그야 거금을 얻었으니 좋은 녀석을 장만해야지."

엘은 이번에 받은 보수로 좋은 검을 산 모양이다.

그보다 엘은 틈만 나면 무기 상점에서 검을 구경하고 있으며, 예비를 포함해 열 자루 가까운 검을 보유하고 있다.

듣자니, 어릴 때는 형들이 쓰다 버린 낡은 검밖에 쓰지 못했기 때문에 무심코 좋은 새 검이 갖고 싶어진다고 한다.

"나는 감정 마법을 쓰지 않으면 검이 좋은지 아닌지도 몰라."

"너 그래도 명색이 기사 가문의 자식이잖아."

검에 전혀 관심이 없는 내게 엘이 웃으면서 농담조로 시비를 건다.

확실히 열두 살 무렵까지는 아침마다 한 시간씩 빠짐없이 기초 훈련을 했었다.

하지만 전혀 재능이 없기 때문에 지금은 마법이나 활에 완전히 자리를 넘겨준 것이다.

"일단은 그렇지. 자식이라도 태어나면 좋은 가정교사를 붙여 배우게 할 거야."

나도 일단은 남작이라는 신분을 갖고 있다.

유전적으로 마법 재능이 자식에게 전해질 확률이 기적과 같은 이상, 자식에게는 평범한 귀족 교육을 시켜야 한다고 생각하고 있는 것이다.

"염려 마. 내가 가르쳐줄 테니까."

"그러고 보니 엘은 내 가신이었지."

전혀 실적이 없기 때문에 무급에 명목뿐이지만, 어쨌든 엘 일행은 내 가신이었다.

"하지만. 모처럼 거금을 얻었으니까 영지라도 개척하면 어때?"

왕국에서 돈으로 작위를 사는 행위는 기피되고 있다.

남에게 팔 거라면 그 전에 계승 가능한 자에게 양도하거나 양자를 들이거나 아니면 왕국에 반납하는 것이 도리이기 때문이다.

그 양자도, 벼락부자가 된 상인이 작위를 돈으로 사는 걸 막기 위해 양자가 될 수 있는 혈통 등의 조건이 매우 엄격하다.

에리히 형의 경우는 형이 귀족의 자식이었기 때문에 비교적 수월하게 인정을 받았을 뿐이다.

상인 등이 불쑥 데릴사위로 들어가려고 하면 위에서 곧바로 불가 판정이 내려온다.

그 다음은 스스로 사람이 없는 땅을 개간하여 그곳을 영지로 인정받는 방법도 있다.

왕국에 공헌하는 일이므로 이것은 혈통과 상관없이 누구나 귀족이 될 수 있지만, 사람 없는 땅을 처음부터 개발해가는 일이니 당연히 웬만한 노력으로는 성공하기가 어려웠다.

단순히 완력이 세거나 마법을 잘 쓰거나 돈이 있다고 되는 일이 아닌 것이다.

많은 사람을 효율적으로 부릴 수 있는 수완. 그것이 없으면 그저 밑 빠진 독에 물을 붓는 꼴이다.

거금을 들여 영유권을 인정받아도 그 자금을 회수하려면 수십 년 세월이 걸리며 그 동안은 아무런 수입도 없이 갖고 있는 자금만 까먹는 경우도 많다.

개발 자금 회수에 조바심을 내서 영주민에게 무거운 세금을 물리고, 아직 땅에 애착이 없는 그들이 달아나버려 영지를 허비하는 영주도 의외로 많다고 한다.

당연히 그 사실을 왕국에 들키면 그 영주는 통치 능력이 없다고 하여 작위와 영지를 몰수당하고 만다.

결국 들인 돈만 날려버리는 것이다.

왕국은 무제한으로 귀족을 늘리지 않기 위해 엄격한 규칙을 정해두고 있다.

상당히 기득 권익을 배려한 규칙이라고 할 수도 있지만, 규칙을 정하는 게 귀족이므로 그것은 어쩔 수 없는 일일지도 모른다.

그래도 영지 개발에 성공하여 귀족이 된 사람도 존재한다.

"성공할지도 의심스러운 영지 개발로 돈을 쓰고 싶지 않아. 현금으로 남기면 상속받은 자손들도 자유롭게 쓸 수 있고."

왕국에서는 상속세가 존재하지 않으므로 현금이나 귀금속, 집이나 수확 가능한 밭 등을 갖고 있는 게 유리한 것이다.

돈이 사회에 잘 돌지 않을지도 모르지만, 그 돈을 유통시키는 것이 부잣집 방탕한 자식의 역할 아닌 역할이기에 그걸 통해 이 세계는 균형을 이루고 있었다.

"그렇지. 영지 운영을 하려면 돈과 노력이 필요하니까."

"유능하고 신뢰할 수 있는 대관(代官 영주의 직무를 대신하는 직책)이라도 찾으면 또 모르겠지만."

잡은 사냥감을 마법주머니에 넣으면서 엘과 나는 영지 운영에 손대지 않기로 방침을 모았다.

다만 나를 둘러싼 환경이 차츰 긴박해져 가는 느낌을 받긴 했지만.

"하지만 오늘은 많이 잡아서 다행이네."

사냥감을 넣는 마법주머니는 내가 별도로 몇 개 제작해 두었다.

기본적으로 재능이 필요한 마도구지만 마법주머니는 비교적 쉽게 만들 수 있다.

"'마법사 전용'이라는 조건은 있지만.

일반인 정도의 마력량으로는 범용품밖에 못 쓰는데 그 범용품은 내가 전혀 손댈 수 없을 만큼 만들기가 어렵다.

하지만 루이제나 엘리제 정도의 마력이 있는 사람이 쓰는 건 나도 쉽게 만들 수 있다.

"마물이니까 평범한 동물 고기보다 비싸게 팔릴 테고 말이죠."

"사실 지금 우리에게 돈은 그다지 필요가 없지만."

그래도 있어서 나쁠 것은 없다는 생각으로 엘리제가 갖고 있는 마법주머니에 사냥감을 넣은 뒤 우리는 블라이히부르크로 돌아간다.

'순간이동'으로 단숨에 블라이히부르크의 길드 뒤뜰까지 날아가 접수창구에서 사냥감을 수납한 뒤에 상업가로 향한다.

오늘은 다 같이 일을 했기 때문에 저녁은 레스토랑에서 먹기로 한 것이다.

평소에는 되도록 여성진이 만들려고 하지만, 그녀들도 우리와 똑같은 조건에서 모험자로 일하고 있으니 집안일에 쓸데없는 부담을 주어서는 안 된다.

엘도 나도 그렇게 생각했다.

"마물과의 전투에도 제법 익숙해진 것 같은데."

"그래."

원래 엘이든 이나든 다른 파티에 있었다면 당장 초일류 실력을 가진 모험자로서 인정받을 존재다.

더 이상 마물의 영역 입구 근처에서 전투에 익숙해지기 위한 사냥을 할 필요는 없을 것이다.

"조금 더 안으로 들어가서 싸울까?"

"하지만 마물의 종류는 그리 다르지 않은 것 같은데."

안으로 꽤 많이 들어가지 않으면 마물의 종류는 그리 달라지지 않으며, 굳이 말하자면 장소나 지역의 차이가 크다.

나머지는 속성용 등 그 영역의 보스이자 먹이사슬의 최강자가 마물을 통합하는 것이 상식이었지만, 그 존재가 발견되는 일은 거의 없다.

그토록 쉽게 발견되어 토벌당한다면 이미 마물 영역 따위는 전멸했을 테니까.

"모험자 일이라는 게 대부분 매일 똑같은 사냥을 반복하는 일이고."

보통 근처에서 새로운 유적이나 미궁이 발견되는 일은 거의 없다.

찾고 싶다면 멀리 원정을 나가야 하며 발견한다 해도 그렇게 멀리 탐색을 가려면 실력이 있어야 한다.

인적이 드문 곳에서는 야영이나 전투 기회가 늘어나 경험이 적은 모험자에게는 힘들기 때문이다.

"여어, 너희들이구나."

갑자기 뒤에서 목소리가 들려 뒤돌아보니 그곳에는 꾸민 듯한 미소를 지은 블랜타크 씨가 서 있었다.

과거에는 엄청난 솜씨의 모험자였으며 지금은 블라이히뢰더 변경백작의 전속 마법사이다.

후자는 엄청 고생을 하고 있는 모양이었지만 지금의 미소를 보니 그저 안 좋은 예감만 들 뿐이다.

아마도 블라이히뢰더 변경백작의 명령으로 우리를 기다리고 있었으리라.

"저녁이라면 블라이히뢰더 변경백작이 저택에서 대접하신다는 구나."

"왠지 안 좋은 예감이 드는데요."

"너무 그러지 마라. 그래도 나리가 명색이 꼬마의 주군 아니냐."

"블랜타크 씨, 정말로 그렇게 생각해요?"

"…………."

얼굴을 굳히는 블랜타크 씨를 보면서 우리는 속으로 월급쟁이 란 참으로 고달픈 일이라고 생각했다.

"아직 얼마 되지는 않았지만 그대들의 평판은 아주 훌륭해요. 나도 주군으로서 자랑스럽게 생각합니다."

블랜타크 씨에 의해 끌려가듯 블라이히뢰더 변경백작 저택으로 간 우리는 그곳에서 그야말로 온갖 산해진미를 대접받았다.

블라이히뢰더 변경백작은 내 약혼자인 엘리제에게도 기분 좋게 요리를 권하고 있다.

속으로는 이것저것 생각하는 부분도 있겠지만 섣불리 교회의 높은 분의 손녀딸을 적으로 삼을 수는 없으리라.

적어도 무례하게 대접할 일은 없을 것 같다.

맛있는 디저트도 있으니까요, 라며 그녀에게 말을 걸었다.

"용에 골렘에 이런 저런 마물까지. 고전하고 있는 것 같지는 않 군요."

"아직까지는……."

아니 실제로는 크게 고전을 했으며 죽을 뻔 했다.

솔직히 우리 모두 그토록 강력한 상대는 이제 두 번 다시 만나 고 싶지 않았다.

"용을 쓰러뜨릴 정도라면 다른 마물도 거의 문제없나요?"

"조건에 따라 다릅니다."

정말로 조건에 따라 다른 것이다.

비운의 죽음을 맞이한 스승님도 마음만 먹었다면 용에게 당하 는 일은 없었으리라.

쓰러뜨리지는 못해도 쓰러지기 전에 달아나는 일쯤은 여유롭 게 할 수 있었을 테니까.

그럼에도 주군이나 자기편 군대를 지키면서 떼 지어 몰려드는 마물과 맞서기에는 역부족이었다.

자기 혼자라면 달아날 수 있겠지만 고용주와 그 군대를 놔두고 갈 수는 없었으리라.

나는 그보다도 미숙하므로 조건에 따라서는 스승님보다 맥없이 죽어버릴 가능성도 있다.

"그래요. 조건에 따라 다르군요. 실은 바우마이스터 남작에게 하나 부탁하고 싶은 것이 있어서요…….."

그 블라이히뢰더 변경백작의 부탁이란 일부러 이곳으로 부른 것으로 봐도 틀림없이 길드를 통하지 않은 의뢰일 것이다.

사실이라면 길드에서 좋아하지 않겠지만 블라이히뢰더 변경백 작은 블라이히부르크의 통치자이므로 아마 길드와는 이미 의논 이 끝났을 가능성이 높았다.

"그래서 어떤 의뢰이신지요?"

이 경우 거절한다는 선택은 있을 수 없었다.

어려울 경우에는 철수하여 실패했다고 보고하는 편이 거절하 는 것보다 낫다.

어쨌든 이 의뢰는 길드를 통하지 않았기 때문에 실패해도 경력 에 흠집이 가지 않으니까.

"일종의 토벌 의뢰예요."

"어떤 종류죠?"

"내 부친의 뒤처리입니다."

그 한 마디로 나는 모든 것을 알아차렸다.

블라이히뢰더 변경백작의 의뢰란 선대 블라이히뢰더 변경백작 이 멋대로 시작해 내 스승님이나 본가까지 끌어들인 그 무모한 마의 숲 원정의 뒤처리이리라.

"2천 명 가까운 사람이 목숨을 잃고 마물의 영역에 남겨졌습니 다. 이것의 뒤처리가 필요하겠죠."

정확히 말하면 거의 100% 언데드화 되어 있을 그들의 정화가 주요 의뢰가 될 것이다.

스승님처럼 강한 자아를 가진 채 말하는 죽은 이가 되는 예는 매우 적다.

대부분은 좀비부터 구울, 스켈톤이나 레이스 등의 순서로 차츰 진화해 간다.

악령화된 영혼이 수백 구나 모여 집합체가 되어버리면, 엘리제나 나 정도의 성 마법이 아니면 이제 정화하기가 어려워진다.

집합체가 되지 않더라도 숫자가 많으므로 정화가 매우 어려운 것이다.

애당초 마의 숲의 장소가 문제다.

이곳에서 남쪽 산맥을 넘은 바우마이스터 기사작령에서 광대한 미개척지를 남쪽으로 수백 킬로나 더 간 남동쪽의 끝에 있는 마의 숲이기 때문이다.

"바우마이스터 남작은 '순간이동'으로 마의 숲에 갈 수 있지요?"

"네, 뭐……."

평범한 모험자라면 마의 숲에 가는 일만으로도 벅찰 것이다.

그런데 나는 어릴 때부터 해온 탐색 덕분에 '순간이동'으로 자유롭게 마의 숲 입구까지 갈 수 있다.

그런 사정이 이미 블라이히뢰더 변경백작에게도 알려져 있으리라.

"그러니까……. 하지만 멋대로 바우마이스터 기사작령 안에 있는 마의 숲을 탐색하는 일은……."

"괜찮아요. 그대의 부친은 이 주군의 부탁을 거절하지 못할 테니까."

확실히 그 엄청나게 보수적이고 영지 보전밖에 생각하지 않는 아버지가 주군인 블라이히뢰더 변경백작의 부탁을 거절할 리는 만무할 것이다.

게다가 이번 경우는 우리끼리 마의 숲에 갈 뿐 아버지 쪽에 원군을 요청하는 것도 아니다.

허가만 내주면 되므로 그리 성가신 일이 생기지는 않을 것이다.

"만약 수백 년 뒤 그 숲에 모험자가 들어가게 된다 해도 동족 포식으로 강화된 언데드가 모험자를 습격하여 그 원인이 우리란 사실이 알려지면 평판이 떨어질 테니까요."

거물 귀족의 체면이란 정말 성가시군.

이것으로 거절할 희망이 사라졌나.

하지만 언데드가 최소 2천이라니······.

뭐, 안 되면 도망쳐 오면 그만이라고 생각하면서 나는 소심한 분풀이로 요리를 더 주문하기 시작한 것이었다.

제4화 오랜만의 귀향

"자, '순간이동'을 해라. 꼬마야."

"블랜타크 씨, 또 함께 가시는군요."

"말하지 마라……."

정말로 극비인지는 의심스럽지만, 우리 '드래곤 버스터즈'의 멤버들은 블라이히뢰더 변경백작으로부터 반 강제적으로 의뢰를 맡는 신세가 되었다…….

일찍이 선대 블라이히뢰더 변경백작이 우리 본가 바우마이스터 기사작가를 끌어들여 많은 사람을 희생시킨, 린가이아 대륙 최남단 동부에 있는 마의 숲 원정이라는 우행(愚行)이 있었다.

그 무모한 원정에서 마의 숲에 남겨진 2천구의 유체가 언데드 화 하여 그대로 수백 년의 세월이 흘려버리면 큰 문제다. 언데드는 발생한 뒤 세월이 지나면 지날수록 그 미련, 슬픔, 원한이 증폭되어 성가신 존재가 되어 가기 때문이다.

그 왕도에 엄청 많았던 하자 물건을 보면 누구나 이해할 수 있을 것이다.

바우마이스터 기사작령의 주거 가능 지역에서 미개척지를 수백 킬로나 사이에 둔 곳에 마의 숲이 있기 때문에 다음에 사람이 발을 딛기까지는 최소 수백 년은 걸릴 것이니 상상하기조차 무섭다.

그리고 그 미래에 마의 숲 언데드에게 다수의 희생자가 나오면 당연히 그 언데드의 신원 조사가 이뤄지고, 원인을 만든 블라이히뢰더 변경백작이 욕을 먹을 것이다.

'그 수백 년 뒤에 블라이히뢰더 변경백작이 존재할까?' 라고 물으면 확신할 수는 없지만, 현재 블라이히뢰더 변경백작가는 천이백 년의 역사를 가진 모양이니 지속될 가능성은 매우 높은 것이다.

아직 보지도 않은 자손을 위해 마의 숲에서 방황하는 원정군 병사 출신의 언데드를 더 강해지기 전에 성불시킨다.

그러기 위해 우리는 현지로 가게 되었다.

이런 대귀족 가문의 치부에 관한 의뢰를 받는 걸 보면 아무래도 우리는 블라이히뢰더 변경백작으로부터 어느 정도 신뢰를 받고 있는 모양이다.

보수도 함구료가 포함된 덕분에 액수가 꽤 높았다.

"하지만 이렇게 적은 인원으로 괜찮을까?"

"괜찮아."

엘의 걱정에 블랜타크 씨가 곧바로 대답했다.

많은 마물이 사는 영역에 소수의 모험자 파티로 도전하는 이유는 전에 얘기한 대로다.

너무 많이 몰려가면 그에 호응하여 마물이 떼 지어 나타나고 만다. 과거 원정군의 가장 큰 실수도 그 점에 있었다. 물론 다른 요인도 있지만 그것은 나중에 얘기하기로 하자.

"소수로 침입하면 저쪽도 그에 맞는 수만 나오거든."

"그건 지금까지 토벌하며 경험했지만. 그래도 그럼 2천이나 되는 언데드를 쓰러뜨릴 수가 없잖아."

"그것도 걱정 없어. 그 때문에 엘리제 아가씨와 꼬마가 있는 거니까."

이제 성인이 되었기 때문에 '꼬마' 소리는 빼줬으면 좋겠지만, 블랜타크 씨는 그럴 마음이 없는 모양이다. 그의 입장에서는 나는 제자의 제자니까.

감각적으로 꼬마 취급을 하는 것은 어쩔 수 없는 일이며, 평소 공적인 자리에서 남작인 내게 무례한 말을 하는 것도 아닌걸 보면 역시 공과 사는 구별할 줄 안다.

"벨과 엘리제가?"

"그래. 단숨에 진딧물을 퇴치하듯이 말이지."

그가 생각한 이번 작전은 찔끔찔끔 하나씩 없애는 게 아니라 모여드는 언데드를 단숨에 섬멸하는 것인 모양이다.

"꼬마는 광역 확산 마법을 쓸 수 있지?"

"네, 스승님에게 배웠어요."

광역 확산 마법이란 쉽게 말하면 광범위하게 마법 효과를 퍼뜨리는 마법을 말한다.

마법 효과를 광범위하게 퍼뜨리기 때문에 당연히 대량의 마력을 사용하며, 그 대상도 적절하지 않으면 사용한 의미가 없을 뿐 아니라 속성의 궁합도 상관이 있다.

불 속성이라면 불이 퍼지므로 넓은 범위의 마물을 불태워 죽일 수도 있다.

가끔 스스로 퍼뜨린 불에 포위되어 그대로 불타죽는 사람도 있는 모양이지만.

바람 계통의 회오리도 마찬가지이며 오히려 그다지 의미가 없는 것은 흙이나 물 계통의 마법일까?

다만 전부 다 의미가 없는 게 아니라 흙 계통 중에서 토목 마법 등은 매우 효과적이다.

원래부터 넓은 범위에 작용하는 마법이기 때문이다.

물 계통이라면 치료 마법의 광역 확산이리라.

전쟁이 있던 시절 부상자를 모아 단숨에 치료하기에 편리했던 모양이다.

마력 관계로 경상자를 치료하는 게 한계였던 모양이지만, 그래도 그 정도 마법을 쓸 수 있는 사람은 좀처럼 없기 때문에 매우 큰 의지가 되었다고 전에 책에서 읽은 적이 있었다.

"꼬마의 광역 확산 마법은 다른 사람의 마법에도 쓸 수 있지?"

"네."

"그럼 의외로 일이 편하겠군."

블랜타크 씨가 작전을 설명한다.

우선은 엘리제가 정화 마법을 쓰고, 그것을 내가 광역 확산 마법으로 마의 숲 전체로 펼쳐간다.

중간에 엘리제의 마력이 떨어지면 블랜타크 씨가 마력을 보충한다.

엘과 이나와 루이제는 우리에게 다른 마물이 붙지 않도록 제거하는 것이 주요 임무다.

"그래서 블랜타크 씨가 지원군으로 왔군요."

"역시 인원수가 적으니까. 소수 정예가 기본이 되고 지원군은 그에 맞는 실력과 무거운 입을 가져야겠지."

섬멸에 성공하면 아무 문제도 없지만 실패할 가능성도 고려하여 지원군에는 블라이히뢰더 변경백작을 모시는 블랜타크 씨가 뽑혔으리라.

"그럼 당장 갈까요."

나는 열두 살 때까지 마법 단련을 겸하여 미개척지에 대한 탐색을 했다. 그 덕분에 마의 숲 안에 들어가지는 않았지만 거의 전역에 걸쳐 자유롭게 이동이 가능한 것이다.

"아니, 잠깐."

나는 당장 이동해 의뢰를 끝내버리려고 했지만, 그런 나를 어째선지 블랜타크 씨가 제지했다.

"네? 어째서요?"

"먼저 가야할 곳이 있을 텐데."

"가야할 곳이요?"

"그 마의 숲은 일단은 바우마이스터 기사작령 안에 있으니까. 영주를 찾아가 인사를 하는 게 상식이지."

"아니, 그건 그렇지만요……."

당연히 눈치는 채고 있었지만 솔직히 마음이 내키지 않았다.

그보다 이쪽은 블라이히뢰더 변경백작가의 치부를 처리하러 가는 것이니까 적어도 그쪽이 먼저 인사를 끝내주었으면 하는 아쉬움이 남는 것이다.

"하아……."

"참아다오."

서류상 바우마이스터가의 것으로 되어 있으므로 역시 인사를 하러 찾아가 허가를 받고 수확물 분배 교섭을 할 필요가 있는 모양이다. 블라이히부르크처럼 그곳에 모험자 길드 지부가 있으면 그럴 필요가 없다. 모험자 등록만 하면 나머지는 길드가 교섭하여 세금까지 지불해 주기 때문이다.

하지만 바우마이스터령과 미개척지에는 모험자 길드가 존재하지 않으므로 영주와 직접 교섭을 한다.

가령 이번 경우는 언데드 정화 과정에서 얻은 병사들의 유품이나 원정군의 유류품, 그리고 공격해온 마물로부터 얻은 소재나 마의 숲에서 채집한 약초 등.

얻은 것 전체에서 얼마의 수익을 납부할지, 지불은 현물 지급인지, 블라이히부르크에서 매각 후에 일정액을 현금으로 지급할지, 등등 세세하게 교섭할 필요가 있었던 것이다.

어쩐지 새삼스러운 기분도 들지만…….

어릴 때 마법 수행을 겸하여 미개척지에서 실컷 수확을 올렸던 내가 이런 말을 하는 것도 웃기지만, 이번 경우는 얘기가 다르다고 할까 이게 나의 악당 같은 면이다.

내가 미개척지에서 멋대로 광물이나 사냥감의 소재 등을 수확했어도 우리 본가는 나를 처벌할 수가 없다. 왜냐하면 절도 사건을 증명하려면 증거가 필요하기 때문이다.

조사대를 보내 어디에 뭐가 얼마나 있는지 파악을 하지 못한 우리 본가는 내 범죄를 증명할 능력이 없는 것이다.

자기 지갑에 얼마가 들어있는지 모르는 사람이 돈을 도둑맞았다고 소란을 피워봤자 경찰이 상대해 주지 않는 것과 같은 이치였다.

"…………."

"저기, 벤델린 님?"

"기분은 알지만. 엘리제, 잠시만 내버려 둬."

엘도 나처럼 본가와의 관계가 미묘하므로 이해를 해준 것 같다.

아무리 일 때문이라 해도 이미 관계를 끊은 본가에 인사를 가야 하는 탓에 나는 조금 우울한 기분에 빠져버린 것이었다.

"하아……."

"뭐야, 그렇게 싫으냐?"

'순간이동'으로 나는 오랜만에 바우마이스터가의 저택 앞에 서 있었다.

솔직히 위치를 잊어버려서 이동할 수 없으면 좋겠다고 생각했지만, 오히려 열심히 수련을 한 탓에 몇 년 만임에도 '순간이동' 마법은 정상적으로 성공한 것이다.

엘과 나는 거의 같은 처지다.

기사작가의 상속 따위 불가능한 떨거지이자 스스로 모험자로서 독립한 신분이다.

엘은 성인이 됨과 동시에 본가의 상속권을 포기했다. 뜻밖의 행운으로 거금을 얻었지만 이제 그것은 다른 집 얘기이므로 엘의 본가가 탐욕스럽게 원조를 요구하는 일은 없을 것이다.

그 지옥 같은 지하 미궁 공략이 끝난 지 한 달이 됐으므로 앞으로 소식이 진해지면 어떻게 될지 모르겠다고 엘이 걱정스러워 하긴 했지만.

돌이켜 보면 내 경우는 어떨까?

과거에 명주인 클라우스로부터 내가 차기 당주로 적임이라는, 엄청난 폭탄을 넘겨받은 적이 있기 때문에 나는 일찌감치 상속권을 포기했다.

그보다 폐하로부터 새 작위를 받은 시점에 포기는 확정된 것이다.

급한 사무적인 절차를 관청에 맡긴 게 전부였지만.

또한 그 당시 아버지나 형도 아무 말도 하지 않았다고 한다.

남의 일처럼 말하는 것은 편지로 모든 걸 끝내고 실제로는 만나지 않았기 때문이다.

오히려 내게는 바우마이스터가나 부모님, 그리고 형제에 대한 집착이나 애정 같은 것이 거의 없다.

당시 다섯 살인 벤델린으로 전생하여 그 이전의 기억은 꿈을 통해 얻었다는 점과 그 후에도 그다지 접점이 없다고 할까 확실히 방치되어 있었기 때문이다.

학대를 당하지도 않았고 집안일을 돕는 대신 그저 공부나 마법 수련에 시간을 보내고 그 성과로서 얼마간의 사냥감을 밥값으로 낸다. 사실대로 말하면 주위에도 그런 담백한 관계로밖에 보이지 않았으리라. 내가 마법을 쓸 수 있다는 사실을 안 뒤로는 그런 경향이 더 두드러졌던 것 같다.

최남단 변경의 가난한 기사작가에 필요한 것은 일족과 영주민들에 의한 어떤 종류의 폐쇄적인 협력관계이며 그 관계에 내 마법은 방해물일 뿐이다.

그러므로 되도록 빨리 독립하기를 바라는 것이 솔직한 속내였으리라.

"새삼 인사를 하는 것도……."

"저기, 저는 아버님과 어머님께 인사를 하고 싶습니다!"

"나도."

"나도, 세 번째 부인으로."

약혼자이므로 세 사람이 인사를 하고 싶어 하는 마음은 잘 알지만, 그것만으로도 형 쿠르트에게는 완전히 비아냥거림으로 보일만한 전개이다.

첩이 있는 아버지와 달리 형 쿠르트에게는 아말리에 형수님밖에 아내가 없기 때문이다.

남자의 질투라고 할까, 아내의 숫자는 경제력의 척도이므로 상대에게 너는 가난하다고 선언하는 것이나 마찬가지다. 실제로 그것이 원인이 되어 칼부림이 벌어진 귀족도 있다고 들었다.

그래서 인사를 가고 싶지 않은 것이다.

"표면적으로는 꼬마와 아르투르 님은 똑같은 나리의 종자니까."

혈연으로 따지면 영원히 부자지간이지만, 공적인 입장에서는 피차 블라이히뢰더 변경백작의 종자 사이이기도 하다.

일단 귀족은 모두 폐하의 가신이라는 명분이 존재하고 있기 때문에 귀족끼리 똑같은 입장인 셈이지만 실제로는 공작과 기사작이 똑같을 리가 없다.

영지의 넓이나 경제력에도 차이가 있기 때문에 대개는 공작 쪽이 거드름을 피우는 것이 일반적이다.

그리고 나는 남작이며 아버지는 기사작일 뿐이다. 경제력도 두 말하면 입만 아프리라.

기분 상 이토록 껄끄러웠던 적은 처음이다.

전세에서 중년의 과장이 '정년퇴임했던 부장님이 이번에 부하 직원으로 다시 들어오는데 어떻게 대하지?'라며 고민했던 일이 떠오른다.

"정말 성가시네……."

"일이니까 포기해라."

"알겠습니다."

블랜타크 씨의 말에 나는 저택의 문을 노크한다.

어쨌든 귀족이므로 저택이라고 부르기는 하지만 여전히 바우마이스터가는 영세 귀족 같아서 그 크기는 호농의 집보다 조금 나은 정도의 수준이었다.

"네, 누구신가요?"

약 3년 반 만에 찾아온 본가였지만 문을 열고 나온 하녀는 전혀 달라지지 않았다.

하녀라고 했지만 근처 농가에서 일을 도와주러 와있는 단순한 노파로, 3년 정도로는 달라질 것도 없을 것이다. 게다가 하녀복도 입고 있지 않다.

"어머나, 벤델린 님!"

"아, 헬레나. 오랜만이야."

생각하면 나는 가족보다 하인들과 대화하는 일이 더 많았다.

마법 단련의 성과로 얻은 사냥감을 건네면서 예사롭게 일상 얘기를 주고받았으니까.

"지난번에 온 상단 분들이 벤델린 님의 소식을 전해주었답니다."

언데드가 된 고대용과 왕국 근처의 마물이 사는 영역을 구역으로 삼은 노속성 용을 물리치고, 그로 인해 많은 포상과 작위를 받은 사실이나 교회의 실력자인 호엔하임 추기경의 손녀딸과 약혼한 일, 왕도 체재중의 무예대회나 결투 소동까지 헬레나는 모두 알고 있었다.

역시 상인이라고 해야 할까. 이토록 정확한 정보를 남부 변경까지 전달해주니 말이다.

"이봐, 헬레나 씨……오오! 벤델린 님!"

이어서 집사인 로브스도 얼굴을 내민다.

당연히 집사복 따위는 입고 있지 않은, 농사일을 그만둔 70세를 넘은 노인이다.

이곳에서는 어느 정도의 읽고 쓰기와 계산, 그리고 아버지의 보좌만 할 수 있으면 그다지 힘든 일은 요구되지 않으므로 충분히 수행할 수 있는 것이다.

"훌륭하게 자라셨군요. 벤델린 님."

"로브스도 좋아 보이네."

"언제 저승사자가 데리러 올지 모르지만요. 그나저나 마법사로서 큰 공적을 올리셨다죠. 벤델린 님은 저희들의 자랑입니다."

집을 떠나기 전까지 신세를 졌기 때문에 나는 되도록 그들과는 웃는 얼굴로 대했다.

아니, 이렇게 말하면 내가 그들을 성가시게 여기는 것처럼 느껴질지도 모르지만 오히려 반대다.

그들이 앞으로도 안정된 생활을 보낼 수 있도록 나를 칭찬하는 일을 그만두기를 바랐다.

아버지는 몰라도 형 쿠르트를 생각하면 그런 걱정이 들고 마는 것이다.

"듣자니 아름다운 약혼자님도 계시다고 하던데."

"역시 왕도나 블라이히부르크의 아가씨겠죠? 하나 같이 예쁘시네요."

"빨리 자식을 낳고 싶으시겠네요."

로브스도 헬레나도 엘리제 일행을 보고 환히 웃으며 기뻐했다. 너무나 기뻐하는 탓에 나는 이제 다른 가문의 당주예요, 라고 말하기가 어려운 분위기가 되어 버릴 정도다.

"어쨌든 축하드립니다."

"벤델린 님이 돌아오시면 이 바우마이스터가도 아무 걱정 없겠지요."

게다가 얘기가 묘한 방향으로 흘러가 버린다.

아무래도 그들은 내가 왕도에서 올린 공적을 앞세워 고향으로 개선했다고 생각하고 있는 것 같다.

이 바우마이스터가의 가신이나 혹은 당주로서.

"벤델린 님이 미개척지의 개발에 들어가신다면."

"이곳도 풍요로워지고말고요."

게다가 얘기가 위험한 방향으로 흘러간다. 과거에 명주인 클라우스가 이 바우마이스터가를 잇기를 간절히 바란 적이 있었지만 이 문제는 내가 법의귀족으로서 다른 가문을 세운 시점에 끝난 일이다.

그런데 이번에는 명목상은 바우마이스터가의 영지로 되어 있지만, 전혀 손길이 닿지 않은 미개척지의 개발을 내가 맡았으면 하는 결론에 도달한 모양이다.

어차피 남아도는 땅이므로 그것을 나눠주거나 팔면 되는 것이라고.

대체 영주민들에게 누가 훈수를 두었는지 짐작이 가지 않는 것은 아니었지만, 이 정도 생각은 누구나 할 수 있을 것이다. 아버지나 형 쿠르트 입장에서 보면 상당히 불쾌한 이야기겠지만.

"(이 화제는 조금 곤란하겠는걸…….) 아니, 나는 모험자로서 의뢰를 받고 왔을 뿐이야. 아버지를 불러주겠어?"

"나리요? 잠시만 기다리십시오."

말을 끊고 나서 아버지를 불러오도록 한다.

안에서 나타난 아버지는 전보다도 백발이 늘어 이제 노인처럼 보였다.

확실히 지금은 55세쯤 되었을 것이다. 이 세계에서는 아직 현역인 사람도 많지만 슬슬 노후를 대비해야할 미묘한 나이가 되었다.

"오랜만이구나."

"오랜만입니다."

3년 만에 만났지만 솔직히 무슨 얘기를 해야 좋을지 모르겠다.

그것은 상대도 마찬가지인지 서로의 대화는 그것으로 끝나버렸다.

"실례합니다, 바우마이스터 경. 오늘은 블라이히뢰더 변경백작님의 요청을 들어주십사하고 이렇게 찾아왔습니다.

"요청이라……."

어디까지나 블라이히뢰더 변경백작의 사자라는 태도를 무너뜨리지 않는 블랜타크 씨에게 나와 번갈아 시선을 보내면서 아버지는 떨떠름한 표정을 지었다.

아버지 입장에서는 이번 생의 내가 태어났을 무렵부터 바우마이스터가는 주군인 블라이히뢰더 변경백작에 의해 안 좋은 일을 겪은 것이다.

아무리 선대의 잘못이라고 해도 그리 쉽게 풀릴 수 있는 응어리가 아니리라.

"아버님……읏! 벤델린! 어째서 살아 있느냐!"

"예?"

"말조심해라, 쿠르트! 바우마이스터 남작님이다."

이어서 실내에 들어온 장남 쿠르트는 나를 보고 크게 놀란 것 같았다.

그래도 솔직히 '어째서 살아 있느냐'는 좀 아니라고 생각하지만.

"형님, 그게 무슨 말입니까?"

"아니, 그게 말이지……."

뭔가 정보의 착오가 발생한 모양이다.

눈에 띄게 당황하는 형 쿠르트를 대신하여 아버지가 설명을 대신한다.

"중앙에서 어떤 소문이 흘러왔거든. 바우마이스터 남작 일행이 지하 유적 탐색에서 목숨을 잃었을지도 모른다고 말이지."

틀림없이 정보원은 루크너 재무경의 동생이리라.

우리가 첫 의뢰에서 지하 미궁에 들어간 지 한 달이 조금 더 지났다. 이 벽지에 '순간이동' 마법 이외의 방법으로 정보를 흘리려면 상단이라도 오는 데만 한 달 반이 걸린다.

하지만 혼자 산길을 달리는 솜씨 좋은 모험자를 고용했다면 당연히 속도가 빨라질 테니 내가 죽었을지도 모른다는 소문이 이미 전해졌어도 이상할 것은 없다.

그 후의, 사실은 살아 있으며 엄청난 거금을 떠맡은 사실은 전해지지 않은 모양이지만.

"그 소식이 언제 전해졌습니까?"

"어제다."

또한 기가 막히게 타이밍이 나쁘다.

그리고 나는 이번에는 명백히 유감스러운 표정을 짓고 있는 쿠르트를 보며 깨닫는다.

이 형은 내 죽음을 바라고 있었다고.

아마도 재산이 목적이었겠지만, 어차피 내가 죽어봤자 쿠르트의 수중에는 한 푼도 들어가지 않는다.

그렇게 유언을 남겼으니까.

그의 태도를 봐서는 굳이 알려줄 이유도 없지만.

불쾌한 현실을 봤군······.

이대로 평생 얼굴을 마주치지 않았더라면 모르고 넘어갔을 사실을 알아버리고 만 것이다.

솔직히 블라이히뢰더 변경백작에게 원망스러운 마음이 들었다.

그리고 그런 내 기분을 눈치 챘는지 블랜타크 씨는 내게 미안한 표정을 지어보였다.

"일단 안으로 들어가자. 블라이히뢰더 변경백작님의 말씀도 들어야하니까."

노골적으로 불쾌한 표정을 지은 나를 본 아버지는 우선은 그 얘기를 미뤄놓고 원래의 교섭을 하기 위해 우리를 저택 안으로 안내한다.

오랜만에 들어가 보는 저택 안이었지만 여전하다고 할까 전혀 변화가 없다.

호농의 집보다 털끝만큼 나은 정도의 저택이므로 아마 왕도 사람이라면 귀족의 저택 안이라고는 생각하지 않으리라.

일단 응접실을 겸하고 있는 거실로 이동해 커다란 탁자를 사이에 두고 마주 앉는다.

가운데에 아버지 그리고 그 오른쪽 옆에 형 쿠르트가.

왼쪽 옆이 비어 있지만 그곳은 명주 클라우스의 자리인 모양이다.

지금 헬레나가 클라우스의 집으로 그를 부르러 갔다고 한다.

이번 교섭 내용은 우리가 얻은 성과물 중에 바우마이스터가 측에 몇 퍼센트를 지불하느냐 하는 것이므로 계산을 할 수 있는 클라우스를 부른 것이리라.

"(너희 아버지와 형도 그렇구나…….)"

"(엘, 너희 아버지도?)"

"(그래.)"

이것저것 돈에는 까다로우면서도 어쩐지 시골의 소영주일수록 한문이나 계산 공부를 게을리 하는 경향이 있는 것 같다.

한문은 중앙에서 조금 어려운 문장을 주물럭거리는 나약한 녀석들에게 맡겨 두면 되고, 영주씩이나 돼서 사소한 계산 따위를 해서는 안 된다……이런 말을 내뱉으며 그 일을 클라우스 같은 명주에게 맡겨 버리는 것이다.

본인도 알고 있다면 점검할 수 있으므로 부정도 막을 수 있는데.

아마도 자존심이 세기 때문에 배우지 못할 경우 창피하다는 이유도 있으리라.

"(우리도 명주한테 다 떠넘겨.)"

엘의 본가도 비슷한 상황인 모양이다.

엘 본인은 집을 떠나야 하므로 확실하게 공부를 한 모양이지만.

실은 모험자의 한문을 포함한 식자율과 계산 등의 계산 능력은 의외로 높다.

어릴 때부터 공부를 했던 귀족 자제나 교회에서 배운 성직자 등도 있고, 다른 계층 출신자도 남는 시간에 길드가 주최하는 강습을 적극적으로 받기 때문이다.

이유는 재지 영주와 결탁한 길드 직원이 틈만 보이면 모험자에게 줄 보수를 속이려고 하거나, 가끔씩 들어오는 긴급 의뢰 등에서 서류로 작성해 건네는 조건을 낮게 설정하려고 하기 때문이었다.

모르면 낮은 보수에 목숨을 걸게 되는 셈이고, 오히려 생활이 달려 있는 만큼 형 쿠르트보다도 훨씬 진지하게 공부를 하는 셈이다.

"오래 기다리셨지요. 오랜만입니다, 벤델린 님."

잠시 후 헬레나와 함께 클라우스도 모습을 보인다.

또 예전처럼 이상한 말을 할까 싶었지만 이번에는 인사뿐인 것 같다. 그것이 오히려 그의 방심할 수 없는 부분이겠지만.

"그럼, 시작해볼까요."

반대편 가운데에 내가, 오른쪽 옆에 블랜타크 씨와 이나, 왼쪽에 엘과 엘리제, 루이제가 앉는다.

"그런데 블라이히뢰더 변경백작님의 요청이 무엇인지?"

드디어 협상이 시작된다. 내용은 우리가 마의 숲에서 원정 희생자들의 언데드를 정화할 것이며 그 과정에서 나온 성과의 몇 퍼센트를 지불하면 되겠는가 하는 것이었다.

"또 출병을 하란 소리야?"

아버지는 잠자코 얘기를 듣고 있었지만 형 쿠르트는 블랜타크 씨의 설명을 가로막고 매우 냉랭한 목소리로 이쪽을 견제해 온다.

15년 전의 참극이 다시 되풀이 된다고 생각했을지도 모른다.

"아뇨. 정화는 우리끼리 합니다. 바우마이스터 남작님이라면 마법으로 간단히 현지로 가실 수 있으니까요. 언데드 2천구 또한 용에 비하면 그리 대단한 일도 아니고 말이죠."

말투는 정중했지만 블랜타크 씨의 대답은 도발적이었다.

모험자 생활을 오래 한 그의 입장에서는 형 쿠르트의 위협 따위는 위협 축에도 끼지 못한다.

교섭 상대는 어디까지나 영주인 아버지이므로 쓸데없이 간섭하지 말라는 뜻이리라.

"그렇죠. 우리에게는 정화 전문가인 성녀님도 있으니까요."

엘도 이어서 자신의 의견을 얘기한다.

그의 입장에서도 역시 형인 쿠르트가 마음에 들지 않는 모양이다.

본가에서 자신을 몹시도 괴롭힌 형들을 떠올린 것이리라.

"바우마이스터 남작님 일행만으로 정화를 하신다면 이쪽에서는 아무 할 얘기가 없군요. 안내자를 보내려 해도 지리에 밝은 사람도 없으니까요."

생사와 맞닿아있는 탓에 미개척지의 지리를 익힐만한 여유가 없었다고 한다.

그 전에 트라우마 때문에 다시는 미개척지에 가고 싶지 않을 테고 말이다.

아마도 서툴기는 해도 5년에 걸쳐 지도를 만들었던 내 쪽이 훨씬 지리에 밝을 것이다.

'순간이동'용의 단순한 지도를 만든 후 시간을 들여 내용을 보강한 것이니까.

"아버님……아 아니라 바우마이스터 경. 정화에 관한 일은 이쪽에서 전부 할 것입니다. 어디까지나 교섭 내용은 그 과정에서 얻은 성과 중에 얼마를 상납할지 하는 점이니까요."

이것은 공식적인 교섭 자리이므로 아버지와 나는 각기 독립된 귀족이다.

그러므로 나는 굳이 말을 고쳐 아버지를 바우마이스터 경이라고 부른 것이다.

"성과로군요."

"예. 우선은 2천구의 언데드가 지니고 있는 무기와 방어구죠."

부자지간인데 부자지간이 아닌 두 사람의 대화는 이어진다.

언데드는 생전의 무기나 방어구를 계속 지니고 있다.

변변히 손질도 하지 않은 채 15년이나 지났으니 일부를 제외하고는 거의 고철로밖에 쓸모가 없겠지만, 그중에는 가치 있는 물건이나 귀족에게 건넬 만한 유품도 있을 터이다.

실은 블라이히뢰더 변경백작도 주인을 특정할 만한 물건은 귀족에게 건네고 싶으니까 되도록 갖고 돌아와 달라고 부탁을 한 것이다.

"유품 말인가요? 그것은 확실히 소중하겠군요."

"5할이야."

"예?"

갑자기 끼어들어 이상한 말을 떠들기 시작한 녀석이 있다. 누구일까, 형 쿠르트다.

"유품을 갖고 돌아가지 못하면 난처해지겠지, 벤델린. 모험자로서의 임무도 달성하지 못할 테고."

"아무리 그래도 5할은 폭리라고 생각합니다만."

보통 이렇게 길드가 존재하지 않는 영지에서 영주가 모험자에게 부과하는 상납금 비율은 1할에서 3할이 시세다. 모두 일률적으로 똑같다고는 할 수 없지만, 중앙에 가까운 거물 귀족은 비율이 낮고 지방의 소영주일수록 비율이 높은 경향이 있다고 한다.

거물 귀족은 일개 모험자 파티의 상납금에 큰 기대를 하지 않으며, 폭리를 취하면 평판이 떨어지므로 그쪽을 신경 쓰는 경향이 있다. 단, 대부분의 거물 귀족의 영지에는 모험자 길드 지부가 있기 때문에 실은 교섭하는 경우 자체가 드물지만.

반대로 지방의 소영주는 좀처럼 모험자가 교섭하러 오지 않기 때문에 적은 기회에 큰돈을 얻으려고 아무래도 비싸지고 마는 것이다.

하지만 역시 5할은 폭리가 지나치다고 할 것이다.

"쿠르트 님."

"확실히 비싸기는 하지만 무슨 불만이라도?"

형 쿠르트는 자신의 이름을 비난하듯 부른 블랜타크 씨에게 기분 나쁜 웃음을 지어보인다.

"(이 자식이······.)"

블랜타크 씨가 다시 무표정한 얼굴로 돌아왔지만 속으로는 내심 부글부글 끓고 있으리라.

하지만 5할의 징세가 절대로 안 된다는 법도 없는 것이다.

왜냐하면 그 영지에서는 영주의 결정이 법이기 때문이다.

"그건 그렇고, 바우마이스터 경과 클라우스 님의 의견은 어떠신지요?"

어릴 때는 몰랐지만 틀림없이 크루트는 나를 싫어하는 것이리라.

이렇게 되면 이제 제대로 얘기해봤자 소용없다고 할 수도 있다.

게다가 쓸데없이 자꾸 간섭을 하는데 지금의 쿠르트는 차기 당주일 뿐이다.

아까 내게 무례한 말투를 쓴 것은 지금의 내가 귀족보다는 모험자로서 와있기 때문에 문제없다고 생각해서 그런 것이리라.

그렇다면 이쪽도 쿠르트를 무시하는 것이 가장 좋은 것이다.

"어디까지나 제 의견이지만. 유품이 될 만한 것은 제외하고 3할이 적당할 듯 싶군요."

클라우스의 의견에 아버지도 말없이 고개를 끄덕였다.

과연, 역시 클라우스는 방심할 수 없는 사내다.

지방의 영세 귀족이므로 상납금은 3할로 높게 받지만 유품이 될 만한 것은 제외했으므로 그 부분은 우리나 블라이히뢰더 변경백작을 배려하고 있는 셈이다.

그리고 아버지는 거기에 찬성했다. 그렇다면 이것으로 결정된 셈이다.

아직 작위도 없는 쿠르트에게 간섭할 권한 따위는 없으니까.

"그럼 유품 분을 제외하고 3할로."

주인을 특정할 수 없는 장비품과 아직 남아 있을 가능성이 있는 원정군의 유류품. 그리고 정화 과정에서 쓰러뜨린 마물의 소재가 그 대상일까.

"지불은 현물로 할까요? 아니면?"

"블라이히부르크에서 내린 평가액의 3할을 현금으로 부탁드립니다."

"알겠습니다."

이렇게 아버지와 얘기를 하니 대화가 부드럽게 진행되는 것 같다.

현금 지불을 원한 것은 이런 벽지에서 녹슨 투구나 마물의 소재를 3할이나 받아봤자 쓸모가 없기 때문이리라.

"속일 생각 마!"

"너 이 자식! 아까부터 뭐야!"

그리고 여기서 또 쿠르트가 멍청한 말을 하며 끼어들었고 이 발언에 엘이 보기 드물게 화를 낸다.

검에는 손을 대지 않았지만 자리를 박차고 일어나 쿠르트에게 다가가려 했기 때문에 내가 황급히 그를 제지한다.

때리기라도 했다간 그거야말로 문제가 되어버리기 때문이다.

게다가 블랜타크 씨 쪽으로 시선을 보내니 이미 그는 무표정한 얼굴을 거두고 쿠르트를 찌를 듯한 시선으로 노려보고 있었다.

"흐음, 용을 물리친 영웅인지 모르지만 데리고 있는 수하는 양아치로군."

하고 도발하면서도 쿠르트의 다리는 떨리고 있었다.

쿠르트 정도의 완력으로 블랜타크 씨나 엘에게 맞설 수도 없겠지만, 그럼에도 용감하게 도발하는 것은 바우마이스터가의 후계자인 자신에게 위해를 가하면 문제가 됨을 알고 있기 때문이리라. 그런 생각으로 도발하는 거라면 최소한 다리는 안 떨었으면 좋았겠지만.

솔직히 꼴사나웠다.

"쿠르트 형!"

그리고 사태는 더 복잡해진다.

갑자기 거실에 내 또 다른 형이자 지금은 분가에 데릴사위로 들어간 헤르만 형이 뛰어들어 왔기 때문이다.

"너는 부르지 않았어!"

"어째서지? 이상하잖아! 할아버님과 아버님을 비롯한 가족의 유품과 영주민들의 유품도 있어!"

아무래도 헤르만 형은 쿠르트가 자신을 이 교섭 자리에 부르지 않은 것이 불만이었던 모양이다.

유품 이야기를 하고 있으므로 그는 데릴사위로 들어간 분가의 당주 자격으로 원정에서 전사한 아버지의 숙부였던 전 종사장에 그 아들 셋, 그리고 종군한 병사들의 유품을 요구하고 있는 것이다.

"원정에 참가한 바우마이스터가 측 병사들의 유물 말인가. 모을 수 있는 한 모을 테니까 나중에 보고 판별할 수밖에 없겠지."

"아니, 필요 없어."

"뭐? 지금 뭐라고 했지?"

"그러니까 필요 없다고 했소."

"뭐?"

"전사자 장례도 모두 치렀으니까 새삼 유품 따위 필요 없다고."

누구도 예상 못한 쿠르트의 발언에 블랜타크 씨는 자기도 모르게 두 번이나 되묻고 만다.

모험자든 군인이든 원정지에서 유체나 유품을 찾으면 여유가 허락하는 한 갖고 돌아와 유족에게 전하려고 하는 것이 상식이다. 그런데 그것을 필요 없다고 하다니.

블랜타크 씨는 물론이고 헤르만 형도 단숨에 얼굴을 새빨갛게 물들였다.

"(저기, 저 말이 무슨 뜻이야?)"

어느새 자리에서 일어나 내 옆으로 온 이나가 그 이유를 물어온다.

만약 내 상상이 맞는다면 우리에게 바우마이스터 제후군 전사자의 유품을 모아오게 하면 그 수고비만큼 상납금이 줄어들 거라고 생각하고 있는 것이리라.

나는 이나에게 내 생각을 작게 얘기한다.

"(최악이야……)"

확실히 최악이지만 쿠르트에게 이미 죽은 인간의 녹슬고 지저분한 물건의 가치 따위는 푼돈보다도 못하리라.

블라이히뢰더 변경백작군 전사자라면 혹시라도 비싼 무구나 장신구를 차고 있을 가능성도 있지만 바우마이스터 제후군에게는 그럴 일이 없다.

……결국 그런 얘기군.

"하지만 아무리 유체가 없이 장례를 치르고 묘를 만들었다 해도 본인의 영혼은 현지에서 언데드로 변하여 방황하고 있습니다. 정화하고 유품을 유족의 품에 돌려주어야 마침내 성불을……."

"유감이지만 아가씨. 우리 같은 가난한 영지에서 두 번이나 공양을 할 여유는 없소. 성녀님에게 줄 비싼 사례금도 없고 말이죠."

"저는 그런 것은……."

역시 엘리제도 화를 참기가 어려웠던 모양이다.

드물게 강한 어조로 유품을 유족에게 돌려줄 것을 쿠르트에게 진언하지만, 가장 중요한 쿠르트의 태도는 '소귀에 경 읽기' 상태였다.

쿠르트는 일단 엘리제가 교회 높은 분의 손녀이므로 나름 배려는 하고 있는 모양이다. 하지만 발언의 후반부에서는 무슨 부탁을 해도 기부를 하라며 시끄럽게 구는 교회를 무시하는 듯한 말투로 변해 있었다.

일부 맞는 부분도 있지만 엘리제가 지금까지 정화하며 받은 것은 어디까지나 보수뿐이며 기부금 같은 것은 한번도 받은 적이 없다.

오히려 가난한 사람들을 위해 정기적으로 무료로 정화를 해주고 있기 때문이다.

"쿠르트 님, 무책임한 말을 내뱉는 것은 이제 그만 하시지요."

그보다 이제 적당히 좀 해주기를 바란다.

나는 나도 모르게 아버지에게 시선을 보냈지만 아버지도 '어쩔 도리가 없다'는 표정만 짓고 있다.

클라우스는 여전히 무표정한 얼굴이었지만.

"벤델린! 너 이 녀석! 감히 형에게!"

"그렇죠. 혈통 상으로는 저는 쿠르트 님의 아우입니다. 하지만 공식적으로 보자면 저는 독립된 법의남작입니다. 한낱 기사의 후계자 주제에 남작에게 너무 건방진 소리를 하는군요."

"너 이 자식!"

사실은 이런 말을 할 마음은 없었는데 나도 모르는 사이에 이미 입 밖으로 나와 버렸다.

아마도 한계치를 넘어선 분노에 그만 흥분해버린 것이리라.

엘을 양아치 취급한 것도 모자라 엘리제를 돈만 아는 악덕 성직자 취급하다니.

여기서 입을 다물고 있으면 귀족으로서도 체면을 지킬 수가 없다.

상대가 내 가신과 약혼자를 무시했기 때문에 대꾸할 권리도 있는 것이다. 나의 도발적인 말에 블랜타크 씨는 물론 아버지나 헤르만 형조차 좀 전까지의 분노를 잊고 어리둥절해 있는 것 같다.

"애당초 우리의 교섭 상대는 바우마이스터 경입니다. 왜 당신이 이 자리에서 건방지게 나서는 것입니까? 게다가 남의 종사장을 양아치 취급하고 약혼자를 악덕 성직자 취급하다니."

그밖에도 하고 싶은 말은 많았지만 더 이상 얘기했다간 돌이킬 수 없게 될 가능성이 있었다.

특히 계산도 한문도 전혀 모르는 것은 아버지에게도 해당된다.

그런 말을 했다간 심사가 뒤틀릴 가능성도 있었기 때문에 여기서 그것까지 비난하는 건 관두기로 한다.

"(벨도 얼마 전 일로 스트레스가 쌓여 있던 거 아니야?)"

"(그런가?)"

내가 폭발할 걸로 여겼을까?

루이제도 어느새 내 팔을 잡고 말리고 있었던 것 같다.

"(하지만 진짜 지독한 형님이네······.)"

"(나도 지금 알았어.)"

그보다 쿠르트는 내가 집을 떠나 가난하고 비참하게 살지 않으면 그 자존심을 지킬 수 없는 것이리라. 그런 주제에 스스로 뭔가를 노력하는 일도 없다.

아버지도 비슷한 부류라 한문이나 계산 등을 전혀 배우려고 하지 않는다.

나는 날 때부터 알고 있었지만 그래도 전세에 대학에 붙을 만큼 열심히 공부를 했다.

이 세계에서도 마법 훈련을 게을리 한 적은 한번도 없었다.

게다가 적어도 영지의 생활을 풍요롭게 만들고 싶다면 최소한 장래를 위해 미개척지에 사람을 보내어 지도 정도는 만들기 시작하는 게 보통이다.

나도 '순간이동'으로 정확히 이동하기 위해 5년 넘게 걸려 지도를 만들었었으니까.

아버지의 작위와 영지를 물려받는 안정된 위치라 그런 일을 할수가 없다면 그냥 얌전히 있기나 하면 될 텐데, 집을 떠난 동생들에게 뒤쳐진 것이 분해서 실제로 만나자 온갖 고약한 소리를 해댄다.

이번에 왕도로 가면 세 형들에게도 얘기해둘 것이다. 괜히 봉변만 당할 테니까 되도록 가지 말라고.

"의뢰를 마치면 다시 이곳으로 돌아오겠습니다. 그때 바우마이스터가와 블라이히뢰더가 양쪽의 유품을 선별하고 남은 매각 이익의 3할을 지불하는 것으로."

이제 잠시도 이곳에 더 머물고 싶지 않았던 것이다. 무슨 말만 하면 쿠르트가 말꼬리를 잡고 늘어지니 조건만 정하고 빨리 일을 시작하는 것이 나으리라.

남자끼리 대화하는 자리라 어머니나 형수님은 아직 만나지 못했지만 내가 이 집에 오래 머무는 것을 쿠르트가 인정할 리도 없다.

속상하지만 더 이상 머무는 일은 양쪽에 불행만 가져올 뿐이므로 우리는 곧바로 자리에서 일어나 집을 나서기로 한다.

"벤델린 님, 오늘은 주무시고 가시는 것 아닙니까?"

"아니, 우리는 모험자니까 노숙이라도 할게."

언데드의 정화는 가능하면 이른 아침 해가 뜬 직후에 해야 효율이 좋다.

지금은 낮이므로 오늘은 마의 숲 근처에서 노숙을 할 예정이었다.

모험자이므로 그런 준비는 늘 하고 있으며 노숙도 못하면 모험자라고 할 수 없으니까.

"모처럼 돌아오셨으니 모쪼록 하룻밤 정도는."

아침 일찍 일어나 순간이동 마법으로 날아가면 결과는 똑같지만, 지금까지 쿠르트와 얘기하는 모습을 보고도 태연히 그런 소리를 하는 클라우스가 어떤 의미에서는 대단하다는 생각이 든다.

"하지만."

"중요한 일이므로 아무래도 만전을 기하는 것이 좋겠지요. 본 저택이 아니라 헤르만 님의 저택에서 묵으시면 되지 않을까요."

확실히 클라우스의 말에도 일리는 있다.

게다가 당주의 아들이 고향에 돌아왔는데 하룻밤도 안 자고 영지를 떠나버리면 그것은 바우마이스터가 쪽의 체면을 구기는 일이 될 것이라고.

굳이 말로 지적하지 않고 스스로 깨닫게 해주는 클라우스를 보며 역시 이 자는 방심할 수 없다고 느꼈다.

"그래도 괜찮으시겠습니까? 헤르만 님."

"아아……."

우리와 쿠르트의 싸움을 보고 말문이 막혔던 헤르만 형이지만, 클라우스의 말에 정신을 차린 모양이다.

"양쪽 다 머리를 좀 식히는 편이 좋을 테니까."

상대가 먼저 시비를 건 듯한 기분도 들지만 여기서 괜히 반론을 했다가 쿠르트가 또 소란을 피우면 시간만 낭비하고 만다.

우리는 말없이 고개를 끄덕였다.

"바우마이스터 경, 오늘은 헤르만 님의 저택에서 신세를 지겠습니다."

"변변히 대접하지도 못하겠지만, 헤르만, 부탁한다."

"예."

그럭저럭 교섭은 무사히 끝났다.

무사했는지 아닌지는 조금 미묘하지만 상납금 건은 정리가 된 것으로 생각하기로 한다.

그다지 인연이 없는 가족이긴 했지만, 엘 일행에게는 큰 추태를 보였다고 해야할까. 어쨌든 뒷맛이 개운치는 않다.

그리고 내게 이제 이 저택은 완전히 남의 집이라는 사실을 자각하게 되었다.

"미안하다."
"헤르만 형님이 사과할 일이 아닌걸요."
"지난 이삼 년 사이 쿠르트 형님이 조금 이상해."
바우마이스가의 본 저택을 나온 우리는 헤르만 형님의 안내로 그의 저택으로 향했다.
함께 바우마이스터라는 성을 쓰는, 대대로 종사장을 맡아온 집으로 선대 당주는 우리의 조부의 동생이었다고 들었다.
그런데 그 선대 당주는 그 마의 숲 원정에서 세 명의 자식들과 함께 전사.
세 사람 모두 자식이 딸밖에 없었다고 하며, 헤르만 형이 장남의 첫째 딸과 결혼해 데릴사위로서 가문을 이은 것이다.
헤르만 형은 나 이외의 멤버에게 자기소개를 겸해 설명했지만, 모두들 어딘가 납득이 되지 않는 표정을 지었다.
그것도 그럴 것이다.
아무리 가신이라 해도 친척 집안의 사내들을 모두 출병시켜 전멸하게 만든 것이다.
게다가 본가에서 차남을 데릴사위로 보내 그 후계자로 삼았다.
뭔가 의도적인 냄새를 느낀 것이리라.
"무슨 말을 하고 싶은지는 알지만."
장남인 쿠르트는 빼더라도 눈앞의 헤르만 형은 원정 당시 이미 열여덟 살 전후였을 것이다. 그런데 본가에서는 한 명도 원정에 내보내지 않았다.

그리고 남자가 전멸한 분가에 많은 아들 중 한 명을 데릴사위로 보내 가문을 가로챘다.

음모론일 수도 아닐 수도 있지만, 적어도 그런 의심을 받아도 어쩔 수 없는 상황이었다.

"아버지는 위험하다고 생각했겠지. 그러니까 본가에서는 자식을 보내지 않았어. 그리고 분가도 한 명쯤은 돌아올 거라고 생각하지 않았을까."

"아무리 그렇다 해도……."

"아아, 엘빈 군이었지. 덕분에 신혼 초에는 가시방석이었지."

분가 사람 입장에서는 베르만 형이 가문 탈취를 꾀하는 아버지의 첨병으로밖에 보이지 않았으리라. 그러므로 상당히 고생을 한 것이다.

"어떻게 적응을 하셨나요?"

"간단해. 분가 사람이 되어 본가보다 분가의 사정을 더 우선시하는 거지."

좀 전에 한 바우마이스터가 측의 유품을 넘기라는 진정도 확실히 분가의 사정을 최우선한 것이다.

분가도 전사한 선대 당주나 그 아들들의 유품을 받기를 바랄 테니까.

"그런데 너희에게 줄 수고비가 아까워 거절하려고 하다니."

"어차피 주울 만큼 주워 와서 나중에 선별할 것이니까 크게 수

고랄 것도 없지만요."

주은 것은 마법주머니에 넣어 두면 되므로 다른 모험자와는 달리 짐이 무거울 일도 없으니까.

"교섭을 통해 상납금 비율이 떨어질 것이 두려웠겠지."

"쪼잔해!"

"확실히 아가씨 말대로 쪼잔한 인간이지."

루이제의 솔직한 감상에 헤르만 형도 전적으로 동감을 표했다.

"자, 여기가 내가 당주를 맡고 있는 바우마이스터 분가의 저택이야."

첫인상은 본 저택보다도 조금 구조가 작고 겉모습도 낡은 것 같다.

본 저택조차 호농의 집보다 털끝만큼 나은 정도였으니까 그런 배려도 해야 한다니,

그야말로 헤르만 형의 고생을 엿볼 수 있는 모습이었다.

"다녀왔어."

"나리, 어서 오십시오."

본 저택과 마찬가지로 70세 가까운 늙은 하인이 맞이한다.

역시 인건비나 거주시킬 만한 공간이 없기 때문에 분가의 하인도 근처의 농사일을 그만둔 노인들이 주로 맡고 있었다.

"마를레느는? 손님이 오셨으니까 나와 보라고 전해."

"네, 저 여기 있어요."

그렇게 넓은 저택이 아니므로 헤르만 형의 부인은 곧바로 얼굴을 내밀었다.

나이는 20대 중반쯤 됐을까?

친척이라 그런지 머리 색깔은 우리와 똑같은 갈색이고 생김새도 조금 닮은 것 같다.

"어머, 말로만 듣던 용을 물리친 영웅님이군요. 오랜만이에요."

그러고 보니 나와는 육촌 사이인데 나는 한번도 그녀를 만난 기억이 없다.

아니, 확실히 쿠르트와 헤르만 형의 결혼식에서 두 번은 만났을 것이다.

괜히 친해져서 계승 문제로 결탁이라도 하면 곤란하니까 멀리 떼어놓았으리라.

딱 한 번 아버지에게 소개를 받고 인사를 했을 뿐이었지만.

그리고 식이 열리는 동안 나는 그저 차려진 밥을 먹었을 뿐이니까.

"그래. 쿠르트 형이 열심히 적으로 여기는."

"나잇값도 못하고 정말. 아무튼 속이 X구멍만큼 좁은 멍청이라니까."

그런 상스러운 말을 할 여성으로 보이지는 않지만 그녀는 심한 말로 쿠르트를 욕했다.

아무리 친척간이라도 지금까지의 경위를 생각하면 가까워질 가능성이 없으므로 납득할 수는 있지만.

"저기, 차기 당주를 그렇게 욕해도 괜찮은가요?"

"괜찮아. 가끔은 본인 앞에서도 하니까."

얼굴을 굳힌 이나의 질문에도 마를레느 형수님은 무척 후련해

보였다.

그녀 입장에서 보면 본가의 인간은 조부와 아버지와 숙부들의 원수이며 다른 분가 사람들도 모두 같은 생각을 하고 있다.

어쩐지 상상할 수 있었지만, 미심쩍은 명주인 클라우스의 일까지 생각하면 이 영지가 과연 언제까지 존속할 수 있을지 의문이 드는 것이다.

"손님은 환영합니다. 그게 저 쿠르트와 싸우고 오신 분이라면 더더욱. 그리고 이 마을은 정말로 손님이 안 오거든요."

"확실히……."

내가 이곳에 있던 시절에 본 외부 인간이라면 상단 사람들뿐이었다.

그러므로 이 영지에서는 기본적으로 손님은 열렬한 환영을 받는다.

외부의 정보에 굶주려 있기 때문에 너무너무 듣고 싶기 때문이다.

"안으로 드세요."

마를레느 형수님의 안내로 저택 안으로 들어가니 외부와는 달리 안은 본 저택보다도 예쁘게 정돈되어 있는 것 같다.

외부는 본가에서 트집을 잡으니까 조악하게 해두고, 내부는 구조도 맞추고 내장도 예쁘게 꾸미고 있다.

아마도 헤르만 형이나 많은 분가의 여성진이 정돈을 했으리라.

선대 종사장의 아내와 전사한 세 아들의 부인에 마를레느 형수님과 그 여동생을 비롯한 내 육촌 누이들이 이 분가의 여성진이다.

나머지 남성진인 헤르만 형을 비롯한 사위들은 어딘가 무료한 모습이었다.

이 집은 완전히 여성 우위의 집인 모양이다. 그리고 그녀들은 반(反) 본가라는 기치 아래 하나로 뭉쳐있다.

헤르만 형은 원래부터 본가에 별로 애착이 없었기 때문에 빨리 이 집에 적응하기 위해 일찌감치 그 뜻에 동참했으리라.

그보다 그런 가정환경이라면 쿠르트 말고는 상당한 마조히스트가 아닌 한 그렇게 되어 버릴 것이다.

이것이 거실로 안내받아 차를 대접받은 우리가 본 이 바우마이스터 분가의 첫인상이었다.

"(표면상으로는 종사장 집안이자 친척인데 잠재적인 반 본가라니⋯⋯.) 처음 뵙는 것은 아니죠? 벤델린입니다."

"몇 년 전에 이른 아침에 나가는 모습을 봤어요."

내 인사를 시작으로 각자 자기소개를 한다.

마를레느 형수님을 비롯한 분가 사람들은 내가 어릴 때 마법 수행을 하기 위해 밖에 나가는 모습을 본 모양이다. 다만 그녀들은 전혀 말을 걸지 않았다.

반 본가의 입장을 숨기려고도 하지 않는 분가이므로 나와 접촉하는 위험성을 이해하고 있었으리라.

지금은 내가 다른 가문의 사람이므로 문제가 없다고 생각하는 것 같다.

게다가 지금의 우리는 이 영지를 방문한 모험자라는 신분이 강하다.

본가에서 묵을 수 없는 이상 분가가 대접할 필요가 있다고 생각한 모양이다.

바우마이스터 기사작령의 체면 문제로서.

"게다가 할아버님이나 아버님의 유품을 찾으러 가주시는 모험자를 집으로 모시는 건 상식이 있는 사람이라면 당연한 일이죠."

그렇게 말하면서 마를레느 형수님은 한 순간 본가 쪽으로 시선을 보낸다.

쿠르트의 바보짓과 늙어서 그를 제지하지 못하는 아버지를 내심 비난하고 있으리라.

"그러므로 블랜타크 님도 기분을 푸세요."

마를레느 형수님은 그렇게 말하면서 지금까지 무서운 표정을 짓고 있는 블랜타크 씨에게 뭔가 다른 액체가 든 컵을 내밀었다.

"어이쿠, 미안하군. 오랜만에 뚜껑이 열릴 뻔해서 말이야. 오호, 벌꿀술인가."

"우리 집의 특제 술입니다."

블랜타크 씨는 집에서 만든 벌꿀술을 받아들고 그제야 기분이 풀린 것 같았다.

"맛이 좋군."

"집안의 비전이니까요."

나는 솔직히 놀랐다.

평소 식사가 딱딱한 검은 빵과 싱거운 수프뿐인 이 영지에서 설마 벌꿀술이라는 사치품이 나올 줄이야.

"있잖아, 벨. 이상한 것은 우리 본가야."

헤르만 형의 말에 따르면 어느 집이든, 적어도 종사장을 하고 있는 이 분가에서는 비교적 멀쩡한 밥이 나온다는 것이다. 데릴 사위로 와서 처음 그걸 알았다고 한다.

"그런가요?"

"우리도 늘 절약을 하고 있지만 식사는 정상적으로 먹으니까."

주로 농작물로 식사를 하지만 애당초 대대로 종사장 가문이므로 사냥이나 채집도 한다고 한다.

듣자니 분가의 교육 방침인 모양이라 마를레느 형수님을 비롯한 다른 여성들도 활을 예사롭게 잘 쏘며 함정 등의 설치법도 필수적으로 배운다고 한다.

본가에서는 주로 자존심 문제로 '여성에게 활을 들게 하는 건 당치도 않은 일'로 여긴다고 하지만.

그밖에도 전문적이진 않지만 양봉으로 벌꿀을 얻고 있어서, 그걸 재료로 벌꿀술도 만들고 있다. 지금 블랜타크 씨가 더 달라고 한 술이 바로 그 성과였다.

"그 말을 들으니 안심이군요. 또 그 메뉴일 줄 알았는데."

"우리는 여성이 많으니까. 음식 하나는 제대로 내놓을 수 있거든. 본가의 경우는 반쯤은 위협적으로 절약에 매달리는 경향이 있지만."

한 푼이라도 더 많은 현금을 보유하고자 하는 명확한 목표가 있기 때문이리라.

그렇지 않다면 처음에 상납금을 5할이나 요구하지는 않았을 것이다.

분가 쪽은 그렇게까지 엄격하면 하루하루 숨 막혀서 못 사니까 적당히 하자는 방침인 것 같다.

"저녁때까지 시간이 있으니 느긋하게 쉬도록 해."

그렇다 해도 드물게 외부 정보를 갖고 있는 손님이다.

엘리제를 비롯한 여자 셋은 마를레느 형수님 일행에게 붙들려 왕도의 패션 정보 등을 시시콜콜 털어놔야 했고, 엘과 블랜타크 씨도 사위들에게 왕도 등지의 정보나 모험자 일에 대해 얘기를 해주고 있는 것 같다.

그리고 나는…….

"굉장해! 진짜로 용을 물리친 영웅님이 있다!"

"아버지 동생이라는 게 진짜였어."

헤르만 형의 자식들을 비롯해 많은 분가의 아이들에게 둘러싸였다.

하지만 아이들의 눈은 너무도 순수하고 예쁜 것 같다.

스물다섯 살에 이 세계의 벤델린으로 빙의된 지 어언 10년.

합산하면 35살을 넘긴, 마음이 더러워진 내가 보기에는 눈이 부실 정도였다.

"레온, 아빠는 거짓말 안 해."

제일 나이가 많은 레온은 현재 일곱 살로 헤르만 형의 장남이 자 이 집안의 후계자이다.

그밖에 클라라라는 네 살짜리 여동생이 있는데 그 아이도 그 순 진한 눈동자로 나를 바라보았다.

"저도 숙부인 건가요?"

"아니. 그건 벨 네가 여덟 살 무렵부터 쭉 그랬거든."

실은 옛날부터 헤르만 형에게 자식이 둘 있다는 건 알고 있었지만 나이나 성별이나 이름 같은 자세한 내용은 몰랐던 것이다.

만나거나 자칫 예뻐했다간 그것만으로도 아버지에게 잔소리를 들을 것 같았기 때문이다.

"지금의 쿠르트 형의 태도를 보면 지금까지 접촉이 없던 게 오히려 다행이야."

그 남자라면 내가 본가를 가로채기 위해 종사장 가문 후계자의 환심을 사려고 아양을 떤다고 생각할 수도 있기 때문이다.

"확실히. 하지만 이제 새삼 신경 쓸 거 없잖아."

맞는 말이다. 멋대로 의심하고 멋대로 괴로워하라지.

그렇게 생각한 나는 아이들에게 차례차례 마법주머니에서 선물을 꺼내주기 시작한다.

모처럼 본가에 가는 거니까 아말리에 형수님이나 그 아이들 몫도 포함해 잔뜩 챙겨온 것이다. 지금 줬다가는 형수님이 쿠르트에게 무슨 욕을 먹을지 모르므로 마법주머니에 그대로 담아두었지만.

"뭐든지 나오는 마법주머니야."

"그래도 먼저 넣어두지 않으면 안 나온단다."

나는 그렇게 말하면서 레온을 시작으로 왕도에서 구입한 과자와 보드 게임 같은 장난감을 건네어 간다.

상대는 아이지만 귀족은 선물을 건네는 순서도 신경을 써야하는 것이다.

레온은 이 분가의 후계자. 여동생 클라라를 제외하면 다른 아이들은 외부로 시집을 간 마를레느 형수님의 여동생이나 사촌 여동생의 자식이므로 서열을 분명하게 나타내지 않으면 안 되기 때문이다.

그러고 보니 도쿠가와 이에야스가 어린 시절에 그런 이야기가 있었던 것도 같지만.

"고맙습니다, 벤델린 숙부님."

아직 열다섯 살인 내게는 상처가 되는 호칭이었지만 이 세계에서는 드문 일도 아니다.

모두들 결혼을 빨리 하는 점과 나이 차가 있는 형제가 많기 때문에 아무래도 그렇게 되는 것이다.

"용을 퇴치한 얘기를 들려주세요!"

"들려주세요!"

시간은 많고 쿠르트에 대해 떠올리고 싶지도 않다.

그래서 나는 아이들에게 해골용을 퇴치한 이야기를 해주기 시작한다.

아이들은 선물로 받은 사탕을 핥아 먹으며 열심히 얘기를 듣고 있었다.

이런 광경을 보고 있으니 오랜만에 마음이 정화되는 기분이 든다.

한 시간쯤 얘기를 했을까?

아이들은 여전히 얘기를 해달라며 졸랐고 나도 시간이 있으니

까 그렇게 했지만, 그 자리에 생각지도 않은 인물이 모습을 나타
낸다.

"역시 바우마이스터 남작님. 헤르만 님의 자제분들에게도 큰
인기로군요."

"클라우스……."

나와 분가의 조합만으로도 쿠르트가 펄쩍 뛸 일인데 그곳에 명
주 클라우스가 나타난 것이다.

"저기……마를레느 형수님?"

"뭔가 부탁하고 싶은 일이 있다며 막무가내로 밀고 들어오는
바람에……."

반 본가의 입장을 취하는 분가이므로 내가 차기 당주가 되면 협
력하겠다는 말까지 하며 뒤로 수상한 움직이는 보이는 클라우스
의 행동에 제약을 가하지는 않는 것이리라.

분가 입장에서 보면 클라우스와 본가의 사이가 나빠지는 것은
바람직한 일일 테니까.

"부탁하고 싶은 일?"

"예. 조금 모험자로서의 일에서 벗어나기는 하지만 결코 위험
한 일은 아니니까요."

갑자기 우리에게 일을 부탁하는 수상한 명주 클라우스의 존재
에 어떻게 대응해야 할지를 고민하는 나.

오랜만의 귀향과 그에 따른 분쟁은 이제 겨우 시작됐을 뿐이
었다.

제5화 다시 만난 클라우스

"결국 받아들였네."

"그 인간, 사람이 거절할 수 없게 말을 하다니……."

"모험자로서의 일에서는 조금 벗어나지만 다른 사람을 위한 일이며 이익도 생긴다. 이유를 잘도 갖다 붙이는군."

"그 인간은 그 무시무시한 이면만 없다면 좋을 텐데."

"무리 아닐까? 원래 그런 사람 같으니 말이야."

마의 숲에서의 정화로 얻은 성과에 대한 분배 교섭 자리에서 우리는 쿠르트와 결정적으로 다투고 만다.

딱히 내가 시비를 건 것은 아니고, 그쪽이 나를 결정적으로 싫어하는 속내를 숨기지 않았을 뿐이다.

매우 무례한 말도 했지만, 블랜타크 씨 말로는 처벌할 수 있는 안건도 아닌 모양이다.

"꼬마는 모험자로서 이곳에 와 있으니까."

다만 귀족으로서 몰상식하고 분위기 파악을 못하는 남자라는 평가는 받게 될 거라고 한다.

변변히 영지에서 나오지 않는 쿠르트 입장에서는 그런 평가는 신경도 쓰지 않겠지만.

그보다 작위 서훈 때는 어떻게 할까?

적어도 나는 절대로 돌봐줄 생각이 없다.

그 옹졸하게 모든 돈으로 어딘가에 알아서 잘 묵으면 될 일이다.

그러려고 열심히 돈을 모으고 있는 것일 테니까.

결국 아버지나 클라우스가 있기 때문에 교섭은 무사히 정리가 되었다.

더 이상 볼일은 없다고 본 저택을 나오려고 할 때 클라우스가 하룻밤 자고 가기를 청해온다.

교섭이 무사히 매듭지어졌는데도 여기서 우리가 곧바로 영지를 나가버리는 것은 대외적으로 문제라고 한다.

그렇다 해도 여관조차 없는 이 벽지에서 하룻밤을 묵으려면 그 후보는 매우 좁혀진다.

가장 유력한 후보지인 본 저택은 나를 포함해 모두가 싫어할 것이다.

어쨌든 본 저택에는 크게 소란을 피운 주범인 그 쿠르트가 있기 때문이다.

그 온후한 엘리제조차 쿠르트를 싫어하니 당연하리라.

하지만 여기서 순순히 물러날 클라우스가 아니다.

그는 분가인 헤르만 형의 집에 묵으면 된다고 의견을 낸다.

본인의 의사와는 별개로, 바우마이스터 기사작가 계승에서 소동의 원인이 되고 있는 나를 헤르만 형이 데릴사위로 들어갔다고는 해도 마의 숲 원정 건으로 반 본가로 통합된 분가에 묵게 한다.

쿠르트의 마음을 휘젓고 아버지도 설마 싫다고는 하지 못할 것이니.

역시 클라우스는 성가신 사람이다.

저 루크너 재무경의 동생보다도 더 말이다.

그런 경위로 분가의 저택으로 향했지만, 헤르만 형의 아내이자 분가의 사실상의 실권자인 마를레느 형수님은 이쪽의 예상을 완전히 뛰어넘었다.

누구에게 감추지도 않고 쿠르트나 본가를 비판했기 때문이다.

특히 유품 따위 필요 없다는 쿠르트의 발언 때문에 더더욱 그를 거세게 비판했다.

그녀 입장에서 보면 할아버지와 아버지와 숙부들의 유품이 필요 없다고 말한 쿠르트는 귀족 이전에 인간으로 논할 가치도 없으리라.

그들의 유품에 자산 가치는 거의 없다.

돈에 집착하는 쿠르트 입장에서 보면 회수하는 수고비가 비싸게 드니까 필요 없다고 하는 것이다.

아마 우리가 과대한 수고비라도 청구할 거라고 생각했겠지만.

그런 발언이 분가 사람들에게 새어나가면 비난받아 마땅하다고도 할 수 있었다.

솔직히 차츰 쿠르트가 차기 당주가 되어도 괜찮은 건가 하는 생각이 드는 것이다.

하지만 그 일에 내가 간섭할 권리는 없다.

나는 원래 아말리에 형수님이나 그 자식들에게 주려던 선물을 분가 아이들에게 건네고, 성화에 못 이겨 용 퇴치 이야기를 하며 시간을 보낸다.

쿠르트의 생각을 하는 것보다 정신 건강상 더 좋았기 때문이다.

그런데 그곳에 또 성가신 사내가 나타난다.

아까의 교섭 자리에서 흠을 드러내기는커녕 얄미울 만큼 적절히 보조를 한 클라우스가 모습을 보인 것이다.

하지만 반 본가의 입장을 표명하는 분가에 시치미 떼는 얼굴로 나타나 내게 면회를 요구할 줄이야.

역시 이 자는 아주 능구렁이 같은 자다.

"그래서 용건이 뭐지?"

"그것은 말입니다……."

클라우스는 차조차 거절하고 곧바로 일 이야기를 꺼낸다.

"바자를 열어주십시오."

클라우스는 우리에게 영내에서 물건을 팔아달라고 부탁한 것이다.

"물건은 뭐든지 상관없습니다. 옷이든 도구든 조미료든. 어쨌든 영주민들은 오락에 굶주려 있으니까요."

주식인 밀은 넓은 농지에서 자급이 가능하고, 채소도 마찬가지로 밭에서 자급 가능하며 고기는 사냥으로 물고기는 강이나 용수로나 늪에서 담수어가 잡힌다. 흙 비린내가 나서 맛은 별로 없지만.

그밖에도 산나물에 자생하는 과일에 분가처럼 벌꿀을 채취할 수 있기 때문에 영주민들이 기본적으로 굶주릴 일은 없다.

다만 소금이 결정적으로 부족한 관계로 그것만은 무슨 일이 있어도 구입할 필요가 있었을 뿐이다.

안타깝게도 예전에 내가 조사했을 때도 암염(巖鹽) 같은 것은 찾지 못했다.

아마 이 근처가 옛날에 바다였다는 사실은 없으리라.

"생각해 보십시오. 그 정도 규모의 상단이 팔백 명분에 가까운 물자를 가져옵니다."

그것도 일 년에 세 번 밖에 오지 않는 것이다.

산길을 왕복하는 것을 고려하면 네 번은 불가능하다는 현실도 있지만.

게다가 그들이 운반할 수 있는 품목에는 한계가 있다.

어쨌든 소금이 우선시되며 다른 물건은 극소량뿐.

하지만 그렇다고 상단 사람들에게 불만을 토로하는 것은 가혹하다.

시세는 왕도나 블라이히부르크보다 조금 비싸지만 그래도 그들은 완전히 적자일 것이다.

틀림없이 그들이 챙기는 이익이라고는 블라이히뢰더 변경백작이 주는 보조금뿐이리라.

"솔직히 블라이히뢰더 변경백작이 끊지 않는 것이 이상할 정도입니다."

"원정 때의 미안함 때문이겠지."

어차피 상대는 클라우스이며 이 일은 이제 공공연한 비밀로 영내에서 모르는 자는 없다.

"하지만 비용을 생각하면……. 블라이히뢰더 변경백작님의 부담이 너무 큽니다……."

블라이히뢰더 변경백작의 재정 규모를 생각하면 큰 부담은 아니지만 '앞으로 몇 년을 계속할 수 있을까?' 라는 의문은 남는다.

바우마이스터령의 인구가 완전히 회복되고, 그동안 계산해왔을 바우마이스터령이 입은 손해액의 배상을 블라이히뢰더 변경백작이 끝냈다고 생각한 그 순간,

혹은 대가 바뀌면 중단이 될 가능성도 있는 것이다.

중단되지 않더라도 최소한 이익이 나도록 태도를 바꿀 수도 있다.

만약 그렇게 되면 당연히 소금 값은 크게 오를 것이다.

그들도 딱히 자선사업을 하는 것은 아니니까.

"이 경우 블라이히뢰더 변경백작님 쪽이 입장이 위라거나, 우리에게 빚이 있다거나, 거물 귀족이니까 오만하다거나 그런 것은 상관없습니다."

클라우스의 말은 틀림없이 쿠르트의 존재를 가리키고 있다.

블라이히뢰더 변경백작에 대하여 에리히 형의 일로 처음부터 나쁜 인상을 주었고, 게다가 축의금 문제로 시비를 걸어 사이가 크게 나빠져 있다.

한번도 얼굴을 마주한 적이 없기 때문에 사이가 좋으니 나쁘니 그 이전의 문제이기도 하지만.

그리고 그 상태는 클라우스를 비롯하여 영주민들을 불안하게 만든다.

쿠르트가 차기 당주가 되고, 그것에 맞추어 상단이 가져오는 물건의 가격이 오른다면?

혹은 최악의 경우로 상단 파견이 중단될 가능성도 있는 것이다.

"소금이 없으면 이 영지는 끝이니까요."

"옛날에는 어떻게 했지?"

바우마이스터가나 명주 일족의 사람을 리더로 여러 사람이 블라이히부르크까지 사러 갔다고 한다.

영내에서 모은 모피나 약초를 팔아 그 돈으로 소금을 사서 돌아오는 매우 고된 방법이었던 모양이지만.

"이 방법으로 버티려면 인구가 지금의 절반이 되어야 합니다."

인구가 늘어나면 운반할 짐의 양을 늘려야 하고, 그러면 이번에는 농사를 지을 인원이 부족해진다.

어려움을 겪던 차에 선대 블라이히뢰더 변경백작이 주군으로서 일 년에 두 번 상단을 보내주게 되었고 원정 후에는 속죄의 의미도 포함하여 일 년에 세 번으로 늘린 것이 진상인 모양이다.

"그런 앞날에 대한 불안도 있어서 영주민들은 소금을 비축해두기를 원하는 터라……."

다만 상단을 1년에 세 번으로 늘렸어도 영주민들의 소금 비축이 늘어난 것은 아니라고 한다.

연 3회, 결국 한 번에 네 달분이지만 매일 쓰는 것이므로 한 가정에서 네 달 동안 사용하는 소금 양을 생각하면 당연히 상단은 간당간당한 양밖에 공급하지 못한다.

원정 전까지는 차츰 인구가 늘고 있었기 때문이다.

그리고 현재도 서서히 원정 전의 수준까지 회복되고 있다.

그러므로 소금에 한해서는 한 집의 인원수에 비례하여 정해진 양밖에 팔지 않는다고 한다.

더 팔라고 억지를 부려도 그것은 다른 집의 구입량을 침범하는 결과가 되며, 어차피 재고도 없으므로 불가능하다.

또한 모처럼 오는 상단이 소금밖에 가져오지 않으면 그 또한 그것대로 영주민들에게 불만을 주고 만다.

조금이라도 바깥세상을 느끼게 해주는 물건을 섞을 필요가 있었던 것이다.

당연히 그만큼은 소금 적재량을 줄이게 된다.

"짐을 늘리면 동시에 인원수도 늘려야 하므로 블라이히뢰더 변경백작님의 부담이 늘어납니다. 그러므로 소금 공급량은 한계인 셈이죠."

왕복 세 달 동안 오로지 짐수레를 끌며 산길만을 이동하는 것이다.

비룡의 서식지이면서도 늘 이용하고 있는 산길에는 좀처럼 모습을 드러내지 않는다고 하지만, 그 대신 곰이나 늑대가 나타나기 때문에 경계는 늘 필요하다.

모집을 해도 인원이 모인다는 보장도 없다.

지불할 임금 등도 생각하면 상단 규모를 확대하는 일은 불가능하다는 게 결론이었다.

"벤델린 님이 블라이히부르크에 거점을 두고 계신다면 한 달에 한 번이라도 상관없습니다. 영주민들에게 물건을 팔아주십시오."

"무리한 요구 하지 마……."

물리적으로 불가능하다고 말하는 것은 아니다.

마법주머니에 담아 '순간이동'으로 날아오면 되기 때문에 오히려 간단한 부탁에 속한다.

다만 모험자가 하는 일과는 미묘하게 다르기도 하고, 그런 짓을 했다간 쿠르트가 더더욱 옹고집이 되어버릴 뿐이리라.

"쿠르트 님은 제가 진정을 시키겠습니다. 영주민들이 자유롭게 물건을 살 수 있게 되어 불안이 가라앉으면 쿠르트 님에게도 이득이 될 겁니다. 아르투르 님의 허가도 제가 받아냈습니다."

"벌써 받아냈다고? (그보다 쿠르트, 아버지 곁에 있었을 텐데 뭘 한 거야…….)"

이 눈앞의 노인이 너무도 노회한 탓에 나는 이 영지의 미래가 더 걱정된다.

그리고 이 노인은 이미 틀림없이 쿠르트를 마음속에서 지웠다.

"공짜로 나눠달라거나 싸게 팔라는 말씀이 아닙니다. 오히려 그런 짓은 하지 마십시오. 블라이히부르크의 시세에 벤델린 님이 이익을 더한 가격도 상관없습니다."

솔직히 말하면 블라이히부르크와 똑같은 가격으로 팔아도 충분히 이익이 난다.

다른 상인들은 '순간이동'을 쓰지 못해 왕복 세 달간의 이동비가 드는데, 나는 한순간에 이동할 수 있기 때문이다.

짐을 실을 짐수레도 마법주머니가 있기 때문에 필요가 없다.

매입비용도 상업 길드에 등록하고 회비를 내면 매우 저렴해질 터.

만약 블라이히뢰더 변경백작이 알았다간 상단 경비를 삭감할 수 있기 때문에 두 팔을 걷어붙이고 도울 것이다.

클라우스는 여전히 사람의 욕심을 꿰뚫어보는 일에 능한 사내다.

"내가 매입을 맡고 영내에 상점을 만들라고 할 줄 알았는데."

만약 그러는 조건으로 내 이복형제를 점원으로 쓰겠다고 했다면 나는 얼마든지 클라우스를 규탄할 수 있을 텐데, 그런 짓을 절대로 하지 않는 것이 이 사내의 무서운 부분이었다.

클라우스 자신은 내가 본인을 의심하고 있다는 걸 당연히 알고 있으면서도 특별히 신경 쓰지 않는 태도를 보이고 있으니까.

"역시 상설 점포를 운영하려면 아르투르 님에 대한 신청이나 절차 등으로 귀찮아질 테니까요."

"가장 큰 문제는 쿠르트 형의 불만이 너무 크기 때문이겠지? 정기적이라 해도 상단이라면 영주민에게 돌아갈 이익을 생각해서 클라우스가 설득할 수 있다?"

"예. 그렇습니다. 일단은 한 번만 시험 삼아 실행을 해주시면."

"으음, 엘리제는 어떻게 생각해?"

영주민을 위한다는 이유가 가장 중요하므로 거절하기 힘든 안건이기는 하다.

딱히 쿠르트에게 더 이상 미움을 받는다고 달라질 것도 없지만 벽지에서 고생하는 영주민들을 생각하면 섣불리 거절하기도 쉽지가 않다.

내 천성이 워낙 착한 탓일까.

그래서 본 부인이 될 엘리제에게 물어보기로 한 것이다.

이래봬도 그녀는 그 호엔하임 추기경의 손녀딸이므로 때때로 훌륭한 의견을 내주기 때문이다.

"이번만큼은 우선 시험 삼아 수락해도 될 듯싶습니다."

한 마디로 영주민들에게는 죄가 없다는 의견인 것 같다.

이런 부분이 그녀가 성녀인 까닭인지도 모른다.

그리고 기본적으로 좋은 일이므로 내 평판이 떨어질 걱정도 없다는 의견도 엘리제는 덧붙였다.

"나도 해봐도 될 것 같아."

"선행도 하고 이익도 챙길 수 있다면 나쁠 것 없겠지."

이나와 루이제도 엘리제와 같은 의견인 것 같다.

"엘은?"

"잠깐만……."

엘은 나를 방의 한쪽 구석으로 부르더니 작은 목소리로 귓속말을 한다.

"(안전을 위해서 수락해.)"

엘의 말에 따르면 이제 쿠르트는 무슨 짓을 저질러도 이상하지 않을 상태로 보인다고 한다.

블라이히뢰더 변경백작의 대리인인 블랜타크 씨에게도 또한 호엔하임 추기경의 손녀딸인 엘리제에게도 시비를 걸 정도니 나도 그것은 느끼고 있었지만.

"(아무리 벨이 강력한 마법사라 해도 암살할 방법은 얼마든지 있어.)".

입에 넣는 음식에 독을 넣거나 활에 치사량의 독을 발라 저격이라도 한다면 나는 작은 상처만 입어도 즉사하고 만다. 그리고 그것을 감행할 능력이 쿠르트에게는 있다고 말하는 것이다.

"(그 남자 언뜻 보기에는 모든 영주민에게 버림받은 이미지 같지만 우리로서는 정확히 알 수가 없지. 어떤 바보에게도 열광적인 신자는 존재하니까. 또한 너희 아버지도 아직 버리지 않았기 때문에 이상한 명령을 내려도 받아들일 부하가 있을지도 모르고.)"

전에 에리히 형으로부터 얼마쯤 들은 적이 있지만, 초기 이민자의 자손인 본 마을의 주민들일까?

그들은 매우 보수적인 자들로 쿠르트의 지지 기반이 되고 있는 모양이다.

나도 장자 계승의 질서를 어지럽히는 반란자쯤으로 여기고 있을 가능성이 있었다.

"(그러니까 물건을 팔아 영주민들에게 은혜를 베풀어.)"

만약 쿠르트가 무슨 짓을 꾸민다 해도 영주민들이 그것을 막아줄 가능성이 있다.

그런 영주민들의 눈이 있으면 쿠르트 일행의 행동이 제한된다는 이점도 있었다.

"(그럴 가능성이 낮지는 않지.)"

엘은 어디까지나 내 경호 담당자의 입장에서 의견을 말했다.

"(어차피 의뢰를 끝낼 때까지는 이 영지와 관계를 맺어야 하니까.)"

마의 숲에서의 의뢰가 끝나면 유품 선별을 위해 며칠은 머물러야 한다.

마지막으로 상납급을 가지고 오는 것도 우리의 몫이리라.

"(알았어. 수락할게.)"

이렇게 해서 우리는 저녁을 먹기 전까지의 짧은 시간 동안 클라우스의 의뢰로 바자를 열게 되었다.

"여보."

"도와달라는 말이죠? 알겠어요."

"(헤르만 형님은 훌륭히 쥐어 사시는군…….)"

"(벨, 저 분가의 사내들은 기본적으로 다들 그러니까.)"

이렇게 해서 시작된 바자였지만 역시 우리 다섯 명으로는 인원이 부족했다.

전력으로 크게 의지해온 블랜타크 씨는 마음에 든 벌꿀술을 마를레느 형수님과 교섭해 최대한 많이 사겠다며 그 길로 어딘가로 나가버렸기 때문이다.

그래서 헤르만 형과 분가의 사위들이 나서게 되었다.

딱하게도 이세계의 남존여비의 틀에서 벗어나 있는 그들은 마를레느 형수님의 명령으로 본 마을과 나머지 두 마을 사이의 광장에 돗자리를 펴고 내가 마법주머니에서 꺼낸 물건을 늘어놓고 가져온 나무판에 가격을 적는 일을 했다.

아이들도 모두들 거들고 있다.

바자가 시작되면 점원도 해준다고 한다.

이런 광경을 보고 있자니 전세에서 어릴 때 동네 여름 축제에서 포장마차를 돕던 기억이 새록새록 떠오른다.

다음에는 물엿이라도 만들어 볼까 싶은 생각이 들 정도다.

"사전에 준비하지 않은 것 치고는 엄청난 양이군."

"그건 마법주머니 덕분이죠."

어떤 것이든 대량으로 보관할 수 있으므로 일단 뭐든 던져 넣어버리기 때문이다.

넣어두면 당장 방이나 창고가 어질러지는 사태를 막을 수 있으니까.

헤르만 형은 그 모습을 보고 완전히 요술사라고 감탄하는 것 같다.

돗자리 위에는 어린 시절 마법으로 만든 대량의 소금이 든 항아리가 놓여 있다. 그것이 메인 상품이므로 10킬로짜리 항아리를 백 개 정도 놓았다.

그밖에도 설탕, 마요네즈 같은 조미료와 후추 같은 향신료, 럼이나 에일 같은 주류 등.

마요네즈는 예전에는 직접 만들었지만 귀찮아서 왕도의 상회에 레시피와 제조법을 팔아넘겼고, 그 덕분에 그 상회에서 정기적으로 보내오게 되었다.

대히트를 친 탓에 많이 고마운지 매달 엄청난 양을 보내와서 솔직히 난감한 상황이지만.

다른 귀족이나 상인들도 엘리제의 취미가 과자 만들기와 재봉이라는 것을 알자, 제과 재료나 도구에 재봉 도구나 대량의 천을 보내왔고 루이제와 내가 맛있는 과자를 먹는 게 취미라는 걸 알자 온갖 종류의 과자를 보내온다.

또한 이나가 남는 시간에 책 읽는 걸 좋아하고 나 역시 그렇다는 것을 알자 다양한 책들을 선물로 보내와 저택 창고가 터져버릴 것 같았기 때문에 모두 마법주머니에 넣어 두었는데 그것이 다행이었다.

당연히 그 물건들도 조금씩 상품으로 늘어놓아 간다.

"받은 걸 팔아도 되나?"

"이미 감사장과 답례도 보냈고, 우리가 전부 다 쓰는 건 무리니까요."

특히 과자류는 위험했다. 전부 먹었다간 확실히 통풍이나 당뇨병에 걸릴 것이다.

마지막으로 내가 활을 즐긴다는 말을 듣고 보내온 대량의 활과 화살을 늘어놓고 준비를 마친다.

활과 화살은 수렵용으로 수요가 많지만 이곳 영주민은 직접 만드는 사람이 많으므로 왕도의 일류 장인이 만든 활과 화살에 대한 수요도 있을 거라고 판단했기 때문이다.

그밖에도 여러 물건이 있지만 너무 많아서 가격 붙이는 게 귀찮았기 때문에 적당히 꺼내놓았다.

어느 정도 시세는 알고 있으므로 어떻게든 될 것이다.

팔린다는 보장도 없지만 딱히 팔리지 않아도 바자를 열기만 하면 클라우스의 의뢰를 수행한 것이 된다.

"이렇게 많은 물건을 준비해주셔서 감사합니다."

"그런데 아버님과의 조건은 확실하게 이행되는 거겠지?"

"예. 그 점은 염려 마십시오."

판매 수익의 2할을 세금으로 납부한다.

이것이 이 바자에서 우리가 지킬 의무였다.

다시 말해서 이익이 나지 않으면 세금을 낼 필요가 없는 것이다.

처음에는 쿠르트가 매출의 3할을 납부하라고 한 모양이다.

역시 괜히 받아들였다고 조금 후회가 될 정도였다.

설마 산길을 왕복 세 달에 걸쳐서 오는 상단에게 세금을 받을 수는 없으니까 우리가 장사한다는 소식을 듣자 쿠르트가 이상한 욕심을 부린 것이리라.

당연히 클라우스의 설득으로 철회하기는 했지만.

"어차피 세금 계산도 못하는 주제에……."

엘은 아까 양아치 취급을 받았기 때문에 쿠르트를 결정적으로 싫어하게 된 것 같다.

한문도 못 읽고 계산도 못하는 쿠르트를, 미워하는 재주밖에 없는 애만도 못한 존재라고 무시했다.

"그 부분은 무사히 교섭이 성립됐으며 그리고 아까부터 모든 영내를 돌며 광고를 했습니다."

그래서일까.

차츰 모든 영내에서 사람들이 가족을 데리고 모이기 시작했다.

"사람이 너무 많은 거 아닌가요?"

"급한 일이 있는 사람을 빼고는 모두 올 겁니다. 일이 끝나면 그 사람들도 올 테고요."

놀라는 이나에게 클라우스가 대답한다.

거의 모두가 상단 이외에는 물건을 구입해본 적이 없는 사람들인 것이다.

모두가 오늘까지 모은 돈을 들고 눈을 번뜩이며 이쪽으로 다가온다.

"다들 돈은 있나?"

"없을 리가 없지요."

밀이나 약초, 특수한 동물의 소재 등을 팔아서 정해진 양의 소금이나 작은 기호품밖에 살 수 없는 생활이므로 외지 사람들에 비하면 현금 수입은 적지만 저축을 하지 않을 수가 없는 것이다.

먹는 것은 자급자족이나 영주민간의 물물교환으로 해결한다.

그리고 가끔 대장간에서 농기구 따위를 사거나 장인에게 기본적인 생활용품을 사는 정도로, 그다지 현금이 필요한 생활을 하고 있지 않았기 때문이다.

"세금과 먹는 것 이외의 밀을 팔아서 몇 년이나 차곡차곡 모았으니까요."

"그렇군."

"이곳은 그 정도로 시골인가요?"

클라우스는 루이제에게 영주민들의 주머니 사정을 설명했다.

"자, 슬슬 시작할까."

마침내 바자가 시작됐지만, 모두들 달려들 듯이 물건을 구입해간다.

제일 먼저 항아리에 든 소금을 남자들이 한꺼번에 여러 개씩 구입해 차례차례 집으로 옮겨간다.

모두들 영내에서는 소금을 자급할 수 없으므로, 만일을 생각해 열심히 비축해두려는 모양이다.

"그렇게 싸지 않은데."

현재 소금은 블라이히부르크에서 1킬로 당 5센트 정도.

일본 돈으로 500엔 정도이며 최근 한동안은 시세에 변동이 없다.

왕도는 내륙부에 있기 때문에 1킬로 당 8~10센트 정도.

지난 번 상단은 영주민들에게 1킬로 당 8센트에 판매했다고
한다.

비싼 건가?

싼 건가?

판단하기 고민스러운 부분이었지만 수송하는 수고를 생각하면
완전히 손해인 셈이다.

상단이 블라이히뢰더 변경백작의 지원을 받아 운영되고 있는
것도 납득할 수 있다.

참고로 우리는 1킬로 당 5센트에 판매하고 있다.

블라이히부르크에서 표준적인 소금 가격이었다.

내가 '순간이동'으로 해변으로 이동해 그곳에서 마법으로 정제
한 소금이므로 비용은 거의 들지 않았다.

따라서 이익률은 엄청나게 높았고, 원래는 더 싸게 팔아도 되
지만, 그렇게 하면 쿠르트가 잔소리를 할 것이므로 다른 물품의
이익률을 낮춰 최대한 싸게 팔도록 조절한 것이다.

"벤델린 님, 이 하얀 것은?"

"설탕이야."

"설탕은 검은색 아닌가요?"

"정제를 했으니까."

남쪽 미개척지에서 자생하는 사탕수수를 원료로 설탕을 정제할 때 전세의 습성 때문에 새하얗게 될 때까지 정제를 하고 만 것이다.

"너 몰라? 새하얀 설탕이 고급품이야."

"진짜~? 몰랐어."

소금 덕분에 설탕도 가격을 낮춰 팔았다.

이것도 블라이히부르크와 마찬가지로 1킬로 당 10센트.

왕도라면 1킬로 당 15센트에서 20센트는 받을 것이다.

"아내와 아기가 좋아하겠군."

상당한 가격인데도 설탕 역시 항아리 째로 날개 돋친 듯이 팔려나간다.

또한 다른 조미료나 향신료나 술도 소량씩 시험 삼아 구입하고 있는 것 같다.

"예쁜 천이네."

"소재는 무명이지만 왕도에서 유행하는 색으로 염색했으니까요."

엘리제 일행이 맡고 있는 생활 잡화나 일용품도 잘 팔리고 있는 것 같다.

저렴한 장신구나 소도구에 옷의 재료가 되는 천과 재봉도구에 조리 기구까지.

어째서 이렇게 많을까 하는 생각도 들었지만 대부분 받은 거라는 사실이 무서운 점이다.

값비싼 선물은 제외했지만 귀족이든 상인이든 사실은 값싼 선물을 대량으로 보내오는 경우가 있다.

강한 인상을 줄 수 있다는 측면도 부정하지 않겠지만 실제로는 보내는 상대가 고용한 하인들에게 나눠줄 것을 예상하고 보내기 때문이다.

실제로 나도 로델리히를 비롯한 고용인들에게 나눠주고 있다.

"나리, 소인은 과자를 이렇게 많이 먹지 못합니다만……." 하고 당혹스러워 했지만.

나는 아직 집안 살림이 크지 않은데도 주목도 관계로 선물이 대량으로 모이는 것은 폐해라고도 할 수 있으리라.

"생각했던 것보다 싸네요."

"천의 산지에서는 이 정도 가격에 파니까요."

가격은 시세를 대략 알고 있는 엘리제가 저렴하게 붙여서 거의 매입 원가이므로 마찬가지로 날개 돋친 듯이 팔려나갔다.

구입자는 여성뿐이며 전부 자신이나 가족이 입을 옷을 만들 것이다.

덧붙여 재봉 도구 등도 잘 팔렸다.

어라? 소금은 마법으로 정제해서 거의 무료. 설탕도 마찬가지. 나머지 물건들도 거의 모두 받은 것. 그것을 시세 가격에 판다?

정답은 거의 전액이 이익이라는 결과에 도달한다.

경비는 보내준 사람에 대한 답례 비용 정도일까?

"엄마, 과자 사줘요!"

"그래, 그래."

"나는 그림책 갖고 싶어!"

"처음 들어보는 이야기네. 살까?"

외지와 그리 가격이 다르지 않은 여러 가지 물건들이 날개 돋친 듯이 팔려나간다.

팔고 남아도 상관없다고 했지만 오히려 아직 재고가 있냐는 물음에 마법주머니에서 추가로 꺼낼 정도다.

"에벤스, 그 활과 화살 세트 살 거야?"

"당연하지. 역시 전문 장인이 만든 물건답네. 직접 만드는 건 한계가 있으니까 잉골프 자네는 어쩔 거야?"

"당연히 사야지. 이걸로 호로호로새를 매일 잡을 거야."

"자네 솜씨로는 무리 아닐까?."

"시끄러워! 자네 솜씨도 나와 별반 다르지 않잖아!"

영내의 사냥꾼들은 빠짐없이 왕도의 장인이 만든 활과 화살을 구입하는 것 같다.

영내에도 대장간이나 장인이 있지만 대장간은 못이나 식칼 농기구 등을 주로 만드는 정도.

장인도 평소의 생활필수품에 검이나 갑옷의 수리가 고작이며, 활과 화살도 만들기는 했지만 역시 왕도나 블라이히부르크의 일류 장인들에 비하면 솜씨가 떨어진다.

이것이 현실이었던 것이다.

이 영내의 장인은 나쁜 의미에서 독점기업이니까.

경쟁 상대가 없기 때문에 품질이 나빠도 팔린다는 점이 문제인 것 같다.

외부에서 새로운 기술이 유입되기 어려운 점도 컸다.

"이런, 대성황이군요."

뭘 내놔도 쉴 새 없이 팔려나가는 상황에 클라우스도 환하게 웃었다.

매번 이렇게 팔릴 수도 없겠지만, 처음으로 이렇게 다양한 물건을 살 수 있다는 상황에 영주민들의 지갑 끈도 많이 느슨해져 있으리라.

"처음이니까."

"그렇겠죠. 다음부터는 조금 더 작은 규모가 되겠지만요. 그건 그렇고……."

계속해서 클라우스는 상품과 영주민들이 가져오는 상품용 작물과의 물물교환이나 매입 요청까지 해온다.

그의 속셈은 안 봐도 뻔하다.

이대로 우리만 상품을 계속 팔면 그것은 영내에서의 재화 유출만을 가져온다.

하지만 우리가 상단이 수송비용 관계로 거절한 물건을 매입하게 되면 그것은 경제의 순환을 낳는다.

영주민들도 스스로 뭔가 현금이 될 생산물을 찾기 시작할 것이다.

"헤르만 님, 분가라면 벌꿀술을 팔 수 있겠죠."

그 술에 까다로운 블랜타크 씨가 마음에 들어 했으니 브랜드화하면 상당한 가격으로 팔 수 있을 것이라고 한다.

확실히 나도 그렇게 생각했다.

그보다 클라우스는 장사에도 해박한 것 같다.

무슨 생각을 하고 있는지는 둘째 치더라도 이 사내가 뛰어나다는 점은 인정하지 않을 수 없다.

"마를레느가 기뻐하겠군."

대대로 종사장을 지내는 분가이므로 역시 현금을 비축하길 바란다.

그런데 집에서 만든 벌꿀술로 돈을 번다면 본가보다도 유리하게 돈을 모을 수 있다.

그런 부분일까?

"쿠르트 형이 세금을 내라고 하겠지."

"설마, 가신에게 세금을 받는다는 얘기는 들어본 적이 없어요."

라고 말은 했지만, 100% 부정할 수 없다는 게 두려운 현실이기도 했다.

헤르만 형도 그 쿠르트라면 하고도 남을 사람이라고 생각하고 있으리라.

"역시 그 점은 제가 간언을 드리겠지만요."

마른 웃음을 웃으며 그렇게 말하는 클라우스를 보고 나는 '클라우스가 쿠르트를 상당히 얕보고 있다'고 느꼈다.

하지만 전혀 동정심은 들지 않는다.

차기 당주가 명주에게 얕보인다는 건 한 마디로 어리석기 때문이다.

"이제 곧 저녁 시간이니 끝내도록 할까."

하지만 결국 영주민들이 어두워질 때까지 바자장을 떠나지 않아서 그 뒤로 두 시간 넘게 더 장사를 했다.

"엄청난 매상이군."

"그 '엄청난 매상'을 올리기 위해 모두들 정신없이 바빴지만. 그런데 블랜타크 씨는 어디 다녀와요?"

"가볍게, 산책."

"뭐, 상관은 없지만요."

분가에서 저녁을 먹은 후 우리는 오늘 묵을 방에서 매상을 계산하는 작업을 했다.

방을 나눠 남자방과 여자방에서 세 명씩 자기로 했지만, 지금은 계산을 위해 모두 남자방에 모여 있다.

"으아앙, 동화(銅貨)가 너무 많아."

"루이제, 꾸준히 세도록 해."

성실한 이나는 이런 종류의 작업을 별로 힘들어하지 않는 것 같지만 루이제는 타고난 성격 상, 이런 종류의 작업에 고통만 느끼리라.

능력은 충분하지만 끈기가 부족한 것이다.

"블라이히부르크의 상업 길드한테 맡기지 않을래?"

"그러면 수수료를 떼어가겠지."

이 세계에는 대량의 재화를 셀 기계가 없다.

따라서 상업 길드에 가져가면 수수료를 받는 게 정상이었다.

"엘리제는 얌전히 잘 세고 있잖아."

"이런 분야에서도 완벽한 초인인가?"

엘리제는 얌전히 동화를 열 개씩 모아 두는 작업을 반복했다.

"가끔 이렇게 단순한 작업에 몰두하면 마음이 차분해져요."

"나는 차분해지기는커녕 소리만 지르고 싶던데."

"힘들게 센 거 무너뜨리지 마!"

"안 해. 그랬다간 나 혼자 다 세라고 할 거잖아."

물론 남성진도 깔짝깔짝 동화를 세는 작업에 몰두하고 있었다. 역시 영주민들이 지불한 것이므로 대부분 동화나 동판이다.

지난 몇 년 동안 금전 감각이 이상해졌지만, 금화는 그리 쉽게 유통되지 않는 것이다.

"블랜타크 씨, 손이 틀리는 거 아니에요?"

"괜찮아."

블랜타크 씨는 낮에 구입한 벌꿀술을 홀짝홀짝 마시면서 동화를 세고 있다.

하지만 의외로 손은 틀리지 않는 모양이다.

"그래서 쿠르트 형은 어땠어요?"

"얌전히 있었어."

우리의 수행원이자 호위도 겸하고 있는 블랜타크 씨가 바자 중에 모습을 보이지 않았던 이유.

그것은 쿠르트의 움직임을 감시하고 있었기 때문이다.

"중간에 이상한 녀석들이 쿠르트를 찾아와 고자질을 하긴 했지만."

아마도 본 마을 출신 중에 변화를 싫어하는 인간들, 또한 바자에서 팔고 있던 물건을 보고 대장장이나 장인들이 그를 찾아갔으리라.

"대장장이와 장인?"

"솜씨가 나쁜 탓에 외부에서 물건이 들어오면 위기니까요."

우물 안 개구리처럼 독점 기업인 것에 안주해왔기 때문에 당연한 일이리라.

나도 처음 블라이히부르크의 장인가에서 상품을 봤을 때, 본가 저택에 있던 생활용품과의 수준 차이에 크게 놀랐었다.

그 대신 만들 수 있다는 물건의 폭이 어느 정도 넓은 편이지만, 그렇다고 뭐든지 만들 수 있는 것도 아니라 조악한 품질을 메우기에는 턱없이 모자란 것 같다.

어째서 전혀 기대하지 않았던 생활 잡화 등이 날개 돋친 듯이 팔렸는지 그 이유를 알 수 있었던 셈이다.

"후우……. 계산 끝났다……."

가까스로 매상 계산이 끝났지만 그 액수는 실로 엄청났다.

"81만2567센트……."

일본 돈으로 8천만 엔 이상이다.

도저히 바자의 매상이라고는 생각하기 어려웠다.

"어째서 매상이 이토록 많은 거지?"

"영주민이 거의 모두 참여했다 치고, 매상 단가는 아이까지 포함해 1인당 천 센트 이상인가……."

너무도 엄청난 액수에 엘은 고개를 갸웃거렸지만 특별히 이상한 일은 아니다.

확실히 이 마을의 평균 현금 수입은 적다.

하지만 반대로 쓸 기회도 적기 때문에 그들은 현금을 모아두고 있었다.

오래된 집은 몇 십 년 동안 차곡차곡 돈을 모은 것이다.

"1인당 천 센트에 4인 가족이 평균 4천 센트의 물건 구입. 게다가 상단 말고는 처음으로 자유롭게 물건을 살 수 있었으니까."

당연히 낭비를 하게 되는 셈이다.

임시 바자이므로 다시는 못 살지도 모른다는 심리 또한 영향을 미쳤으리라.

"딱히 가난하지도 않잖아."

"아니, 가난해."

남는 밀이나 숲에서 채취 가능한 일부 산물을 상단에 팔지 않으면 현금 수입이 없는 것이다.

소금을 사는 것 말고는 거의 쓸 데가 없으므로 모아두고 있었지만, 애당초 쓸 기회가 존재하지 않는다.

사회가 매우 원시적인 부분에서 멈춰 있다고도 할 수 있다.

"아까 이 집 아이들에게 심부름 값을 주려고 했는데."

바자를 도와줬기 때문에 그 답례로 심부름 값을 주려고 했지만 예상외의 반응을 보였다.

"그러고 보니 현금을 건네니까 어리둥절해했지."

블라이히부르크의 아이들이라면 신나게 받아서 상업가로 뭔가를 사러 갈 것이다.

그런데 이 영지의 아이들은 그럴 수가 없다.

돈을 줘도 쓸 수가 없으니까 전혀 고마워하지 않는 것이다.

결국 과자나 장난감 같은 현물로 주게 되었다.

"어쩐지 예상보다 훨씬 심각한 거 아냐?"

"그래."

엘 말대로 단순히 가난하다거나 하는 수준을 넘어서 있는 것이다.

엘의 본가도 시골이라 가난하지만 이렇게까지 바깥 세계와 단절되어 있는 것도 아니니까 그렇게 느끼는 것이리라.

귀족인 아버지도 쿠르트도 만일의 사태를 대비해 돈을 모은다는 행위를 실천하고 있다.

영주민들도 쓰지 않는 돈은 성실히 모으고 있다. 안 그러면 오늘처럼 물건을 사지 못했을 것이다.

"화폐 경제를 이해 못하는 것도 아니고 소금 같은 걸 사니까 물건 구매는 할 줄 알아. 시세도 정상적으로 신경을 쓰고 있고."

우리가 늘어놓은 상품의 가격을 보고 수송비만큼 싸다는 것을 눈치 챘다.

그런데도 그들은 헬무트 왕국의 경제 테두리 안에 들어가 있지 못한 것이다.

"돈이 돌지 않는 점이 치명적인가."

상단이 오지 않으면 영내에서의 얼마 안 되는 돈 거래뿐.

오늘도 내게 일방적으로 돈을 지불했을 뿐이다.

아마도 아버지나 쿠르트는 이 현실에 위화감을 느끼지 않을 것이다.

영주인데도 그럴 수 있냐고 하고 싶지만 태어났을 때부터 이랬으니 어쩔 수 없다고 변명할 법도 하다.

영주민들은 그것을 불만이 아니라 불편함으로 느끼고 있다.

하지만 그걸 이유로 아버지에서 쿠르트로 이어지는 계승에 불만을 표하려는 생각도 하지 않는다.

원정 문제가 있었지만 딱히 굶주리는 것도 아니기 때문이다.

"오히려, 내부 사람인데도 그 사실을 깨달은 클라우스 씨가……."

"그렇군요. 내가 어딘가 이상한 거겠죠, 이 바우마이스터령의 상식으로 말하면."

"클라우스인가."

엘리제의 말에 호응하듯 들어온 클라우스였지만, 그 얼굴에는 아까까지와 마찬가지로 옅은 미소가 번져 있었다.

"저는 젊은 시절에 매입이나 종군 때문에 밖에 나간 적이 있습니다."

불쑥 들어와서 놀라기는 했지만 딱히 들으면 안 되는 밀담을 나누고 있었던 것도 아니다.

게다가 평소에는 한없이 수상하던 클라우스가 입을 열었기 때문에 모두가 조용히 귀를 기울인다.

나는 본가에 있던 시절에 그다지 영내의 사람과 말을 해본 적이 없었다.

제일 많이 이야기를 나눈 것이 에리히 형이고 다음이 아말리아 형수님이었으니 알만 하리라.

영주민들과 얘기를 나누는 것은 기껏해야 사냥의 성과와 콩을 바꿀 때 정도였다.

솔직히 오늘 처음 물건을 팔면서 그들의 생활을 조금씩 실감했을 정도다.

이전의 나는 지식으로서는 알고 있었지만 그저 그것뿐인 상태라고도 할 수 있었으니까.

"종군? 이곳에서 말인가?"

"그건 정말 우연이었지요."

지금으로부터 40년 이상 전.

클라우스가 아직 스무 살쯤 됐을 무렵의 일이라고 한다.

"저는 사실 차남이라서 명주 일은 형이 물려받을 테니까 너는 몸을 쓰라는 얘기를 들었죠."

같은 농가나 장인의 차남이나 삼남들과 함께 짐받이에 팔 만한 영내의 산물을 싣고 산길을 하염없이 걸어 블라이히부르크로 이동.

그곳에서 산물을 팔아 그 돈으로 소금을 사서 다시 짐받이에 싣고, 또 다시 산길을 걸어 바우마이스터령으로 돌아온다.

그런 생활 사이클을 일 년에 세 번이나 했다고 한다.

"말은 개간과 농사에 쓰는 귀중한 존재입니다. 산길에서 짐을 끌게 했다가 늑대의 습격을 받아도 지킬 수 있는 인원이 없기 때문에 잃어버릴 뿐이죠. 따라서 잉여 인원인 우리가 짐말 대신이었습니다. 10대 중반부터 20대 초반까지 영내에 있던 기간은 4분의 1정도입니다. 있어도 쉬기는커녕 농사일로 혹사를 당하지만요."

차남이므로 영내에서는 거의 1회용 취급.

고생해서 블라이히부르크에 도착해도 이 영내에서 돈으로 만들 수 있는 산물은 적다.

덕분에 소금을 되도록 많이 짐받이에 싣기 위해 온갖 고생을 했다고 한다.

"옛날에는 영지의 외곽에 있는 빨간 돌까지 실어서 가져갔습니다.

"그 품질이 떨어지는 철광석을 말이야?"

빨간 돌의 존재는 나도 알고 있다.

한 마디로 철 성분이 녹슬어 빨갛게 변한 철광석을 말한다.

숯을 여분으로 사용해 환원해야 하기 때문에 그리 비싼 값을 받지는 못했다.

"닥치는 대로 팔아치웠습니다. 그래도 우리의 체력만으로 돈이 됐으니까요."

아무튼 꿈도 희망도 없는, 절망밖에 없는 생활이었다고 한다.

어째서 이런 곳에 태어나 버렸을까 하고.

"다 같이 블라이히부르크에 도착하면 달아나 버리자고 자주 작당을 했죠. 실제로 그런 적은 없지만요."

가족들 얼굴이 떠올라 도저히 그럴 수가 없었다고 한다.

"산길을 걷다가 죽는 경우도 있었죠. 늑대의 공격을 받아서 생긴 상처 때문에 파상풍에 걸리거나 발을 헛디뎌 크게 다치거나. 치료해도 살 가망이 없으니 머리카락만 유품으로 챙긴 채 그 녀석은 내버려 두고 떠납니다. 그러면 그 녀석이 부탁하죠, 제발 죽이고 가라고. 제가 숨통을 끊었습니다. 그 녀석은 감사하며 떠났죠. 자신을 죽이는 제게 말입니다. 아아, 얘기가 잠시 빗나갔군요……."

마침 블라이히부르크에서 소금을 조달하고 있을 때 갑자기 블라이히뢰더 변경백작가의 사자가 도착했다고 한다.

"동부와의 경계에서 종자들이 옥신각신하고 있다는 흔한 일이었죠. 저는 종군을 해본 적이 없지만 선선대 당주가 '한 번 정도는 보낼 수 있다'고 예전부터 말씀을 하셨는데."

그것을 알고 있던 선선대 블라이히뢰더 변경백작이 마침 클라우스 일행이 거리에 있었기 때문에 저들도 괜찮다며 불렀다고 한다.

명주의 아들로 신분이 제일 높았던 클라우스를 임시 종사장으로 삼고, 총 여섯 명의 바우마이스터 제후군이 마치 소꿉처럼 탄생했다고 한다.

"검도 창도 갑옷도 모두 빌린 겁니다. 말과 식량까지 말이죠."

그 말도 농경마를 다루는 것이면 몰라도 탈 수 있는 사람은 클라우스 뿐.

결국 한 마리밖에 빌리지 못했기 때문에 클라우스만 탔다고 하지만.

"블라이히뢰더 변경백작님으로서는 바우마이스터 제후군이 참전했다는 사실만이 중요했던 거겠죠."

지시하는 대로 동부와의 경계로 이동하여 그쪽의 군대와 대치했다.

하지만 결국은 소 영주간의 코딱지만 한 토지 분쟁이나 숲에서 딸 수 있는 산나물이나 장작의 분배 비율 다툼이다.

진지하게 충돌을 했다가는 오히려 손해를 보고 만다.

사망자나 부상자에게 영주가 위로금을 주는 것이 보통이기 때문이다.

"'이 이권은 내 거야!' 라고 어필하는 것이 목적이니까요. 아무것도 하지 않으면 상대편 주장을 전적으로 인정한 꼴이 되는 셈이니."

아무것도 하지 않을 수는 없지만 실제로 충돌하는 일도 피하고 싶다.

여러 가지로 귀찮은 사정이 있는 것 같다.

그리고 어필전이 과열되면 가끔씩 충돌이 발생한다.

"사망자를 내지 않도록 훈련용 무기로 말에서 떨어뜨리면 이긴다거나 하는 식으로 말이죠."

그래도 가끔씩 사망자가 나오는 모양이었지만.

"사람이니까 감정이 폭발하여 본격적인 충돌이 빚어지는 경우도 있습니다."

원인은 결국 밝혀지지 않았지만, 클라우스가 참여했을 때 우연히 본격적인 충돌이 발생해버린 모양이다.

"양쪽 모두 총대장이 열심히 말렸지만 말이죠. 그래도 백 명가량은 죽었을까요……."

클라우스는 다가오는 적의 병사를 향해 있는 힘껏 창을 찔렀다고 한다.

너무 긴장해서 그 뒤에 뭘 했는지 지금도 떠오르지 않는다고 하지만.

"명주의 차남이므로 일단 훈련은 받았으니까요. 과연 실제 전쟁에서 얼마나 도움이 될지는 확실하지 않지만요."

그래도 몇 명을 물리치며 블라이히뢰더 변경백작으로부터 상장과 포상을 받았다고 한다.

본인은 기억을 못하지만 블라이히뢰더 후작군의 높은 사람이 목격을 한 모양이다.

"일단 포상의 대상이 된 셈이죠."

전투가 확대되는 건 곤란하지만, 실제로 전과를 올린 자는 칭찬하고 포상을 주는 것이 귀족으로서는 당연한 의무.

물리쳤다 해도 그들이 죽은 것인지는 확실치 않지만 설령 그렇다 해도 말이다.

오히려 죽지 않아야 고마워하는 모양이다.

"받은 포상으로 소금을 더 사고 다른 물건도 조금 늘렸습니다. 하지만……."

영지로 돌아가자 클라우스는 선선대 당주와 아버지, 그리고 형에게 꾸지람을 들은 모양이다.

"원인은 제가 너무 눈에 띄었기 때문입니다. 이쪽은 목숨을 걸고 싸웠는데 참 지독한 얘기죠."

시골의 보수적인 영지이므로 모난 돌이 정 맞는다는 말의 실례라고 할 수도 있었다.

"그런 일이 있었어도 생활은 크게 달라지지 않았습니다. 몇 년 뒤 형이 병사하기 전까지는……."

그 장남에게는 자식이 없었기에 급히 차남인 클라우스가 불려 돌아와 명주 자리를 이었다고 한다.

부친도 같은 병으로 당장이라도 숨이 끊어질 것 같았기 때문이다.

"명주 따위라는 생각과 이제 힘들게 짐받이를 끌지 않아도 된다는 생각이 들며 마음이 복잡했죠."

동시에 동료들 사이에서 자기 혼자만 그 처지에서 빠져 나가는 것에 대한 죄책감까지.

그래도 명주가 된 자신에게 뭔가 할 수 있는 일이 있을 것이다.

시간은 걸렸지만 먼저 영내에 정기적으로 상단이 올 수 있도록 분주히 노력했다고 한다.

"선선대 당주는 '짐받이를 끄는 녀석들에게 맡겨두면 된다'며 받아들여 주지 않으셨죠. 선대가 되어서야 가까스로 이루어졌습니다."

일 년에 두 번씩 정기적으로 상단이 오게 되며 힘겹게 소금을 구해야했던 고생에서 벗어났다.

그때 기뻐하던 영주민들의 얼굴을 잊을 수 없다고 한다.

"선선대 당주는 우리를 그저 말하는 짐말 정도로 인식했을 겁니다."

선대 당주는 그나마 말이 조금 통했다.

아니, 통했다기보다 우리끼리 소금을 해서는 도저히 사백 명이 넘는 인구를 부양할 수 없었으므로 상식이 있으면 당연히 그렇게 판단할 거라는 뜻인 것 같다.

실낱같긴 해도 겨우 정기적으로 상단이 오게 되었고, 클라우스는 명주로서의 일에 집중할 수 있었다.

천천히 인구가 늘어나고 그에 비례해 밭도 늘어간다.

"작은 발전이지만 그래도 미래가 있었습니다."

하지만 여기서 어떤 불행이 클라우스를 덮친 것 같다.

"벤델린 님은 알고 계셨습니까? 레일라에게 옛 약혼자가 있었다는 것을. 그리고 그 오빠이자 제 후계자 아들이 있었다는 것을."

그 날의 일은 지금도 똑똑히 기억하고 있다고 한다.

내 아버지의 명령으로 레일라의 약혼자 청년과 클라우스의 후계자 아들은 수렵을 따라갔다고 한다.

"두 사람은 나이도 같은 소꿉친구라 무척 친했습니다. 서로 도와가며 이 집안을 튼튼히 받쳐줄 거라고 생각했죠."

그런데 거기서 이해할 수 없는 사건이 발생한다.

위험한 탓에 영주민이라면 아무도 가지 않는 벼랑에서 그 두 사람이 떨어져 죽었다는 것이다.

"아르투르 님은 두 사람이 사냥감을 쫓다가 벼랑에서 떨어졌다고 하셨죠."

"…………."

솔직히 정말로 그런 사건이 있었는지 의심스러웠다.

하지만 그것을 증명하는 사람이 나타난다.

"나는 기억해. 그 당시 여덟 살이었으니까."

"헤르만 형님."

이번에는 헤르만 형이 방에 들어온다.

그리고 그 사건이 사실이었다고 증명해 주었다.

"헤르만 형님, 그 사건이란……."

"아버지는 사고라고 입에서 신 내가 나도록 말씀하셨지. 영내에서도 함구령을 내렸어."

그 함구령의 의미를 알 수가 없다.

불편한 진실이 숨어있기 때문에 제삼자는 잠자코 있으라는 뜻인가?

아니면 순수하게 이런 좁은 시골에서 소문이 앞서가 소동이 일어나는 것도 좋지 않다는 뜻인가?

"벨이 태어날 무렵에는 입에 담는 것조차 금기시 됐지. 내심 드는 생각이 없는 것도 아니었지만 영주인 아버지의 말씀이었으니까……."

"…………."

너무나도 의심스러운 얘기에 블랜타크 씨조차 입을 다물어 버릴 정도다.

"그래서 진상은?"

"조사를 해봤지만 결국 답에는 이르지 못했습니다."

그 클라우드가 한 극비 조사에서 판명된 것은 알고 보니 수렵을 하러 숲에 들어간 아버지 일행 세 사람에 이어서 어째선지 본 마을 녀석들이 여러 명 뒤를 쫓듯이 숲으로 들어갔다는 사실.

"그들은 숲에 채집을 하러 들어갔기 때문에 아르투르 님 일행과는 합류하지 않았다고 합니다. 아들과 딸의 약혼자가 벼랑에서 떨어지고 아르투르 님이 도움을 요청하는 목소리를 듣기 전까지는."

"꼬마는 어떻게 생각하냐?"

"두 명이 동시에 그랬다는 건 수상하군요."

레일라의 약혼자나 클라우스의 아들 한 사람만 그랬다면 순수한 사고일 가능성이 크다고 할 수 있겠지만 그래서는 아버지에게 아무런 이득이 없다.

두 사람이 동시에 죽어야 하는 것이다. 그리고 그것은 현실이 되었다.

범인은 사건의 가장 큰 수혜자라고 했던가. "클라우스는 아버지를 의심하고 있나?"

"의심하고 있습니다."

클라우스가 분명하게 아버지를 의심하고 있다는 발언을 했기 때문에 우리는 말문이 막혀버렸다.

지금까지의 클라우스는 뭔가 일을 꾸미면서도 자신을 안전권에 두는 사내였기 때문이다.

그런데 지금은 당당히 아버지를 비난하고 있으니까.

우리 입을 통해 아버지에게 새어나갈 위험을 감수하면서까지.

"아르투르 님은 레일라의 약혼자 장례식이 끝나자 저를 불러 이렇게 말했습니다. '레일라를 첩으로 보내게. 내가 부탁한 걸 아내나 주위가 알면 귀찮으므로 자네가 보낸 것으로 하고' 라고 말이죠."

클라우스는 어쩔수 없이 아버지의 말대로 했다고 한다.

결국 다른 마을의 명주들에게 '딸을 바치고 징세 업무의 전권을 넘겨받은 더러운 녀석'이라는 평가를 받게 됐다고 하지만.

"아니, 하지만 아버지는……."

"이렇게 말씀드려 죄송하지만 아르투르 님은 병적으로 여자를 좋아하시니까요."

"전혀 몰랐어……."

본 마을의 명주인 자신이 다른 마을의 명주들에게 미움을 받는 이유.

그 이유는 아버지가 그 외에도 많은 여자에게 손을 댔고 그 뒤처리를 클라우스가 했기 때문이라고 한다.

"다른 마을의 명주들도 말을 삼가는 게 당연하죠. 제 발로 나섰다가 제 아들이나 레일라의 약혼자처럼 되고 싶지는 않으니 결국 뒤처리 교섭을 하러 온 저를 미워하는 일로 정신 균형을 유지한다. 이해할 수 있으니까 멋대로 미워하게 냅뒀지만 말입니다."

그중에는 임신해버린 여성도 많다고 한다.

당연히 그 아이는 계승 문제를 복잡하게 만들 가능성이 있다.

다행히 손을 댄 것은 유부녀뿐이고 태어난 자식은 차남 이하가 많았기 때문에 적당한 이유를 붙여 모두 영외로 내보내 버렸다고 하지만.

"레일라의 일은, 그 아이는 마을 안에서도 미인으로 유명했으니까요. 틀림없이 욕심이 동했겠죠. 동시에 그 분은 귀족이니까요. 제 아들이 죽어도 레일라의 남편이 있다면 제 집에 자기 아이를 보낼 수 없다고 생각한 겁니다. 자, 과연 어느 쪽 판단이 먼저 나왔을까요?"

클라우스의 딸을 첩으로 삼아 자식을 낳게 하고, 그 아이에게 명주의 가문을 잇게 만들어 바우마이스터가의 기반을 강화한다.

책략으로서는 이해할 수 있지만, 그러기 위해 일부러 죄 없는 젊은이를 두 명씩이나 죽일 리는 없다.

"그 아버지에게 그렇게까지 할 배짱이 있을까?"

"쿠르트 님의 계승을 고집하여 영내의 안정에 기여한다. 그런 냉정한 부분과 마음에 드는 여자가 있으면 손을 대지 않고는 못 배긴다. 그런 짐승도 함께 키우고 있는 것입니다, 그 분은."

믿기 어려운 얘기였지만 사실 부정할 증거를 나는 갖고 있지 못했다.

우리는 가난하고 자식이 많지만, 나는 어머니가 마흔 가까이 되어 낳은 자식이다.

그리고 나는 아버지의 행동을 전혀 파악하지 못했다.

나는 낮에는 숲이나 미개척지에 나가 있었고 밤에는 내 방에 틀어박혀 있었기 때문에 아버지가 일 말고 밤이나 낮에 무엇을 하는지 전혀 몰랐던 것이다.

"그래서 증오한단 말이야? 결정적인 증거도 없이?"

"저도 인간이니까 감정에 좌우됩니다. 저는 아르투르 님이 유죄라고 믿고 있습니다."

"그래서 바우마이스터가의 힘을 꺾었다는 건가?"

"예."

헤르만 형의 일도 에리히 형의 일도 장남인 쿠르트 계승에 파문을 던졌다.

하지만 결정적인 충돌이 있었던 것은 아니다.

헤르만 형은 아버지가 분가에 데릴사위로 보냈고 에리히 형도 본인 스스로 위험을 알아차리고 집을 떠났다. 다른 형들 역시 한 사람도 가신이 되지 않고 집을 떠났다.

영내에 남은 헤르만 형이 사위로 들어간 분가는, 원래부터 반본가의 뜻을 숨기려고도 하지 않는 집으로 헤르만 형님 자신도 그것에 동조하고 있다.

결과적으로 미묘한 쿠르트만이 후계자로서 남게 된 것이다.

"클라우스, 지금 헤르만 형님 앞에서 그런 말을 하는 거야?"

"잘못이라고 생각하고 있습니다. 하지만 그대로 본가에 남았다고 좋은 일이 있었을까요?"

"아니, 없었겠지."

쿠르트에게 자식이 태어날 때까지 결혼도 못하고 더부살이 예비 후계자 생활.

그 생활이 끝나도 박봉을 받으며 혹사당할 뿐이리라.

"클라우스, 내가 못 참고 영지에서 나갈 가능성도 고려를 한 거야?"

"예."

"으—음, 그건 그것대로 홀가분해서 좋았을 수도."

"헤르만 형님……."

"농담이야. 이 집은 마를레느 누님이 휘어잡고 있지만 말이야. 단둘이 있을 때는 애교도 부리고 꽤 귀엽거든."

"아니, 갑자기 그런 아내 자랑을 하셔도……."

마를레느 형수님에게는 속된 말로 '츤데레' 성향이 있는 것 같다.

"에리히 형님 건도 그래. 어째서 에리히 형님까지 위험에 노출시켰지?"

"그것 역시 죄송하다는 말씀밖에는. 하지만 그분도 밖으로 나가는 게 낫지 않았을까요?"

확실히 쿠르트가 에리히 형을 가신으로 부릴 만한 그릇이 못되는 건 사실이다.

차츰 에리히 형이 두각을 나타내며 영주민들이 따르게 된다면, 또 클라우스의 아들이나 예비 사위와 같은 사건이 일어나지 않는다고, 적어도 나는 장담할 수 없었다.

"아르투르 님이라면 다룰 수 있겠지만 그 분에게는 시간이 별로 없습니다. 나이가 나이인지라."

아버지가 세상을 떠난 뒤 쿠르트가 뒤를 이으면 결국 에리히 형이 위험하기는 마찬가지다.

"호오, 원한이 뼈에 사무친 현 당주님을 너무 훌륭하게 평가하는군."

"인격과 영주로서의 재능은 별개겠죠. 아르투르 님은 선대보다도 조금 뒤떨어지는 정도일까요? 여벽 때문에 종합 점수는 조금 더 낮을까요?"

블랜타크 씨의 비아냥섞인 말을 클라우스는 더 독기를 담아 받아쳤다.

자신의 주인에게 점수를 매기는 일은 자칫 큰 문제가 될 테니까.

"참고로 그 멍청이 차기 당주는 어떤가?"

"블랜타크 님, 저는 나무줄기만을 평가합니다. 그런, 지저분한 마른 잎이 붙은 가지는 평가하지 않으니까요."

"말 한 번 잘하는군. 게다가 반론의 여지조차 없어."

블랜타크 씨나 클라우스나 쿠르트는 영주로서 논할 가치도 없는 인간인 모양이다.

"더 이상은 차마 들을 수가 없네. 그래서 왜 나한테 전부 얘기하는 거지?"

"뻔하죠. 벤델린 님이 차기 영주가 되셔서 미개척지 개발까지 포함하여 이곳을 통치해 주십사하고."

역시 클라우스는 내가 이 영지를 잇기를 바라는 모양이다.

"나는 이미 다른 가문의 당주인데."

"그런 명분을 왕도에 계시는 폐하나 대 귀족님들이 신경이나 쓰실까요?"

"그렇겠지."

그럴 마음만 먹는다면 억지로라도 일을 진행시킬 사람들이지만 지금은 오기로라도 인정하고 싶지 않았던 것이다. 인정하면 정말로 그렇게 될 것 같으니까.

"벤델린 님이 그렇게 말씀하신다면 그렇겠죠, 라고만 대답하겠습니다."

"게다가 나는 그 아버지의 아들이야."

클라우스가 말한 아버지의 소행이 사실인지는 모르지만, 적어도 클라우스는 그렇게 믿고 있는 셈이다.

그 때문에 증오하고 있는 아버지의 자식인 내게 뭘 기대하는 걸까 하는 의문이 생긴다.

"부모의 죄는 자식에게 영향을 미치지 않으니까요. 게다가 벤델린 님은 이미 다른 가문의 당주님입니다."

클라우스의 말에서 차츰 그의 진의를 이해할 수 있었다.

그는 이 영지가 발전하기만 한다면 영주가 바우마이스터 기사 작가가 아니라도 상관없는 것이리라.

아니, 오히려 다른 편이 바람직하다고. 그리고 그것을 위해 오랫동안 그런 답답한 책략으로 아버지나 쿠르트를 희롱해 왔다. 그것이 클라우스라는 남자의 행동원리였던 것이다.

"크게 다친 그 친구의 목을 칼로 벤 순간부터 저는 말하는 짐말보다 못한 존재가 됐습니다. 종군 후 선선대 당주에게 쓸데없는 짓을 했다고 질책을 받았으며, 당대와는 아들과 레일라의 약혼자 일로 원한까지 생겼죠. 도저히 진심으로 충성을 맹세할 수는 없습니다. 지금은 그저 명주로서의 의무로 일하고 있을 뿐이죠. 그러므로 벤델린 님이 아르투르 님께 이 일을 고하셔도 상관없습니다. 저는 원망하지 않습니다. 왜냐하면 저는 말하는 짐말보다 못한 존재니까요."

그 말을 끝으로 클라우스는 자기 집으로 돌아간다.

뒤에는 어떻게 판단해야 좋을지 모를 우리들만이 남겨졌다.

"사실이라면 진짜 불쾌한 일이군."

"헤르만 형님."

"나도 몰라! 아버지의 악습에 대한 얘기는 지금 처음 들었으니까."

그보다 용케 지금까지 자식들에게 숨겨온 것이다.

그만큼 뒤처리를 맡은 클라우스가 뛰어났다는 뜻인가?

내 경우는 아버지의 행동에 관심이 없었기 때문에 알아차리지 못한 게 당연하지만.

"사실일까요?"

"어머니는 알고 있을까?"

"알고 있어도 우리에게 말할 수 있는 내용이 아니겠죠?"

특히 미성년이었던 내게는 절대로 말할 수 없었을 것이다.

그보다도 쿠르트의 아내인 아말리아 형수님에게 손이라도 대지 않았을지 걱정이 된다. 그 아이들도 사실은 아버지의 자식이 아닐까 하고.

생각하면 생각할수록 수렁에 빠지고 만다.

"헤르만 형님, 쿠르트 형님은 눈치 채고 있지 않을까요?"

"그 에리히조차 눈치를 못 챘으니 쿠르트 형님에게는 무리겠지."

확실히 쿠르트에게 그런 눈치를 기대하는 것은 헛수고리라.

"어쨌든 내일은 지체 없이 마의 숲에서 정화를 하고 돌아올 테니까요."

"부탁한다. 제일 중요한 쿠르트 형님이 전혀 믿음직하지 못한 정도가 아니라 발목을 잡을 수도 있어."

"남은 것은 클라우스인가요……."

그 정도까지 폭로한 클라우스가 아버지와 서로 칼부림을 벌일 가능성도 있는 것이다.

그것을 생각하면 나도 빨리 돌아올 필요가 있으리라.

좋든 싫든 우리는 이미 휘말려 버렸으니까.

"최악의 경우 헤르만 형님은 살아남아야 해요."

"당연하지. 만약 클라우스가 폭주해도 우리가 아버지를 구할 여유 따위는 없어. 애당초 우리가 본가를 위해 뭔가를 돕는 일은 없을 거야. 아버지의 악행이 사실이라면 스스로 어떻게든 하셔야겠지."

나 또한 지금 이 순간 아버지나 쿠르트를 구할 마음은 전혀 들지 않는다.

최악의 경우 어머니와 아말리에 형수님과 그 자식들만이라도 살려야한다는 생각밖에 없었던 것이다.

"이제 자겠습니다."

"푹 자고 의뢰를 실수 없이 마친 다음 꼭 돌아와라."

"알겠습니다."

쿠르트와의 갈등, 급하게 연 바자, 그리고 클라우스에게 들은 충격적인 고백까지.

마침내 긴 하루가 끝나고 우리는 그대로 정신없이 잠이 들었다.

내일부터 시작될 불확실한 위험에 대비하기 위하여.

제6화 의뢰 달성과 바우마이스터가의 혼란

"꼬마의 형은 태도가 돌변하니 폭언만 내뱉는군."

"뭐, 틀어박혀 사니까 어쩌면 그게 강점일 수도 있고……."

"그래도 너무 심해!"

바자 다음 날 이른 아침, 이런 저런 일을 겪어 질릴 대로 질려버린 바우마이스터령에서 우리는 '순간이동'으로 미개척지에 있는 마의 숲으로 날아갔다.

나는 어릴 때부터 마법 훈련과 병행해서 광대한 미개척지의 탐색을 해왔다.

덕분에 미개척지의 거의 모든 곳에 '순간이동'으로 이동하는 일이 가능해졌다.

당시는 아직 미성년이라 혼자 마의 숲에 들어가 잘못 되기라도 하면 큰일이므로, 숲 안에는 들어가지 않았지만 그 주변의 포인트는 전부 파악이 끝났다.

그 원정군의 침입 경로도 오래 전부터 파악하고 있었다.

역시 당시에 원정군이 베어버린 나무나 풀들은 그 왕성한 번식력으로 이미 회복되어 있다.

하지만 그 지점은 대군이라도 어떻게든 침입이 가능하게 되어 있다.

침입한 뒤의 목숨 보장은 원정군의 최후를 보면 알 수 있듯이 전혀 할 수 없었지만.

"애당초 사교계에 나갈 마음도 없고, 주군은 있지만 친목을 위해 얼굴을 내밀지도 않고."

열두 살에 블라이히부르크의 모험자 예비학교에 다니기 시작한 내가 그 대리인 노릇을 했으니까.

세간에서는 지독한 은둔형 외톨이 체질이라고 생각하고 있는 것 같다.

설마 블라이히뢰더 변경백작가의 가든파티에 처음 출석한 바우마이스터가의 인간이 나일 줄이야.

우리 본가이기에 해낼 수 있는 쾌거라고 할 수 있었다.

다만 무슨 파티가 있다 해도 파티장에 가기 위해 산을 넘어 한 달씩이나 걸리기 때문에 그것은 어떤 의미에서 어쩔 수 없다고 할 수도 있었지만.

따라서 나처럼 '순간이동' 마법을 쓸 수 있는 자는 매우 귀한 것이다.

아마도 그 점까지 포함하여 명주 클라우스는 내가 당주가 되기를 바라는 것이리라.

"나 진짜 열 받았어! 그 멍청이가 차기 당주가 되는 꼴은 못 봐. 나리께 말씀드려 네게 넘기도록 만들 거야."

"아뇨. 블랜타크 씨. 저는 싫거든요."

나는 침입 예정 지점에서 내부를 탐지 마법으로 탐색하면서 블랜타크 씨의 폭언에 반론을 편다.

그런 짓을 하면 클라우스는 크게 기뻐하겠지만, 쿠르트가 폭발할 수도 있다.

그에게는 완전히 보수적인 본 마을 우위주의자라는 지지 기반도 있기 때문에, 최악의 경우 무기를 들고 저항할 수도 있다.

틀어박히는 정도라면 차라리 낫겠지만 클라우스나 다른 마을 사람들과 충돌이라도 빚었다가는 사망자 가 나올 가능성도 있다.

그런 희생은 절대 사절이며, 나는 그런 영지는 잇고 싶지 않다고 단언한다.

그보다 아무리 마법을 쓸 수 있어도 영지를 경영하려면 이런 저런 노하우에 많은 인재도 필요하다.

그것들은 모두, 신흥 법의귀족이라 인원도 많지 않은 내가 갖고 있지 못한 것이다.

"하지만 말이야. 자칫하면 이미 사태가 움직이고 있을 가능성도 있어."

덕분에 무려 2천구의 언데드 정화라는 큰 임무를 앞두고 있는데도 본가의 상황이 더 걱정되는 것이다.

게다가 나만 그런 게 아니라 모두가 완전히 같은 기분인 것 같다.

"분가에 피해가 생기지 않았으면 좋겠군. 벌꿀술을 봐서도 그렇고."

"도대체 얼마나 마음에 들었던 거예요?"

술을 지나치게 좋아하는 블랜타크 씨의 발언에 엘은 어이없어했지만 확실히 그 술은 맛이 좋았다.

이 세계에서는 열다섯 살이면 거의 성인이므로 어제 저녁에 우리도 맛을 보았지만 단맛과 신맛이 적절하게 어우러져 무심코 과음을 할 정도다.

"그 영지는 헤르만 님에게 맡기면 돼."

"그런 과격한 주장을······."

블랜타크 씨의 말에 따르면 바우마이스터 기사작령은 아버지나 쿠르트를 강제 은거나 폐적(廢嫡—상속권을 박탈하는 것)으로 몰아넣고 헤르만 형에게 맡기는 게 가장 건설적으로 일이 진행될 것이라고 한다.

"명분상으로는 꼬마의 아버지나 장남의 체제를 무너뜨리는 것은 좋지 않겠지."

어쨌거나 지난 이백년 이상 전쟁이 없으므로 가능하면 순리대로 장남에게 잇게 해야 분쟁이 일어나지 않을 것이다.

"쿠르트 그 멍청이는 아직 완전히 파탄이 나지 않았으니까, 그래서 더 일이 고약해."

우리나 블라이히뢰더 변경백작과는 분쟁이 있었지만 내부에서 아직 결정적인 소동이 발생한 것은 아니다.

하지만 중앙에서 보면 무슨 일이 일어나야 개입하기가 수월하다고 한다.

"개입을 한단 말인가요?"

그보다 역시 개입할 마음이 가득한 모양이다.

미개척지와 세트로 개발하려면 쿠르트는 짐으로 여겨지리라.

개발 자금 또한 내가 충분히 갖고 있으니까.

느닷없이 왕가가 아버지의 강제 은거와 쿠르트의 폐적을 명한다면 다른 소영주들의 동요가 커질 테니 가능하면 개입할 명분이 될 사건이 터져주기를 바랄 것이다.

그것도 되도록 빨리.

"있을 수 있는 일은……."

첫째는 아버지나 쿠르트를 비관한 영주민들이 궐기를 하는 것.

본 마을 이외의 영주민이 뜻을 모을 가능성은 낮지만 클라우스 쪽도 좋고 분가도 좋다

아니, 그 어느 쪽이 봉기해도 상당수의 영주민이 호응할 가능성이 있었다.

사망자가 나올 만한 전개는 바라지 않기 때문에 적어도 대다수가 궐기하여 아버지와 형에게 강제 은거를 압박하는 흐름으로 흘러가면 좋겠다고 블랜타크 씨는 말한다.

다음으로 생길 만한 일은 그런 사태를 고려한 쿠르트 쪽에서 반대파의 탄압에 나서는 것.

이것은 자칫하면 많은 희생자가 나올 가능성이 있다.

"하고 싶지 않은 얘기지만 왕국 쪽에서는 후자 쪽이 더 좋지. 우리 나라도 그렇고."

이유는 쿠르트와 아버지에게 책임을 지워 최소한 작위와 영지를 박탈할 수 있기 때문이다.

미개척지를 포함한 영지를 내게 맡긴다 해도 전임자의 냄새를 되도록 제거하는 쪽이 나중에 편하다고.

왕도의 중앙에 있는 귀족들은 그렇게 생각하는 모양이다.

"둘을 악당으로 만드는 편이 새 영주가 될 꼬마에 대한 기대감 때문에 나중에 일을 하기가 수월하지."

"그 인간들 진짜 쉽게 생각하네."

그렇다기보다 거리가 멀고 영지 규모가 작기 때문인지도 모른다.

왕도의 귀족 입장에서 보면 바우마이스터령은 인구가 천명도 안 되는 작은 영지일 뿐이다.

설령 내란이 일어나도 보고로 전해지는 희생자 숫자는 그다지 크게 느껴지지 않을 것이다.

어떻게 되든 그냥 쿠르트가 빨리 사라져주면 좋겠다고.

하지만 우리는 클라우스의 유도로 실제로 영주민들과 접했다.

이렇게 되면 그들이 죽거나 다치는 사태는 피하고 싶다는 생각이 들기 마련이다.

"헤르만 형에게 잇게 만들고 영지도 어느 정도 여유를 남긴다."

개발할 여분을 어느 정도 남기고 그곳의 개발을 원조한다.

잘만 개발하면 남작 정도는 될 수 있도록 말이다.

"그런 부분이겠지. 그리고 남은 미개척지는 꼬마가 담당하고."

"이렇게 되는 일만은 피하고 싶었지만……."

그만한 토지를 개발하려면 자칫 평생이 걸려도 끝나지 않을지도 모른다.

영주로서의 일에 붙들려 버릴 가능성이 있는 것이다.

그렇게 생각하니 왠지 우울해진다.

"저기, 벤델린 님."

"왜? 엘리제."

"굳이 지금부터 무리하게 영주의 일에 몰두할 필요는 없지 않을까요?"

"그게 무슨?"

엘리제의 말에 따르면 아무리 내가 강력한 마법사라 해도 성인이 된지도 얼마 안 된 열다섯 살의 젊은 나이에 처음부터 진두에 서서 개발할 필요는 없다고 한다.

"영지와 자금은 100% 벤델린 님의 것입니다. 그리고 사람이라면 할아버님께서 알아서 모아주실 테니까요."

"이렇게 말하면 엘리제에게 미안하지만 이권 다툼 때문에 개발이 진행되기 어렵지 않을까?"

그 막대하고 실감조차 나지 않는 돈을 블라이히뢰더 변경백작과 왕도의 속이 시커먼 귀족들에게 맡기고 완전히 손을 놔버려도 상관은 없지만 그 때문에 부정을 저질러서라도 이익을 얻으려는 멍청한 귀족이나 식솔이 나오면 나중에 귀찮아질 것 같았다.

이상한 분쟁만 늘고 미개척지 개발은 진행되지 않는다면 내가 영주가 되거나 돈을 내는 의미가 없을 뿐 아니라 최악의 경우 전범 취급을 받을 수도 있다.

"전혀 없다고는 할 수 없지만 심한 쪽은 곧바로 제외될 것이니 문제없습니다."

축이 되는 내 대리인만 능력이 있다면 그런 일은 거의 막을 수 있다고 한다.

"그렇다면 로델리히가 적임인가."

"네. 그분을 가재(家宰: 가장을 대신해 집안을 돌보는 사람)로 삼아 맡기면 될 듯합니다."

다른 인재 역시 너무 이상한 사람을 보내오는 귀족들도 없을 것이라고 엘리제는 말한다.

"모두들 새 영지 개발을 통해 합법적으로 이득과 이권을 얻고 싶어하니까요."

귀족이 남아도는 이 왕국에서 능력이 있는데도 무위도식하는 친척이나 식솔을 새 영지 개발에 참여시켜 바우마이스터 남작가와 인연을 맺고 개발 특수나 무역 등에서 이권을 늘린다.

그것이 목적인데 누가 봐도 형편없는 인재를 보낼 리 없다는 것이다.

"만약 그런 사람이 와서 나쁜 짓을 한다면 할아버님은 기꺼이 공격을 할 것입니다."

'○○에서 보낸 사람들은 일할 때도 보탬이 안 되고 돈이나 물자를 빼돌려 챙기는 것 같다. 신 앞에서 나쁜 짓을 하니 곤란할 따름이다. 생각건대 ○○는 폐하도 주시하고 계시는 이 개발 사업에 사람을 보낼 자격이 없는 것이 아닐까?'

다른 귀족과 손을 잡고 공격하여 새 영지 개발에서 쫓아낼 가능성이 높다고 한다.

그리고 그 빈 자리를 놓고 다른 귀족들과 다툰다.

슬프게도 귀족이란 그런 생물인 모양이다.

"그러므로 벤델린 님은 제일 위에 떡 하니 자리 잡고 지켜보시기만 하면 됩니다."

"그런 건가?"

"예. 벤델린 님은 마법사이므로 특히 더."

확실히 그런 어마어마한 거금을 어디에 써야 할지도 모르고,

외부 세력이 대부분인 가신단이 나쁜 짓을 하지 않도록 하나하나 꼼꼼하게 점검하는 일은 귀찮고 가능하지도 않았다.

애당초 있어도 그만 없어도 그만이며 어차피 사장시켜 놓고 있으면 불만이 나오는 돈인 것이다.

한바탕 확 뿌려서 이 나라의 귀족이 쓸모가 있는지 높은 곳에서 구경하는 것도 나쁘지 않으리라.

돈은 또 마법으로 벌면 되고, 최악의 경우 일이 귀찮아지면 해외여행 가는 셈치고 어쿼트 신성제국으로 망명해버리면 그만이다.

"저는 벤델린 님의 아내이므로 끝까지 함께하겠습니다. 제가 없어도 호엔하임가의 대가 끊길 일은 없으니까요."

"나는 아무 말도 안 했는데."

"어디까지나 혼잣말입니다."

"흐—음, 혼잣말이라."

"네."

아무래도 엘리제는 생각한 것 이상으로 귀족의 피가 진한 모양이다.

게다가 상당히 무서운 여자이기도 하다.

어쩌면 이런 여자를 집착녀라고 하는지도 모르겠다.

"으아아, 내 주군의 본처는 정말 무섭구나."

"그러는 종사장은 어떻게 할 거야?"

"모험자로 돈을 벌 수도 있고 모아 돈 둔도 충분하고 외국 생활도 전혀 문제없어. 그 망할 형이나 뱃속이 시키면 명주가 하기에 달린 일 아냐?"

"어쨌든 아직은 아버지가 당주이지만."

"벨 아버지의 악습이 사실인지는 모르지만 그 사람 반쯤은 방관자 같아. 그러니까 그 망할 형이 하는 짓에 어이없어 하면서도 벌을 주거나 하지 않지."

엘의 말이 맞을지도 모르지만, 쿠르트가 건재하다면 다음 번 바자는 수락하기 어려울 것 같기도 하다.

이것이 헤르만 형이라면 한 달에 한번 정도는 전혀 어려울 것 없지만.

그리고 지금 이 상황에 가장 책임이 큰 아버지는 왠지 적극적으로 손을 쓰고 있는 것처럼 보이지 않았다.

얼굴에는 드러내지 않지만 내심 고민하고 있을지도 모른다.

쿠르트를 차기 당주 후계자로 계속 놔둘 것인가?

아니면 변화를 결단할 것인가?

그런 고민이 쿠르트의 폭언을 허용하고 있을 가능성도 있는 것이다.

"이 파티라면 어딜 가든 문제없을 테니까. 그보다 내가 제일 전투력이 약한가."

"이나가 없으면 이 멤버는 조금 상식의 틀에서 벗어나 버리니까."

"루이제, 나도 상식의 틀 안쪽인데……."

"엘은 화를 내는 비등점이 낮으니까."

"그것뿐이잖아."

여러 가지 강력하고 편리한 마법을 쓸 수 있지만, 어딘가 전세의 상식에 얽매여 이 세계에서는 붕 떠있는 듯한 느낌을 주는 나.

정화와 치료 마법의 명수로, 예쁘고 가슴도 크고 성녀로까지 불리며 가사일 같은 여성의 기본소양마저 완벽한데 가끔 거물 귀족 아가씨로서 무서운 면도 보이는 엘리제.

그 외모 때문에 언뜻 천진난만해 보이지만 어딘지 계산이 빠르며 완력의 화신이기도 한 루이제까지.

확실히 이나와 엘이 끼지 않으면 주위의 평범한 사람들은 '다가가기 힘들다'고 여길지도 몰랐다.

"이런 저런 일이 있었으니까 앞일도 자꾸 이것저것 생각하게 되지만, 결국은 실제로 무슨 일이 일어난 뒤라야 대응할 수 있으니까. 우선은 일에 집중하자."

"루이제 말이 맞아. 너무 생각에 잠겨 있다 실수라도 하면 큰일이니까."

결국 일은 흘러가는 대로 흘러가기 마련이라는 결론에 도달한 우리는 한동안 탐지를 계속한 뒤 마의 숲으로 침입하였다.

"으아아! 엄청난 수의 기운이……."

마침내 마의 숲에 들어간 우리는 곧바로 등골이 오싹해지는 기분에 사로잡힌다.

특히 마투류 권법가로 이런 기운에 민감한 루이제는 노골적으로 경계심을 드러내고 있었다.

15년 이상 전에 원정군도 거의 똑같은 위치에서 들어갔을 테지만, 그런 그들 대부분이 이 땅에서 인생을 마감했다.

당연히 그 미련은 그들의 사체를 언데드로 만들어 버린다.

처음에는 좀비가 되고 거기서부터 마치 빚의 이자처럼 원한을 격화시킨 개체부터 구울, 리치, 스켈레톤 등으로 진화해 가는 것이다.

루이제가 느낀 엄청난 숫자의 마물의 기운은 틀림없이 그들 언데드의 것이리라.

"그럼 작전을 개시한다."

가장 연장자인 블랜타크 씨의 신호로 작전은 시작되지만, 사실 그렇게 복잡한 것도 아니다.

먼저 처음에 엘리제가 잡초를 벤 바닥에 한 변이 2미터쯤 되는 천을 한 장 펴서 깐다.

이 천에는 교회에서 기도를 받으면서 고사제가 그린 정화 보조 마법진이 그려져 있었다.

엘리제가 외는 성 정화 마법의 효과가 더욱 세지기 때문에 일종의 마도구라고도 할 수 있다.

이것을 얻을 때 기부를 조금 많이 했기 때문에 아무쪼록 효과가 있기를 바랄 따름이다.

이어서 엘리제가 마법진 한가운데에 섰음을 확인하자 이번에는 나머지 전원이 내게서 받은 확성기를 입에 가져다 댄다.

그리고 일제히 같은 말을 외치기 시작했다.

"야—! 이 허접쓰레기 블라이히뢰더 변경백작아!"

"너라면 10분의 1의 전력으로도 너끈하게 이길 수 있어!"

"군사적 재능이 없는 정도가 아니라 마이너스인 블라이히뢰더 변경백작!

딱히 농담으로 하는 소리가 아니다.

전투에 패배한 군대의 전사자들이 언데드가 되는 경우 당연히 그 지능은 저하되지만, 생전부터의 본능일까 이쪽이 하는 험담이나 욕을 어느 정도 이해하는 경우가 많은 것이다.

무시당하고 있음을 알아차리는 정도의 수준인 모양이지만.

그리고 또 하나.

집단화한 언데드에는 어째선지 통솔자가 나타난다.

이것도 반쯤은 본능이겠지만 어째선지 그 통솔자를 정하는 기준은 생전에 근거를 둔 경우가 많다.

그렇다면 당연히 선대 블라이히뢰더 변경백작이 통솔자가 되어 있을 가능성이 높았다.

그러므로 그것을 노린 험담 작전은 상당한 효과가 있을 것이었다.

"으아아! 진짜로 왔어!"

확성기로 험담을 떠들어대기 시작한 지 몇 분 뒤, 마침내 앞쪽 수풀에서 몇 구의 좀비 모습이 보이기 시작한다.

"선행 정찰부대인가?"

"징그러운 정찰부대네."

만약 엘리제의 몸에 위험이 닥치면 마법으로 불태울 수 있는 나와는 달리, 루이제는 좀비를 맨손으로 때려야 한다.

정신건강 상, 되도록 피하고 싶은 심경이리라.

"엘리제, 암송 준비!"

"예!"

네 신호로 마법진 한가운데 서있던 엘리제는 조용히 기도를 시작하고 나서 정화 마법을 발동시킨다.

그 정화 마법장벽의 범위는 직경 100미터 정도.

험담으로 불러낸 뒤 정화 마법장벽의 범위 안으로 끌어들여 정화시킨다.

마치 바퀴벌레 퇴치 약과 비슷한 작전이었다.

"으아아! 징그러워!"

역시 15년 이상 전에 죽은 사체이다.

언데드가 되면 부패가 지연되기는 하지만 전혀 부패하지 않는 것은 아니다.

마물에게 몸을 물어 뜯겨 찢어진 부분에서 썩은 내장이나 뼈가 드러나고, 살갗도 시커먼 좀비가 외모에서 좋은 인상을 줄 수 있을 리도 없었다.

게다가 입고 있는 갑옷 등도 녹 투성이라 다시 이용하긴 불가능한 것 같다.

검도 녹이 슬어 있거나 죽을 당시에 마물과 벌인 전투로 칼날이 듬성듬성 빠지거나 앞이 부러져 있기도 하다.

그 대부분이 유품으로 유족에게 전해지거나 고철로 재활용할 수밖에 없을 것 같았다.

"당연히 세련된 보물 같은 건 갖고 있지 않을 테니까."

"블라이히뢰더 변경백작이나 그 간부라면 몰라도."

허세를 위해 검이나 갑옷에 금이나 보석 따위로 장식을 했다면 떼어낼 경우 돈이 될 것이다.

그 전에 유품이므로 사례금을 듬뿍 받을 수 있겠지만.

"소지품 중에 팔릴 만한 것이 있을까?"

이미 좀비가 된 지 15년 이상 지났으니 당시 소지하고 있던 식량은 비상식이라도 썩어 있을 것이다.

그 전에 좀비는 지성을 잃고 본능으로밖에 움직이지 않는다.

미식가도 아니므로 모았던 마물의 소재조차 탐욕스럽게 먹어 치웠을 것이다.

언데드가 생전의 본능에 따라 뭔가를 갉아먹어도 그게 영양분이 될 리도 없다.

다만 으깨진 것이 위장 등을 지나 항문에서 땅으로 떨어져 간다.

한 마디로 똥오줌 못 가리고 싸지르는 상황인 것이다.

당연히 으깨진 시점에 마물의 소재는 모든 가치를 잃는다.

약초 등은 말할 필요도 없으리라.

잇따라 모여드는 좀비들 중에는 엉덩이에서 뭔가를 질질 싸며 다가오는 개체도 있었다.

그 중에는 갈라진 뱃속에서 뭔가가 흘러나오는 개체도 있어서 쳐다보면 그리 기분이 좋지는 않다.

왕도에서 하자 물건을 정화할 때보다도 뱃속에 든 것을 토해내고 싶게 만드는 언데드가 많았던 것이다.

비주얼만 보면 전세에서 했던 좀비를 총으로 쏘는 게임보다도 최악이었다.

게다가 그들 입장에서 보면 살아 있는 인간조차 먹이에 지나지 않는다.

시야에 들어오면 뜯어먹으려 하기 때문에 퇴치는 필수라고 할 수 있었다.

"하지만 약하네."

엘은 검을 치켜든 채 준비하고 있었지만, 좀비는 차례차례 엘리제가 전개한 정화 마법장벽에 닿자 몸이 통째로 소멸되어 간다.

남은 것은 녹슬고 지저분한 장비품뿐이었다.

"좀비는 하나하나는 약하지만 숫자가 많으면 큰 위협이 되니까 방심하지 마."

베테랑 모험자 출신인 블랜타크 씨의 조언에 따라 모두들 다시 정신을 바짝 차린다.

하지만 역시 좀비는 엘리제가 전개를 계속하는 정화 마법장벽에 닿자 녹듯이 사라져 버린다.

평범한 정화마법의 사용자라면 이렇게 되지 않겠지만 그만큼 엘리제가 뛰어나다는 뜻이다.

"꼬마야."

"알고 있어요."

"나는 예비 마법주머니를 꺼내들고 사라져간 좀비가 장비하고 있던 물건이나 갖고 있던 자루 등을 차례차례 그 안에 담아간다.

녹슬거나 부패한 갑옷과 방패 같은 방어구에 마찬가지로 녹슬거나 부러진 검과 창 같은 무기.

갖고 있던 자루에는 지저분한 동화나 은화 등이 들어 있다.

이런 물품은 모을 수 있는 만큼 모아서 주인을 판별할 수 있는 물건은 유족에게 돌려주게 되어 있었다.

"안되면 교회에서 정화한 뒤에 금속제 물건은 녹여서 재활용하겠지만."

참으로 위험한 친환경 활동인 셈이다.

이 세계의 사람들에게 친환경에 대해 설명해봤자 이해하지 못할 테니 이 말은 내 마음 속에 남겨두기로 하겠지만.

"하지만 우르르 많이도 몰려오네."

우리는 어딘가 긴장감이 없어 보였지만, 지난 한 시간 동안 전혀 전투도 하지 않고 유품 수집만 했으니 어쩔 수 없을지도 모른다.

게다가 좀비는 눈앞에서 동포가 엘리제의 정화 마법장벽에 닿아 허물어져 가도 뒤로 물러나지 않는다.

강한 통솔자가 공격을 명령하고 있는 점과 눈앞에 있는 인간이라는 먹이에 다가간다는 본능만으로 움직이고 있기 때문이다.

"블랜타크 씨, 몇 명쯤 모였어요?"

"그게……. 8백 명 정도로군."

분명히 이 마의 숲에서 해골이 된 병사들의 숫자는 약 2천명.

그러므로 약 절반을 성불시킨 셈이다.

"하지만 빨리 안 나오려나."

"그러면 내가 범위를 넓혀서 단숨에 성불시킬 텐데요."

블랜타크 씨가 빨리 나오기를 바라는 것은 이 좀비 떼를 통솔하고 있을 선대 블라이히뢰더 변경백작이었다.

하지만 좀비가 되어서까지 생전의 인간관계에서 벗어나지 못했을 줄이야.

그 얘기를 들었을 때 나는 인간이라는 생물의 업이 얼마나 깊은지를 느껴버렸지만.

"먹이! 먹는다!"

"아아—, 대귀족님도 저렇게 변하니 처참하군."

게다가 이제 됐다 싶을 만큼 퇴치를 계속 하고 있으니 마침내 예전에는 무척 호화로웠을 보석이 달린 녹슨 갑옷을 입은 초로의 남자 좀비가 나타났다.

장비하고 있는 물건으로 보아 틀림없이 그가 선대 블라이히뢰더 변경백작이리라.

매우 드문 경우였지만 좀비 주제에 말을 하는 모습이 역시 거물귀족은 다르다고 해야 할까.

본능에 따라 '먹이! 먹는다!'는 단어를 되풀이하고 있을 뿐이라 해도 말이다.

"블랜타크 님, 매우 실례되는 발언이네요."

"나는 선대 영주님의 얼굴을 직접 본 적도 없으니까. 내 충성심은 지금의 나리에게 향할 뿐이지. 이나 아가씨는 다른가?"

"어릴 때 과자도 주시고 다정한 분이셨어요……라고 오라버니들이 얘기를 했었죠."

원정 시기를 생각하면 이나와 루이제도 태어나기 전이나 아기 때였으니 선대와는 면식이 없을 것이다.

그러므로 그 대답이 살짝 미묘했다.

"다정한 것과 귀족으로서의 능력은 별개일 텐데."

"그렇게 얘기하면 할 말이 없지만요……."

나는 인정머리 없는 대화를 계속하고 있는 블랜타크 씨와 이나를 곁눈질하며 서둘러 탐지 마법의 범위를 넓힌다.

그러자 반경 2백 미터 안에서 나머지 약 천 구의 좀비로 추정되는 반응을 탐지했다.

"빠진 녀석은 없겠지. 그럼 단번에 가볼까."

그렇게 말하고 나는 엘리제의 어깨에 손을 얹고 계속해서 광역 확산 마법을 쓴다.

만일을 위해 반경 약 5백 미터까지 넓힌 정화 마법장벽은 가차 없이 좀비들을 녹이면서, 성불시켜 간다.

가장 중요한 선대 블라이히뢰더 변경백작의 좀비도 역시 기본은 좀비이므로 간단히 무너져 내린다.

남겨진 보석이 달린 장비품이 그의 존재를 증명하는 유일한 증거가 되었다.

"좋아—! 이제 마법을 멈춰도 돼."

그리고 몇 분후 블랜타크 씨도 탐지 마법으로 주위의 마물 반응이 없음을 확인했고, 이로서 드디어 좀비 퇴치가 종료된 것이었다.

하지만 끝났다고 얌전히 있을 수는 없었지만.

"서둘러 주변의 유품 탐색을 시작해!"

우리는 서둘러 주변의 유품 탐색과 회수를 재개한다.

지금까지는 2천구의 좀비가 있었지만 이 구역에는 다른 마물이 전혀 존재하지 않았다.

그것이 단숨에 사라져 버렸기 때문에 이 공백 구역에 마물이 대거 몰려들 가능성이 있었던 것이다.

"하나도 빠뜨리지 말라고는 하지 않겠다! 대충 회수했으면 철

수해!"

그 후 대략 30분 동안, 성 마법으로 소멸한 좀비의 장비품과 그들이 마지막으로 밟은 땅이었을 야전 진지터에서 유품을 회수한다.

그런데 여기서 한 가지 의문에 부딪친다.

"바우마이스터가 제후군처럼 보이는 사람들이 없군."

"듣고 보니 그러네."

엘의 지적대로 통일된 블라이히뢰더가 제후군의 장비를 몸에 걸친 병사들과 고가의 장비를 걸친 간부들로 보이는 자들, 그리고 몇몇 마법사였던 듯한 사람들의 좀비는 확인 되었다.

전부 경제력에 여유가 있는 블라이히뢰더 변경백작가가 아니면 갖출 수 없는 장비였다.

바우마이스터가 제후군 병사들은 조잡하고 통일되지 않은 부분 갑옷을 입은 농민들이고, 설령 간부라 해도 선대 종사장이나 그 아들들이 조금 더 나은 갑옷을 입은 정도이다.

마법사 따위는 초급 레벨도 고용할 재력이 없었기 때문에 있을 리가 없다.

이렇게 말해서 미안하지만 군대라고 해야 할지 말아야할지 고민되는 수준의 집단이었다.

"어째서 모습을 보이지 않지?"

나는 다시 탐지 마법으로 주위를 찾아보지만, 5백 미터 이내에 언데드를 포함한 마물의 반응은 없다.

이쪽이 전 블라이히뢰더 제후군을 전멸시킨 직후이므로 아직 그 바깥쪽에서 상황을 살피고 있는 것이다.

통상적인 마물은 언데드를 피하는 경향이 있다.

마물도 언데드에게 잡혀 죽어 같은 무리가 되기는 싫을 테니까.

"블라이히뢰더 제후군과 헤어졌다는 뜻인가?"

"가능성은 있어."

블랜타크 씨는 모험자로서 많은 경험을 쌓았다.

그러므로 실제로 그런 일을 경험한 적이 있으리라.

내 의견을 부정하지 않았다.

"좀비는 생전의 본능에서 벗어나지 못하니까."

주군인 데다 블라이히뢰더가 제후군은 당주가 직접 출진을 했고 바우마이스터가 제후군은 종사장이 주장이었다.

그러므로 블라이히뢰더 변경백작으로부터 가신 취급을 받으며 혹사당했을지도 모른다.

아무리 소규모라 해도 바우마이스터가 제후군은 엄연히 지휘 계통이 다른 군대인데도 말이다.

당주인 아버지의 강요로 주장을 맡아 , 긴 행군 끝에 마물과 싸운다.

종조부인 종사장은 이런 저런 울분이 쌓여 있었으리라.

"그런 혐오감 때문에 그 집단에서 떨어졌을 가능성이 있지."

"그런 경우도 있군요."

"원래는 인간이란 뜻이지."

"그리고 다른 가능성은요?"

왕도에서 정령을 경험하며 악령계에 많이 해박해졌지만 공교

롭게도 좀비에 대해서는 잘 모르는 나는, 다시 블랜타크 씨에게 지식을 요구한다.

"그 소집단 말인데, 규모가 커졌을 가능성이 있다."

기본적으로 이성이 없는 좀비이므로 집단이 분할돼도 시간이 지나면 동족 포식으로 흡수 합병되어 버리는 경우가 많으며, 장기간 동안 두 집단이 남아 있는 경우는 좀처럼 없다고 한다.

"악령계는 육체가 없으니까 풋워크가 가벼워. 반대로 좀비계는 본인들이 죽은 지점에서 떨어지는 경우가 적지."

"하지만 없는걸요."

"떨어지지 않는다 해도 몇 킬로 정도는 이동하니까. 탐지 마법 밖에 있겠지."

시험 삼아 탐지 마법의 범위를 넓혀 보자 바깥쪽에는 많은 마물의 반응이 있는 곳이 있다

수천 구 정도가 반응을 보였지만 그들이 일제히 덮쳐오는 일은 없다.

이쪽이 소수인 점과 언데드가 지배하고 있던 공간에 신중을 기하면서 돌아오기 때문에 그리 오랫동안 남아있지만 않는다면 크게 위험하지는 않다고 한다.

"그리고 저쪽도 바보가 아니니까 이 소수로 2천구 가까운 언데드를 정화한 우리에게 당연히 신중한 반응을 보이겠지."

하지만 그것은 어디까지나 그것이 평범한 마물이었을 경우이다.

만약 그 수천의 반응이 언데드였다면?

갑자기 그런 의문이 샘솟는 것이다.

"그 중에 바우마이스터가 제후군의 언데드도 있을 가능성이 없나요?"

"없다고 할 수는 없지만 숫자가 맞지 않아."

바우마이스터가 제후군은 백 명 이하이며 바깥쪽의 마물들은 수천에 달한다.

확실히 숫자는 맞지 않지만 어딘가 석연치가 않다.

"그럼 숫자가 늘었다던가?"

"숫자가 늘어? 블랜타크 씨. 정말로 그런 경우가 있나요?"

"없지도 않지."

엘의 의문에 블랜타크 씨가 곧바로 대답한다.

그 소집단의 보스가 뛰어나서 언데드 무리를 늘리는 경우가 있는 모양이다.

그 경우 언데드는 그들이 죽기 전에 쓰러뜨린 마물이나 그 후 언데드의 희생이 된 마물이 재료라고 한다.

"늘리는 방법이 좀 기분 나쁘네요."

확실히 공포 영화 같아서 기분 나쁘기는 하다.

"다만……. 그 보스에게 힘이 없으면……."

생전의 능력이 크게 좌우되는 모양이다.

결국 군인으로 말하면 수천 명을 통솔할 수 있는 대대장이나 장군급 실력을 가졌다는 뜻이다.

동시에 상대가 마물이므로 모험자로서의 기량까지.

결국 생전에 강했나 하는 것도 기준이 된다고 한다.

"바우마이스터가의 종사장인걸……."

종조부의 능력을 부정하는 것이 실례 같기도 하지만 그 바우마이스터가이므로 그런 능력이 있어 보이지는 않는 것이다.

영지 인구로 봐도 백 명의 제후군조차 겨우겨우 모았는데.

종조부에게 수천 명의 군인을 통솔할 기회가 있었을 것 같지는 않았다.

"하지만 재능이 있었을지도 모르지."

"그렇다면?"

"그런 영지니까 반쯤은 농민인 종사장으로 그쳤지만, 블라이히뢰더 변경백작가에 태어났다면 대 간부가 될 수 있는 재능이 있었을지도 모른다는 뜻이지."

재능은 있어도 그것을 활용할 환경이나 기회가 없었다.

엘은 이런 세상이므로 그런 사람도 있을 거라고 자신의 의견을 말했다.

"과연. 하지만 그렇다면?"

"그건 말이야, 이나. 이 탐지 구역 끝에 있는 건 벨의 종조부님의 언데드가 통솔하고 있는 녀석들이고 우리를 호시탐탐 노리고 있다는 뜻이지."

"저기, 그럼 그거 위험하지 않아?"

"엄청 위험할지도……."

이나와 루이제의 대화를 들은 모두에게 긴장감이 흐른다.

그리고…….

"전원! 전투 준비!"

블랜타크 씨의 외침소리와 동시에 중심부에 있는 우리를 향해 외부의 마물이 일제히 이동을 시작한다.

우리를 죽이려고 공격을 가해온 것이었다.

"대체 몇 구나 되는 거야?"

"낸들 알아!"

그로부터 몇 시간 후.

우리는 또 다시 엘리제가 전개한 정화 마법장벽 안에서 차례차례 다가오는 좀비들과 대치하고 있었다.

역시 그 대부분이 마물이 언데드화한 것이다.

우연히 그 틈에 섞여 조악한 갑옷에 녹슨 창 등을 가진 인간 좀비도 존재하고 있다.

그들은 그 용모로 보아 틀림없이 구 바우마이스터가 제후군 사람이리라.

"엘리제가 없었으면 크게 고전했겠네."

마법 전개 때문에 한 걸음도 움직이지 못한 채 집중하기 위해 한 마디도 하지 않는 엘리제 덕분에 옛 블라이히뢰더 제후군 때는 직접 싸울 일이 전혀 없었다.

지금도 정화의 빛에 닿아도 사라지지 않는 와이번 같은 언데드와 싸우기만 하면 된다.

엘, 이나, 루이제가 직접 공격하고 블란타크 씨와 내가 고집속 불화살 마법으로 와이번 언데드의 머리를 파괴해 간다.

활동이 멈춘 와이번 언데드는 정화 마법에 의해 소독되어 마석과 뼈를 남긴다.

다른 마물은 마석뿐이지만, 역시 작아도 용이라고 해야 하리라.

소재가 되는 뼈가 남겨져 있는 것이다.

언데드일 때는 시커멓던 뼈가 정화되자 깨끗한 흰색으로 변하는 모습은 실로 신비로운 광경이었다.

"쳇! 비룡 언데드라니!"

"그러고 보니 알이 있었지!"

종조부에게 통솔력이 있었을지도 모르지만 평범한 인간이나 마물 언데드 따위가 와이번이나 비룡을 상대로 뭔가를 할 수 있을 리가 없다.

그렇다면 어째서 그들이 일정수 섞여 있는 걸까?

답은 이 수천의 마물 언데드 군단은 스승님이 숨을 거두기 직전까지 죽인 마물들이라는 뜻이다.

"벨의 스승님은 괴물이야?"

힘이 떨어질 때까지 수천 마리의 마물을 차례차례 죽여 간다.

내게 하라면 못할 것도 없겠지만, 성가신 마법으로 주변 숲을 통째로 소멸시킬 수밖에 없다.

하지만 당시의 스승님에게는 선대 블라이히뢰더 변경백작을 비롯해 지켜야할 존재가 2천 명이나 있었다.

그런 조건에서 똑같은 일을 하라고 한다면 무척 어려울 것이다.

적어도 지금의 나로서는 그런 엄청난 짓은 불가능했다.

"시간차를 두고 한순간에 자신과 수비 목표에게 위험이 될 수 있는 개체와 소집단을 격파해간다. 그러니까 암스트롱 도사도 알을 인정한 거겠지."

마력량에서는 앞서도 전혀 방심할 수 없는 초기교파 마법사. 그것이 스승님이었던 것 같다.

"하지만 그 스승님 덕분에 우리들은 지금 큰일났……."

블랜타크 씨의 집속 불화살 마법으로 움직임이 둔해진 언데드 비룡의 머리에 루이제가 불평을 하면서 마력을 담은 주먹으로 일격을 가해 산산조각 낸다.

머리를 잃은 언데드 비룡은 곧바로 그 움직임을 멈췄다.

"아니, 이건 시련이야! 스승님이 우리에게 주신 시련!"

"으아아! 벨이 충실한 제자 모드로 들어갔어!"

"얼마 전 골렘 군단과 비교하면 어느 정도일까!"

"지금은 정화 의뢰보다 본가의 정세 문제가 더 크잖아."

"으아아! 그 일도 있었지!"

지난번 일을 교훈 삼아 마력 보충용 마정석 수를 늘렸기 때문에 제2진의 언데드 군단도 몇 시간만에 전멸시키는 데 성공했다.

아니, 마지막으로 남은 개체가 있었다.

녹슨 풀 플레이트 갑옷에 마찬가지로 붉게 변한 롱 소드를 든 초로의 남성이 우리 눈앞에 서있던 것이다.

평범한 좀비라면 엘리제의 정화마법 장벽을 뚫고 들어와 아무 일도 없을 수가 없다.

결국 그 상위종이라는 뜻이리라.

"매우 원한이 깊은 모양이군."

"그도 그렇겠죠."

"틀림없이 선대 종사장이겠지."

"네."

블랜타크 씨와 나는 그 언데드가 바우마이스터가의 선대 종사장임을 확인한다.

아무리 주군의 명령이라 해도 무모한 원정에서 자신뿐만 아니라 모든 아들들과 대부분의 영주민들을 희생시킨 것이다.

분가에서는 이 선대 종사장의 손녀딸 외에도 데릴사위를 맞은 여자가 많았다.

그녀들은 분가를 모시는 종사를 맡은 집안의 딸들이다.

모두들 아버지를, 형제를, 친척을 잃고 가문을 지키기 위해 외부에서 데릴사위를 맞아 남성과 마찬가지로 힘겨운 일을 견뎌왔다.

종사의 집이라 해도 시골 영지이므로 평소에는 평범한 농가일 뿐이다.

늘어난 개간 등으로 크게 고생을 했으리라.

그녀들이 반 본가가 된 결정적인 이유이기도 했던 것이다.

그리고 이 눈앞의 선대 종사장은 그것을 이해하고 있는지도 모른다.

검을 들고서도 이쪽을 공격해 오지 않았다.

"리치까지 진화를 했나! 이런 짧은 기간에!"

좀비는 이렇게까지 이성적이질 못해서 잘해 봐야 아까 본 선대 블라이히뢰더 변경백작 정도이며, 그것조차 좀처럼 없으니까.

"모두, 죽었다……."

"벌써 15년 이상 전에 말이지. 지금은 정화하고 있을 뿐이야."

"손녀……."

"남편을 휘어잡고 잘 지내고 있어."

리치쯤 되면 위험하기 때문에 평소의 나라면 곧바로 '성광' 마법으로 정화해 버릴 것이다.

하지만 이 선대 종사장인 종조부는 매우 슬퍼 보이는 눈을 하고 있었다.

그리고 내게 그 시선을 맞춰오는 것이다.

그 너무도 슬픈 눈에 '그럼, 저 집단을 선동하지 말라!'는 말은 도저히 할 수가 없다.

"이해를 하고 있는 걸까요?"

"글쎄. 실력 차를 본능으로 이해하고 몸이 움직이지 않는 경우도 있으니까."

본능이 앞서기 때문에 짐승과 마찬가지로 적이 너무 강하면 움직임을 멈춰버리는 경우가 있는 모양이다.

좀비나 구울로는 무리이며 리치 수준에서나 볼 수 있는 현상인 모양이지만.

블랜타크 씨 입장에서 보면 앞서 이미 수천의 언데드를 선동하고 있기 때문에 종조부의 리치에게 빈틈을 보이고 싶지 않은 것이리라.

어디까지나 리치가 위축되어 있을 뿐이라고 공격 태세를 늦추지 않았다.

"증손자……."

"후계자와 여동생이 태어났어. 둘 다 건강하고 당신을 닮았어."

"그렇군……. 같은 피……."

역시 이해하고 있는 모양이다.

게다가 내가 혈연자인 사실도 이해하고 있는 것 같다.

"부탁한다……."

마지막으로 그렇게 말하더니 선대 종사장 리치는 검을 땅에 내리고 그대로 움직이지 않는다.

공격은 하지 않을 것이니 그대로 정화하라는 뜻인 모양이다.

"분노가 엄청나 이 짧은 기간에 리치까지 됐지만, 친족에게 가족 얘기를 듣고 만족한 건가?"

"그럴지도 모르고 꼬마에게 이길 수 없다고 생각했을지도 모르지."

"그럼 '성광'을."

내 '성광' 마법에 의해 선대 종사장 리치도 완전히 정화되었고 뒤에는 그 장비품만이 남겨진다.

"마를레느 형수님을 비롯한 가족들 곁으로 돌려보내 줘야지."

동시에 분가도 계속 돌봐줘야 할 것 같은 기분이 들었다.

끓어오르는 원한이 원인인 살육 충동을 견디면서 남겨진 가족의 일을 묻고, 무사하다는 것을 알자 내게 '부탁한다'고까지 말했다.

"설마 리치가 그토록 살육 충동을 억제할 수 있을 줄은 몰랐군."

종조부를 공격하기 위해 강력한 화염 마법을 준비했던 블랜타크 씨도 처음 하는 경험에 놀란 것 같다.

"'부탁한다'라……."

그것은 가족을 부탁한다는 뜻이리라.

그보다 그밖에는 있을 수가 없다.

"일도 끝났으니 이제 바우마이스터령으로 돌아갈까……."

종조부의 장비품을 모두 회수한 우리는 되도록 빨리 바우마이스터령으로 돌아가려고 한다.

아침부터 마의 숲에 침입해 식사도 하지 않고 두 개의 언데드 집단과 전투를 벌인 탓에 배가 고프기도 했다.

나무들 사이로 보이는 하늘의 색은 시각이 이미 해질 무렵이라는 것을 나타내고 있었다.

"그렇군. 빨리 숲을 나가서 돌아가자."

이 구역을 점령하고 있던 수천 구의 언데드가 사라졌기 때문에 그 공백을 메우려고 평범한 마물들이 밀고 들어올 것도 시간문제였기 때문이다.

"아니, 그전에 들를 곳이 있어."

"들를 곳? 아아, 에리히 형 말이군!"

바우마이스터령의 문제에 대하여 우리만으로는 모르는 것이 너무 많다.

어쩌면 세 형은 뭔가를 알고 있을 가능성도 있기 때문에 블랜타크 씨는 그것을 확인한 뒤에 돌아가도 늦지 않다는 의견을 내었다.

"어려울 때 믿고 찾는 에리히 형인가. 나이로 보면 파울 형이나 헬무트 형도 뭔가 알고 있을 가능성이 있어."

블랜타크 씨의 제안을 받아들인 나는 그 자리에서 모두를 불러 모아 단숨에 왕도의 블랜트 저택까지 '순간이동'으로 날아간 것이었다.

"뭐?" 그런 일이 있었단 말이야?

"쿠르트 형⋯⋯."

마의 숲에서의 의뢰를 마친 우리는 그 길로 왕도에 있는 블랜트 저택까지 이동했다.

갑자기 정원에 나타난 우리를 보고 루트거 씨와 저택의 하인들은 혼비백산을 하며 놀랐다.

하지만 곧바로 심상치 않은 상황임을 깨닫고 에리히 형이 일을 마치고 돌아올 때까지 식사라도 하라며 저택 안으로 안내해 주었다.

그리고 파울 형과 헬무크 형에게도 심부름꾼을 보내준 것 같다.

그로부터 약 두 시간 후 세 형은 내게 영지에서 있었던 사건 얘기를 듣고 심각한 표정을 짓고 있었다.

"에리히 형님은요?"

"어느 정도 예상은 하고 있었지만⋯⋯. 하지만 여기서 클라우스라⋯⋯."

예상보다 훨씬 어리석었지만 그래도 아버지가 잘 통제하면 어떻게든 될 거라고 여긴 것 같다.

어디까지나 한동안이라는 조건이 붙기는 했지만.

"그나저나 클라우스의 얘기는 사실인가요?"

"후계자 아들과 레일라 씨의 약혼자 얘기 말이야? 사실이야. 그렇지, 파울 형?"

"그래. 나도 당시에 네 살이었으니까 나중에 듣기는 했지만."

역시 사람 입에는 자물쇠를 채울 수 없는 모양이다.

아버지가 함구령을 내린 탓에 더욱 영내에 퍼져버린 것 같다.

그런 변변히 오락도 없는 영지이므로 진상을 추리하며 즐겼을지도 모른다.

"다만 두 사람이 동시에 벼랑에서 떨어져 죽은 건 사실이라도 그 일에 아버지가 얽혀 있던 증거는 없어. 하지만 소문은 본 마을 외에서는 100% 유죄 판정이었지."

영주민들은 피해자가 본 마을 명주인 클라우스의 아들이므로 딱히 동정하지는 않았지만, 영내의 체제를 강화하기 위해 영주님이라면 그러고도 남았을 거라고 생각했으리라.

'똑같은 신세가 되기는 싫으니 드러내놓고 말할 수는 없지만' 하고 생각하는 영주민들이 많다고 한다.

"벨도 알고 있었지? 그 벼랑에서 석이버섯을 딸 수 있다는 거."

파울 형 말대로 그 벼랑에서는 확실히 석이버섯을 딸 수 있다.

그 싱거운 수프에 넣으면 좋은 국물을 낼 수 있기 때문에 모두들 경쟁하듯 채집했던 것이다.

좀처럼 자라지 않아서 귀하다는 점과 벼랑의 비탈에 자라기 때문에 채취하려면 위험이 따른다는 게 난점이다.

"네, 알고 있습니다. 하지만……."

아버지와 두 사람은 어디까지나 수렵을 하고 있었으며 석이버섯을 목적으로 한 것이 아니다.

그런데 그 날 아버지에게 충실한 본 마을 사람 몇 명이 석이버섯을 따러 그 바위산에 간 모양이다.

클라우스가 말한 자들은 그들을 가리키는 것이리라.

"정황상 아버지가 그 마을 사람들에게 지시했을 가능성이 있어. 하지만 그들은 클라우스의 지지자이기도 하지."

"소문이 하나 더 있었어."

헬무트 형은 또 다른 기분 나쁜 소문을 들은 적이 있다고 한다.

"레일라 씨는 미인이라 남자들에게 인기가 많았어. 자기 신부로 삼으려는 마을 사람들도 많았대."

결국 석이버섯을 따러 간 녀석들은 레일라 씨 약혼자만 죽이려다 어떤 실수로 인해 클라우스의 아들까지 죽여 버린 게 아닐까 하는 내용이었다.

"그렇다면 아버지와는 관계가 없을 가능성이."

"높지."

"하지만 진상은 명확하지 않아. 아버지를 고문해 실토하게 만들 수도 없으니까."

고문은 물론 극단적인 의견이지만 결국 증거가 없기 때문에 아버지에게 진상을 들을 수밖에 없는 것도 사실이었다.

물어본다고 아버지가 사실을 얘기한다는 보장도 없지만.

"알고 있었군요."

"어디까지나 대략적인 사실 뿐이야. 진상은 클라우스 씨도 모를 테니까."

진상은 명확하지 않지만 수상쩍은 사건으로 자신의 사랑하는 아들과 딸의 약혼자를 잃은 것이다.

그의 입장에서는 아버지를 원망하는 것으로 정신 균형을 유지하고 있을 가능성이 있었다.

"아버지의 악습과 레일라 씨 건 말인데……."

"그것도 본 마을 이외의 사람들은 유죄 판정을 내리겠지만 다른 가능성도 있거든."

에리히 형은 어디까지나 자신의 생각임을 전제로 그 생각을 얘기했다.

"본 마을의 명주인 클라우스는 후계자 아들과 딸의 약혼자를 동시에 잃었어."

그렇게 되면 클라우스의 뒤를 이을 다음 본 마을 명주는 레일라 씨의 새 남편이 된다는 뜻이지.

"나머지 두 마을의 명주들이 자신들의 차남 이하의 아들을 밀어 넣으려 했다는 소문이 무성했거든."

만일 그것이 실현되면 본 마을이 우위에 있던 영내 체제에 쐐기를 박을 수 있는 가능성이 높다.

얄궂게도 본 마을의 다른 사위 후보자들은 바로 그 석이버섯 채집을 나갔던 자들이라고 한다.

"레일라 씨 입장에서 보면 그들은 싫었을 거야."

자기 약혼자를 죽인 의혹이 있는 남자와 결혼하는 일은 확실히 누구라도 싫을 것이다.

"그렇다고 다른 마을 출신자 사위를 들이면 당연히 본 마을 녀석들로부터 불만이 나오겠지. 그러니까 아버지가 그런 짓을 한 게 아닐까?"

영주의 서자에게 잇게 한다면 다른 마을의 명주들도 불평할 수가 없을 것이다.

하지만 아버지가 노골적으로 앞에 나서면 그들의 불만이 커진다.

그러므로 클라우스가 얘기를 꺼낸 것처럼 꾸미고 그 상으로 징세 업무 독점권을 주었다고.

아버지 입장에서 보면 장차 자기 아들이 징세 업무에 관여하는 일은 이득이 될 것이다.

상황적으로는 어쩔 수 없다 해도, 죽은 두 사람의 상도 미처 끝나지 않은 시기에 제안을 한 것이므로 클라우스는 내심 마음에 들지 않았을 것이다. 일을 너무 오래 미루면 본 마을 이외의 녀석들이 시끄러워질 것이므로 어쩔 수가 없었겠지만.

"그런 내용이라면 납득이 가?"

"하지만 이것도 추론이야. 결국 진실은 아버지와 클라우스 밖에 모르는 거겠지."

그렇다고 탐정처럼 조사를 해봤자 영내가 시끄러워질 뿐이리라.

쿠르트에게 영내를 들쑤시고 다니는 눈엣가시라고 또 비아냥을 들을 게 확실했다.

또한 두 시간짜리 추리 드라마가 아니므로 우리가 조사한다 해도 진상에 도달할 가능성은 낮다.

만일 드라마라면 '모험자 남작의 사건기록. 바우마이스터령 살인사건~명주의 아들과 딸의 약혼자는 왜 죽었을까? 그 뒤에 영주의 음모와 미녀의 눈물을 보았다~'라는 제목이 붙었을지도 모르지만.

"그래서 아버지의 악습 말인데……."

나는 본가 시절에 그런 생활을 했기 때문에 진상을 알 리가 없지만 형들은 뭔가를 알고 있을 가능성이 있었다.

"우리 이외에 형제자매가 있어? 절대로 없다고는 말 못하겠지……."

본처인 엄마에게 아들만 여섯, 첩인 레일라 씨에게 아들 둘에 딸 둘.

이 세계가 현대 일본보다도 출생률이 훨씬 높은 점을 고려해도 평균보다 훨씬 많다.

확실히 자식이 없어 가문의 대가 끊어지는 것도 문제였지만 우리 집 같은 영세 귀족이 자식이 너무 많은 것도 문제다.

상속이나 재산 분쟁이 너무 심해지면 이 또한 추문으로 소문이 나고 만다.

루크너 형제를 보면 그것을 잘 알 수 있을 것이다.

그 집은 딱히 형제의 숫자는 관계가 없는 모양이지만.

그런 사정도 있어서 그런 쪽의 통제도 뛰어난 귀족의 필수 요건이었다.

"벨과 다투고 있는 루크너 회계감사장도 상속 문제로 다투는 요인이 되니까 로델리히 씨를 인지하지 않은 거겠죠?"

결코 칭찬할 만한 방식은 아니지만 상속 때문에 싸우는 것보다는 낫다며 철저히 비정하게 군다.

이 또한 귀족이라고 에리히 형은 말한다.

"보통 같으면 애인을 둔다거나, 귀족 전용의 상점도 있고."

값은 비싸지만 피임약도 있고, 빠르면 아이를 지울 수 있는 방법도 있다.

하지만 그런 일을 할 수 있는 것은 도시의 귀족이나 지방에서는 거물 귀족뿐이라고 한다.

"지방의 영세귀족은 가족계획 따위는 거의 생각하지 않겠지."

시골에서 살며 자신에게 굽실거리는 영주민들뿐이고 오락거리도 수렵 정도밖에 없다.

그렇다면 영내의 예쁜 여자에게 집착하는 자도 많은 모양이다.

그러므로 절대 없다고는 할 수 없다고 형들은 말하는 것이다.

설마 아버지도 본 저택에 여자를 데리고 들어오지는 않을 테니 형들 눈에 직접 띄는 멍청한 짓은 하지 않으리라.

"그리고 우리는 타지에서 이주해온 사람들이 모여 사는 곳이잖아."

파울 형의 말에 따르면 왕도 주변이나 북방 등은 다르지만, 남부 근처의 시골 농촌은 주민이 모두 같은 성을 쓰기도 한다고 한다.

에도 시절의 농촌과 비슷한 느낌인 모양이다.

"본 마을 이외의 녀석들 중에 남부나 서부 근처의 농촌에서 온 녀석들이지."

혼인 전의 아가씨에게 손대는 것은 금지지만, 결혼하여 후계자가 생기면 남자도 여자도 상당히 자유롭게 바람을 피우는 풍습이 있는 모양이다.

"후계자는 있으니까 불륜 상대의 아이가 태어나도 '아무렴 어때' 하는 정도의 감각이라고. 바우마이스터령은 다른 지역 출신자도 많으니까 이제는 거의 없어진 풍습이지만. 헤르만 형이나 내가 어릴 때는 어느 정도 남아있었을지도."

마침 그 무렵에 드디어 교회가 생겼고, 왕도에서 한 차례 은퇴했다 해도 노인 사제가 부임하게 되자 그런 풍습은 사라졌다고 한다.

"교회는 간통을 싫어하니까."

그런 짓을 하느니 정식으로 부인으로 받아들여 데리고 살라는 것이 교리이므로. 지구의 기독교와는 차이가 존재하지만.

이민 초기에는 그것이 당연한 주민과 그런 풍습이 없는 주민 사이에 자주 분쟁이 벌어진 모양이다.

그야 처자식도 있으면서 자기 부인을 유혹하는 상간남의 존재를 용인할 수 없으리라.

"클라우스는 그 중재를 하느라 젊었을 때 고생을 한 게 아닐까?"

"그래서 아버지는?"

"젊은 혈기 탓? 어머니가 임신했을 때라던가 그럴 때?"

명주인 클라우스 입장에서 보면 본 마을도 다른 마을도 그런 풍습이 없는 사람들에게 배려를 해야 한다. 하지만 아버지는 그런 풍습이 있는 사람들만 배려를 했는지도 모른다.

"특히, 여성이 유혹했을 때 거절하는 것은 금기였대."

"아주 좋은 풍습이네."

"저기, 루이제 씨……."

위험한 여성이 한 명 있었지만 신경 쓰지 않기로 하고, 만일 노파가 유혹해도 거절할 수 없다면 그건 고문이 아닐까 싶은 생각이 든다. 그런 특수한 취향을 가진 사람만 빼고 말이다. 적어도 내게는 전혀 없었지만.

"아버지는 그런 여성들의 유혹을 거절하지 않았어. 영주로서 최대한 진정을 들어준다는 취지와 사실은 어쩌면 유혹을 참아내지 못한 게 아닐까?" 그리고 그 후 상대 여성이 임신했을 때 문제가 있었을지도 모른다.

풍습으로 보자면 그 아이는 그 여자 집안의 아이, 결국 법적인 남편의 자식이 된다. 하지만 영주의 자식이 될 수 있다면 풍습을 무시하고 권리를 주장하는 여성이 있을지도 모른다.

"여기서 문제인 것은 바람을 피웠다고 100% 아버지의 아이라는 보장도 없으니까."

단순히, 원래의 남편의 자식일 가능성도 있는 것이다.

"남편 쪽도 그 아이가 아버지의 자식으로서 우대를 받는다면 좋을 수도 있겠다 싶어서 함께 권리를 주장했을지도 몰라. 그래서 그 뒤처리 말인데……."

그런 풍습은 영내의 질서를 어지럽힌다고 생각해서 탐탁지 않게 생각하는 클라우스의 일이었으리라.

결국 태어난 그 아이는 계승 다툼의 불씨가 될 수 있으므로 영지 밖으로 내보내는 실정이었다.

인구 면에서든 생산력 면에서든 클라우스 입장에서는 실컷 고생만 할 뿐이니 욕이라도 해주고 싶었으리라.

"하지만 이것도 추론이지."

어차피 진상은 조사할 방도가 없는 것이다.

개인적으로는 '아들과 딸의 약혼자를 잃은 클라우스에게는 동정이 가지만……'하는 마음이 들었으며 아버지에 대해서는 '좀 더 의심받지 않게 행동해!'라는 말밖에 나오지 않았다.

"이제 벨이 가보는 수밖에 없겠네. 어쨌든 너는 그 영지의 정세를 좌우하는 거물이 되어 있으니까. 클라우스가 말하는 아버지에 대한 원한이나 아버지의 악습이 사실인지 하는 것 따위는 이제 정말 사소한 일이라고 생각해. 본인들에게는 미안하지만."

지금까지라면 바우마이스터령도 어떻게든 현상 유지로 넘어갈 수 있었겠지만, 내가 다시 그 영지에 발을 디딘 순간 그 빗장쇠가 풀려가고 있다고 에리히 형은 말하는 것이다.

"영주민들도 바보가 아니야. 네가 이제 다른 가문의 당주인 건 이미 이해하고 있어. 하지만 네가 영주가 되면 좀처럼 오지 않는 상단을 목 빠져라 기다리는 날들도 끝이지. 게다가 미개척지 개발이 진행되어 다른 지역과의 교류가 시작될지도 몰라. 그것을 위해서라면 혼란이 일어난다 해도, 그러다 죽는 사람이 생긴다고 해도 어쩔 수 없다고 생각하고 있겠지. 그러니까……."

"그러니까?"

"벨, 네가 다스릴 수밖에 없어. 이것도 귀족 가문에 태어난 숙명이라고 생각해."

"네……."

이제 이렇게 되면 내가 어떻게든 할 수밖에 없다고 에리히 형은 애기한다.

그렇다 해도 아직 실제로 무슨 일이 일어난 것도 아니므로 지금은 어쨌든 바우마이스터령으로 돌아가 볼 수밖에 없다. 다만 돌아가면 뭔가 일어날 가능성이 있을 거라고.

"오늘은 이만 자고 가도록 해. 그리고 파울 형."

"역시 뭔가 일어날 가능성이 있는 건가. 에리히 애기를 듣고 휴가를 냈더니 상사가 불평하기는커녕 잘 해보라고 하더군."

그 상사에게는 아마도 에드거 군무경이 사적으로 통보를 했으리라.

뿐만 아니라 경비대 동료나 부하 중에서 실력이 좋은 사람을 몇 명 보내왔다고 한다.

"나 혼자는 아무래도 불안할 테니까. 지금의 네 처지를 생각하면 나까지 포함해 그야말로 인간 방패겠지. 만에 하나라도 네가 죽기라도 했다간 다들 엄청 곤란할 테고 말이야."

우리 파티의 전력을 생각하면 그다지 실수할 일은 없겠지만, 허를 찔리지 않도록 호위도 필요할 거라고.

그보다 우리 영지에서 쿠르트가 멍청한 소리를 지껄이는 상황을 전혀 모를 텐데도 에드거 군무경의 직감도 도사만큼이나 날카롭다고 할까…….

그저 단순무식한 군인이 아니라는 뜻이리라.

"왕도 경비대는 내가 없어도 돌아가니까. 지원 인력 몇 명쯤은 충분히 데리고 갈 수 있어. 그러니 내일 아침에 함께 데리고 가줘."

"알겠습니다."

예정에 따르면 파울 형과 다섯 명의 지원 인력이 동반하는 모양이다.

지휘 능력보다 개인적인 무예가 뛰어난 멤버를 뽑았다고 하는데, 경비대에 소속되어 있지 않은 사람도 한 명 있는 모양이다.

"우리 상사가 데려 가라고 했는데 보나마나 에드거 군무경이 추천했겠지. 전부(戰斧)의 달인인 모양이야."

인원으로 보아 세 번 왕복을 한 후 몰래 본 저택 뒤의 점유 숲으로 이동해야할 것 같다.

"그럼 내일 아침 일찍 블랜트 저택의 정원에서."

"알았어. 함께 갈 사람들에게도 전해둘게."

"가능하면 아무 일도 일어나지 않으면 좋겠지만요."

"머리가 나쁜 내가 봐도 가능성이 희박해 보이지만."

대략적인 논의를 마친 우리는 내일에 대비해 일찍 잠자리에 든다.

그리고 그 다음 날 아침.

"잘 잤니, 벨. 호위들을 소개할게."

시간에 맞춰 파울 형은 다섯 명의 호위를 데리고 온다.

그들은 에드거 군무경의 명령에 따라 최악의 경우 방패가 돼서라도 나를 지키는 것이 임무라고 한다.

"조금 호들갑스러운 것 같은데."

"그렇지 않아. 만일 네가 죽는다면 호엔하임 추기경이나 루크너 재무경이나 에드거 군무경은 아마 졸도할걸. 아무 일 안 일어난다 해도 호위는 절대 조건이니까."

사정을 들은 에리히 형의 머릿속에서는 이미 바우마이스터령은 반쯤 내란 상태에 있다고 인식하고 있는 모양이다.

그런 곳에 파티 멤버끼리만 가는 것은 있을 수 없는 일이라고 한다.

"그런 거라면. 앞으로 잘 부탁합니다."

"소개할게."

총 열두 명까지 늘어난 바우마이스터령 투어 일행은 서로 자기소개를 시작한다.

"지그하르트 폰 빅토르 룸머입니다. 룸머 기사작가의 삼남입니다."

제일 먼저 나이는 열여덟 살쯤 됐을까 나와 비슷한 키에 금발 벽안을 가진 미소년이 자기소개를 한다.

그는 무예대회에서 본선 2회전까지 올라간 적 있는 검의 달인이라고 한다.

"후배지만 직급은 나와 똑같은 소대장으로 수십 명의 부하를 거느리고 있지."

"무예대회 본선 2회전……. 예선 1회전 탈락인 나와는 사는 세상이 다르네……."

"제 입장에서는 마법을 쓸 수 있는 바우마이스터 남작 쪽이 훨씬 부럽지만요."

다음은 키 170정도로 통통한 체형과 밋밋한 흑발이 특징인 20대 중반 정도의 남성이었다.

"오트머 폰 프라이프트로이입니다. 프라이프트로이 준남작가의 사남입니다."

그는 귀족 중에서는 드물게 커다란 나무망치를 쓴다고 한다. 그리고 검도 어느 정도는 쓸 수 있는 모양이다.

역시 파울 형과 같은 경비대 소대장을 맡고 있는 인물이었다.

"파울 형님."

"말 안 해도 알아. 경비대에는 나를 포함해서 이런 처지인 녀석이 많거든. 게다가 이 녀석은 나랑 동기야."

귀족의 차남 이하 중에서 생계가 막막해지면 제일 먼저 군대 쪽으로. 어느 세계나 그것은 똑같은 모양이다.

"역시 동기를 잘 둬야 해. 파울이 그 용을 물리친 영웅의 형일 줄이야. 같은 성을 가진 다른 사람인 줄 알았는데."

"시끄러워."

"뭐, 너무 매정하게 그러지 마. 가난한 법의준남작가의 사남에게 돌아온 인생 최대의 기회인걸. 순직을 하더라도 바우마이스터 남작님을 꼭 지켜야 해!"

"아니! 순직은 하지 마세요!"

눈앞에서 죽으면 마음이 약해질 것 같으니까 그런 일은 없었으면 좋겠다.

"고트하르트 테오도리히 필립스입니다."

세 번째는 키 180센티 정도.

흰색에 가까운 은발을 허리까지 기르고 평범한 체구에 무뚝뚝한 말투가 특징인 20세 가량의 남성이었다.

그는 부친이 필립스 자작가의 삼남이라 8위의 계급을 갖고 있다고 한다.

부친은 죽을 때까지 귀족 대우를 받지만, 작위가 오르기는 어려울 것 같기 때문에 그는 죽었다 깨나도 귀족이 될 수 없는 신분인 모양이다. 그보다 부친의 생사에 상관없이 그는 평민이라고 한다.

그래도 경비대에서 일해서 다행이라고 역시 무뚝뚝한 말투로 설명하면서, 찌르기가 주인 가는 검과 나이프를 다루는 데도 능하다고 했다.

"루디 우르반 라이스터입니다. 잘 부탁드립니다."

삼십 대 후반쯤 됐을까 칙칙한 갈색 머리를 한 어디서나 흔히 볼법한 평범한 아저씨로 보인다.

본가는 작은 식료품점인데 자신은 차남이라 뒤를 이을 가망이 없어서 경비대에 들어왔다고 한다.

평민인데도 성이 있는 것은 조상이 귀족의 자식이었기 때문이라고 한다.

조금이라도 장사에 도움이 될까? 싶어서 계속 성을 쓰는 모양이다.

실제로 도움이 되는지는 분명치 않다고 하지만.

"입대 이후 당번병으로만 20년을 근무해 왔으므로 솜씨는 크게 기대하지 말아 주십시오."

"그럼 어째서?"

"파울 님은 지방순찰관 대우로 바우마이스터령에 가시니까요. 형식상 당번병도 필요하다고 해서 뽑혔습니다."

경비대에 휴가를 냈다 해도 파울 형이 바우마이스터령에 들어가려면 명분이 필요한 모양이다. 혼자 사적으로 고향에 돌아가는 것이면 몰라도 그들 호위를 데리고 있기 때문이다.

그래서 지방순찰관 제도를 이용한다고 한다.

"하지만 반쯤은 유명무실한 제도잖아."

"엘이 알고 있다니 놀라운데!"

"이제 대놓고 무시하냐."

지방순찰관이란 왕국 정부가 영지를 맡기고 있는 귀족이 제대로 영내 치안을 유지하고 있는지를 확인하기 위해 정기적으로 사람을 보내는 제도를 말한다.

전란기에는 어느 정도 기능을 한 제도지만 지금은 완전히 유명무실해졌다.

귀족들도 외부인이 와서 치안이 어쩌고저쩌고 하며 잔소리를 늘어놓는 게 싫었을 테고, 게다가 지방순찰관은 만일 그 귀족이 이반했을 때를 대비하여 정보 수집도 하고 있었기 때문에 더욱 그렇다.

처음에는 지방순찰관의 인건비까지 사찰을 받는 귀족이 부담했던 것도 한 요인이 되어 반대가 심해서 차츰 유명무실해졌다는 역사가 있는 것이다.

"우리 본가에도 온 적 있는데."

지금은 10년에 한 번 올지도 의심스럽다고 엘이 말한다.

시찰 자체도 영주가 준비한 곳만을 형식적으로 둘러보고 끝난다고 하다.

그리고는 지방순찰관에게 숙박비와 식비 정도를 쥐어준다.

블라이히뢰더 변경백작 정도의 거물이라면 매년 시찰을 하지만 지방의 영세 귀족은 엘의 본가처럼 되는 셈이다.

"나리는 제도라는 이름을 빌려 돈을 뜯어내는 거라고 투덜대셨지만……."

이 제도가 사라지지 않는 이유는 돈이 부족한 귀족 자제들의 임시 아르바이트로 이용되고 있기 때문이다. 먼 곳으로 가는 경우도 많기 때문에 왕국에서 받는 보수도 나쁘지 않고, 이동하거나 시찰지에 머무는 동안에도 돈 한 푼 없이 생활할 수 있다.

"가난한 귀족 자제들 전용의 임시 아르바이트인 셈이지. 시찰은 형식일 뿐이고 옛날만큼은 아니지만 시간과 돈을 쓸 수 있으니까."

블랜타크 씨는 '돈은 둘째 치고 시간이 아깝다'고 투덜대는 블라이히뢰더 변경백작을 본 적이 있다고 한다. 형식일 뿐이라 해도 시찰은 시찰이므로 블라이히뢰더 변경백작 본인이 시간을 할애하여 그들을 안내해야 하기 때문이다.

"그래도 오는 게 낫지."

"그런가요?" "우리 본가는 한 번도 온 적이 없는데."

파울 형 말로는 바우마이스터령에 그런 사람이 온 적은 없다고 한다.

"치안도 뭣도 없는 영지인 데다 아무도 가고 싶어 하지 않으니까."

확실히 그렇게까지 해서 시찰을 갈 가치가 있는 영지도 아니었다.

반란 가능성도 거의 없고.

그보다 만약 반란을 일으켜도 지금까지로 봐서는 '흐—음, 그래' 하는 정도로 넘겨버릴 것 같아서 무서웠다.

"따라서 내가 처음 바우마이스터령의 지방순찰관으로 임명을 받은 거야. 본 임무는 벨의 호위라고 해도 말이지."

"유명무실화되었다 해도 지방순찰관은 왕국 정부의 중요한 임무인 셈이니까. 이렇게 해서 제가 당번병으로서 파울 님을 보필하게 된 것입니다. 예."

"정말 형식적이구나."

파울 형은 우리 집안의 차남 이하를 보면 알겠지만 자기 일 정도는 스스로 할 수 있다.

그래도 처지가 이전과 다르기 때문에 이렇게 당번병도 붙여주는 셈이다. 따라오는

"저기, 배고파."

"지금 소개하고 나서."

그리고 마지막으로 다섯 번째 호위의 소개인데, 그 존재는 이질적이었다.

경비대 같은 군에 소속되어 있지는 않지만 에드거 군무경이 추천한 전부의 달인이라고 들었기 때문에 우리는 엄청 우락부락한 남자가 올 거라고 생각했다.

그런데 눈앞에는 파울 형의 옷깃을 잡아당기며 '배고프다'고 연호하는 소녀의 모습이 있었던 것이다.

"저기…… 이 아가씨는 누군가 호위 분을 배웅하러 온 게 아닌

가요?"

"그게, 다섯 번째 호위가 바로 이 아가씨야."

"배고파. 빌마 에토르 폰 아쉬가한."

자기소개 전에 '배고프다'는 말을 할 만큼 배가 고픈 모양이다.

파울 형에게 먹을 걸 달라고 조르는 모습은 루이제와 체구가 거의 비슷한 탓에 마치 그의 딸처럼 보이고 만다.

"무척 잘 따르는군요."

"그래? 어쨌든 이 아가씨 정말 잘 먹어."

어젯밤 에드거 군무경의 가신이 이 아가씨를 은판과 함께 파울 형의 집에 데려다 놓고 갔다고 한다.

"은판은 식비라는 뜻이겠지. 역시 에드거 군무경이라고 생각했지만……."

에드거 군무경이 보낸 손님이므로 파울 형의 아내는 저녁을 한 상 푸짐하게 차렸다고 한다.

그런데…….

"요리를 몇 번이나 더 해야 했지. 그 은판이 없었다면 아마 이번 달 우리 집 생활비는 완전히 거덜 났을 거야……."

그리고 지금도 배가 고프다고 하고 있지만 아침에도 5인분을 너끈히 해치웠다고 한다.

"그렇군요……."

언뜻 보기에는 도저히 전부(戰斧)의 달인 같지가 않았지만, 파울 형의 옷깃을 잡아당기고 있는 반대쪽 손에 그녀의 키보다 훨씬 큰 자루와 거대한 양날, 그리고 날카로운 끝을 가진 특제 도끼를 들고 있다. 저렇게 무거워 보이는 도끼를 적어도 나는 절대로 못 들 것이다.

"용케도 그런 무거운 도끼를 드는구나."

보기보다 훨씬 힘이 센 모양이다.

"빌마 씨는……."

"빌마라고 불러."

"빌마는 몇 살이지?"

"열세 살. 배고파."

"옛!"

어쨌거나 배가 고픈 모양이다.

내가 마법주머니에서 바자에서 팔다 남은 과자를 건네자 그것을 오독오독 먹기 시작한다. 그 모습은 마치 아기 다람쥐 같았다. 머리색이 핑크이며 그 머리카락을 경단 모양으로 말았기 때문에 분홍색 경단 다람쥐인 셈이다.

전세와는 달리, 이 세계에서는 특이한 머리색깔을 한 사람이 많아서 재미있다.

"많이 달지 않아서 맛있어."

"그래? 다행이네."

"더 줘."

"네……."

잘 먹는 것 같지만 맛에 둔감한 것도 아닌 모양이다.

과자는 왕도에서도 유명한 상점의 물건이었지만, 빌마는 사양

하지 않게 계속 먹었다.

"저기, 파울 형님……."

"말 안 해도 알아……."

내란이 일어날지도 모르는 곳에 열세 살짜리 미성년을 데리고 간다.

바람직하지 않은 일이기는 하지만 에드거 군무경의 추천이므로 파울 형으로서는 어쩔 수 없던 모양이다.

"하지만 이 아가씨가 이번 호위 중에서 제일 강하니까."

"네? 그래요?"

"파울 씨 말이 맞습니다. 이 아가씨는 워렌 님도 이기는 데 애를 먹을 만큼 세니까요."

실력에 자신 있는 다른 호위들이 불평을 하려다 싶었지만 지그하르트 씨 등이 곧바로 그 사실을 인정할 정도였다.

"그 아가씨, 영웅 증후군이에요."

"처음 봤어."

영웅 증후군이란 이 세계에서는 원인 불명의 유전자 질환이라고도 하는 병의 일종이다.

몸의 근육 밀도가 지나치게 높고 또한 그 근육 섬유에 극소량의 마력 입자가 효율적으로 휘감기는 체질이라고 한다.

책에서 읽었을 때는 설마 싶었지만 중2병 개념의 구현화인가……무척 흥미롭다.

"도사만큼의 파워는 없지만 극소량의 마력으로 보통 사람을 쉽게 압도하는 파워를 장시간 발휘할 수 있어. 연비로만 따지면 도사에 비할 바가 안 되지."

역시 블랜타크 씨는 알고 있는 모양이다.

하지만 빌마는 겉모습만 봐서는 전혀 근육이 우락부락하지 않다.

어디서나 볼 수 있는 작은 체구의 평범한 소녀다. 아, 가슴은 루이제보다 크다.

그보다 이나와도 별반 다르지 않을지도 모른다.

얘기하면 두 사람에게 맞을 것 같으므로 아무 말도 하지 않았지만.

근육의 밀도에 마력이 휘감긴 체질의 문제이므로 영웅 증후군은 외모로는 구별이 되지 않는다고 한다.

"그러니까 초급보다 조금 더 많은 정도의 마력이라도 그 아가씨는 정말 세지. 대인 전투 능력만 놓고 보면 최강급일 거야."

이번 일에서 전투가 벌어진다면 그것은 대인 전투가 될 가능성이 높다.

그렇기 때문에 이 아가씨를 보낸 거구나 하고, 나는 납득을 한다.

"영웅 증후군은 천 만 명에 한 명 나올까 말까하니까 마법사보다도 희귀한 셈이지."

마법사를 제외하고 대인 전투에서는 거의 최강인 셈이지만 그 대가로 엄청난 칼로리를 섭취하지 않으면 금방 굶주려 죽고 만다.

출생에 따라서는 그 재능을 살리기 전에 굶어 죽어버린다고 한다.

"그래서 배가 고팠던 건가?"

"잘 먹었어. 이제야 좀 차분해지네. 에드거 님이 그러셨어. 바우마이스터 남작님을 지키라고."

이 아가씨는 에드거 군무경의 비장의 카드인 셈이다.

군은 여성에 대한 문호가 좁으며 그녀 자신도 아직 미성년이다.

평범한 일에는 써먹기 어렵지만 내 호위로서는 충분히 써먹을 수 있다.

그런 뜻인 것 같다.

"그렇지? 엘리제."

"네. 아쉬가한 준남작가는 대대로 군인을 배출하는 에드거 군무경과도 친척 관계인 법의귀족이군요."

여기서 내가 죽으면 곤란한 점과 본가에서의 사태 해결 뒤에 손을 빌려주어 은혜를 베풀고, 미개척지 개발 이권을 챙기고 싶다.

언뜻 그저 우직한 군인처럼 보이지만 역시 에드거 군무경도 대귀족인 것 같다.

"에드거 님이 한 가지 일을 더 맡겼어."

"일?"

"그쪽은 오락도 없는 시골이니까 내가 바우마이스터 남작의 잠자리 시중을 들게."

"……뜻은 알고 말하는 거야?"

"그냥……. 따분하지 않게 하면 된대."

귀족의 딸이고 열세 살쯤 됐으면 알고도 남겠지만 외모나 말하는 모습만 보면 전혀 모르는 것처럼 보인다. 그보다 엘리제를 비롯한 여성진 앞에서 당당히 그런 말을 하는 짓은 삼가기 바란다.

세 사람 모두 농담으로 여기며 웃고 있는 것처럼 보이지만 속으로는 격분하고 있을지도 모르니까.

"바우마이스터령은 상점조차 없는 곳이라고 들었어. 오락은 필요해."

"어차피 쿠르트 때문에 따분할 일은 없을 거야."

이제부터 본가에서 일어날 가능성이 높은 혼란을 해결하기 위해 마침내 결심을 굳힌 나인데, 설마 이런 폭탄을 보내오다니 에드거 군무경도 상당한 인물인 것 같다.

그리고 이 사태에 엘리제 일행은⋯⋯.

"귀여운 소녀군요. 보호 본능을 불러일으키네요."

엘리제는 물통에 든 마테차를 빌마에게 건네고 있지만, 아까 그 발언을 듣고 일찌감치 길들이려는 것으로밖에 안 보였다.

"엘리제가 조금 무서워⋯⋯."

"으윽! 나랑 비슷한 키. 하지만 가슴이! 가슴이 압도적으로!"

이나는 새로운 측실 후보에 한숨을 내쉬었고, 루이제는 자세히 보니 자신보다도 가슴이 큰 연하의 빌마에게 더욱 위기감을 느끼고 있는 것 같았다.

제7화 바우마이스터령 체재와 쿠르트와의 말썽

"자, 도착했군."

"그나저나 '순간이동'이란 거 정말 편리하네."

본가와 관련된 여러 가지 문제에 대해 왕도까지 날아와 세 형들과 의논을 한 다음 날.

우리는 다시 바우마이스터령으로 날아 돌아왔다.

그러고 보니 어제는 마의 숲에서 평범한 모험자라면 사양하고 싶을 만한 수준의 언데드 집단과 두 번이나 전투를 벌였는데도 본가의 일 때문에 그 인상이 크지 않다.

오히려 종조부 리치의 태도에 감동한 것밖에 기억에 남지 않았을 정도다.

그는 불합리한 원정에서 목숨을 잃은 분노로 다른 언데드보다도 훨씬 빨리 리치까지 진화했었다.

하지만 내가 친족임을 알아차리고 가족의 상황을 알려주자 전혀 전의를 보이지 않았다.

그리고 '부탁한다'는 한 마디만 남겼다.

나는 그를 '성광'으로 성불시키고 본가의 소동에 개입할 것을 결심한다.

그 후 왕도 블랜트 저택에서 에리히 형과 의논을 했지만, 결국 클라우스가 말하는 내용이 사실인지는 알 수 없었다.

100퍼센트 진실도 100퍼센트 거짓도 아니다.

이런 느낌일까?

게다가 에리히 형이 그런 말을 한 것이다.

이제 내 영향력이 너무 커서 그것이 사실인지 따위는 사소한 문제가 되어버렸다고.

그런 일을 조사하느라 애쓸 바에는 내가 본가를 둘러싼 분쟁을 해결해야 한다는 것이다.

확실히 장래를 생각해도 그 편이 쓸데없는 노력을 하지 않고 끝낼 수 있다.

남에게 원한을 산다는 점에 있어서도 쿠르트는 이미 새삼스러우니 신경 써봤자 어쩔 수 없으리라.

결국 나는 이 손으로 본가의 영지를 탈취할 것을 결심한다.

그렇다 해도 스스로 영지를 개발하는 건 싫으므로 돈만 내고 나머지는 몽땅 위임할 예정이었지만.

전세로 말하면 역사 시뮬레이션 게임에서 적국과 인접하지 않은 영지에 정치 능력이 뛰어난 부하를 태수로 임명해놓고 시간이 지나면 '어머, 신기해라. 알아서 국력이 늘어 전선에 돈과 물자를 보낼 수 있네' 하는 작전이었다.

딱히 돈과 물자를 보내야 하는 전선은 없기 때문에 그저 영지의 국력이 늘어나면 그것으로 성공이지만.

그리고 만에 하나 실패하면 곧장 어쿼트 신성제국으로 망명할 예정이다.

오로지 어쿼트 신성제국의 밥이 맛있기만을 바랄 뿐이었다.

어패류가 맛있다는 걸 알고 있기 때문에 그다지 걱정은 하지 않지만.

형들로부터 얘기를 들은 우리는 다음 날 바우마이스터령으로 돌아가려고 했고, 그에 맞춰 호위가 딸려오게 된다.

틀림없이 루크너와 에드거 군무경이 에리히 형에게 얘기가 전해졌을 테니 배후는 당연히 그들이리라.

졸지에 파울 형와 다섯 명의 호위를 거느리게 된 것이다.

게다가 파울 형은 영지에 들어가는 것을 정당화하기 위해 지방 순찰관으로까지 임명이 되는 실정이다.

그런 짓까지 할 줄이야, 역시 왕국은 내 자금을 밑천으로 삼아 왕국 남단부의 미개척지 개발을 진행할 작정인 것이리라.

과연, 남의 돈이라면 최악의 경우 실패해도 왕국의 재정은 멀쩡한 것이다.

정말로 귀족이란 짜증나는 생물이다.

그리고 다음 날 아침.

우수한 호위들——듣자니 그 대부분이 귀족의 자제인 모양이지만——중에 한 명 난감한 인물이 섞여 있었다.

에드거 군무경의 인척이자 아직 미성년인 소녀.

그런데 영웅 증후군이라는 체질 때문에 괴력을 가진 전투 도끼의 달인 빌마 에토르 폰 아쉬가한.

게다가 그 에드거 군무경의 비장의 카드이자 틀림없이 내 측실 후보이기도 했다.

이곳에 내 하렘 전설이 시작될지도 모른다.

그보다 전세에서는 한 사람도 감당 못하는 분위기였기 때문에 솔직히 사양하고 싶지만.

"있잖아, 엘리제."

"네, 무슨 일이세요?"

인원 수가 늘어났기 때문에 우리는 세 번에 걸쳐 바우마이스터가 본 저택 뒤에 있는 숲으로 이동했지만, 지금 당장 관심이 가는 것은 빌마라는 소녀였다.

"저 아이, 어쩐지 조금……."

또 '배가 고프다'고 하면 곤란하므로 그녀에게 잔뜩 엿을 안겨 주길 잘한 것 같다.

빌마는 그것을 핥으면서 파울 형의 호위들과 뭔가 얘기를 나누고 있다.

아마도 호위 계획을 의논하는 것이리라.

"확실히 조금 언행이 어려 보이기는 해도 머리는 좋은 것 같아요."

호위들은 내 몸을 지키는 것이 임무다.

그러므로 다섯이 모여서 그 계획을 의논하고 있는 것인데 빌마도 거기에 정상적으로 참가하고 있다.

첫인상으로 판단하는 것은 큰 잘못인 것 같다.

"그녀에 대해 알고 있었어?"

"소문 정도지만요."

빌마는 아쉬가한 준남작가의 삼녀라고 한다.

아쉬가한 준남작가는 에드거 군무경의 친척이자 대대로 군인

가문이라고 해도, 법의 준남작 가문이므로 빌마는 정략결혼의 말로 쓸 수 있을지도 의심스러운 존재다.

게다가 영웅 증후군이라는 결점도 있다.

"어쨌든 많이 먹지 않으면 굶주려 죽어버릴 테니까 어느 정도 크지 않으면 어려움이 있겠네요."

무예를 가르쳐 싸우게 하면 강하겠지만, 그렇게까지 키워내려면 식비가 보통 아이의 몇 배나 든다. 아까운 재능이기는 하지만 아쉬가한 준남작가로서도 그녀에게만 돈을 쓸 수 없다는 사정이 있다.

남들이 부러워할 만큼 법의 준남작가가 유복한 것은 아닌 것이다.

남자라면 그 괴력을 살려 군에서 활약하거나 무예대회에서 명성을 높여 그 공적으로 어딘가 딸밖에 없는 귀족가에 데릴사위로 들어가는 방법도 있다.

하지만 빌마는 여자다.

모험자로서 활약하는 것 말고 그녀 같은 존재가 있을 곳이 의외로 적다는 게 이 나라의 현실이었다.

"그래도 그 소녀는 어릴 때부터 현명했던 모양이지만."

"파울 형님?"

"이 얘기는 에드거 군무경의 가신에게 들은 거야."

빌마는 머리도 나쁘지 않았기 때문에 본가에 폐를 끼치고 싶지 않다고 생각한 모양이다.

열 살쯤 되자 집에 놔둔 무기를 들고 에드거 군무경의 저택을 찾아갔다고 한다.

자신의 괴력을 보여주며 그에게 어필을 한 것이다.

여성이므로 대우하기 어려운 부분이 있었지만, 에드거 군무경 같은 거물 귀족쯤 되면 갖고 있는 말이 많을수록 좋다.

"에드거 군무경으로서는 어딘가에 써먹을 수 있겠다고 생각했겠지. 사적으로 단련을 시키며 데리고 있었대."

그 괴력에 걸맞은 전부술을 배우게 했고 그밖에도 공부나 식비 등을 지원해준 모양이다.

그리고 지금 그녀의 가장 효과적인 용도를 찾은 셈이다.

현재 너무 노골적으로 내게 여자를 접근시키면 호엔하임 추기경 쪽에서 불평하는 경우가 많다.

하지만 호위 겸 모험자 멤버로서도 활약할 수 있는 여자라면 그도 불평하기 어렵다고 여겼으리라.

"지금의 벨은 모험자이기도 하니까. 거기에 정략결혼용의 귀족 아가씨를 들이 밀어봤자 소용없잖아."

"확실히 그저 짐만 될 뿐이겠죠."

지금은 본가의 일 때문에 잠시 돌아가고 있지만, 평소에는 파티 멤버끼리 왕국 각지로 나가 모험자로서 일을 할 예정이므로 그런 온실 속에서 자란 아가씨를 소개받아도 곤란하다.

"빌마라면 전혀 부자연스럽지 않은 셈이지."

모험자로서 마물 영역에 들어가도 싸울 수 있고 이번처럼 호위로도 쓸 수 있다.

내게 붙여두기에는 최적인 인재인 셈이다.

"빌마는 벨의 수행원으로 삼을 테니까."

"네……."

파울 형과 얘기를 하고 있는 동안 다섯 명의 의논이 끝난 모양이다.

다섯 명 모두 나를 호위하는 게 임무지만 파울 형은 지방순찰관 일을 해야만 했다.

그렇다 해도 보통의 경우는 통고가 오고 난 뒤 산길을 한 달 반에 걸쳐서 와야 할 지방순찰관이 우리와 함께 모습을 드러내고, 게다가 단장이 파울 형이라고 한다면 아무리 쿠르트라도 액면 그대로 받아들일 리가 없었다.

왕국 정부가 이 영지의 통치 체제에 불만을 갖고 있다고 느낄 것이다.

어떤 의미에서는 선전포고라고 할 수도 있으니까.

"아버지는 모르지만, 쿠르트 형의 원한은 내게도 향하겠지. 그러면 너에 대한 압력도 줄어드는 셈이군."

어쨌거나 파울 형은 제일 먼저 아버지와 쿠르트에게 인사를 하러 가야 한다.

왜냐하면 지방순찰관으로서 이곳을 방문한 것이기 때문이다.

"지그하르트 일행은 경비대에 소속되어 있고, 귀족의 자제이기 때문에 함께 단원으로 임명됐어."

그러므로 파울 형과 함께 인사를 하러 가야하는 것이다.

"그런데 빌마는 단원이 아니야."

"나는 바우마이스터 남작님의 사적인 호위."

내가 준 엿을 깨물어 먹으면서 빌마는 자신의 역할을 말했다.

하지만 용케 당뇨병에 안 걸리는구나.

"그리고 필요에 따라서는 잠자리 시중도 들어."

"그건 나중에 의논할 필요가 있겠군."

"바우마이스터 남작님이 그렇게 말한다면."

빌마는 오기로라도 하겠다고 우기지는 않았다.

의미를 잘 모르는 것인지, 억지로 강요하면 좋지 않다고 생각했는지는 분명하지 않지만.

다만 여전히 엿을 오독오독 먹고 있었다.

핥는 게 아니라 진짜로 먹고 있던 것이다.

"그 엿이 맛있어?"

"전부터 먹고 싶었던 가게라서 맛있어. 나는 살 수가 없으니까."

왕도에 있는 귀족 전용 상점의 엿이므로 빌마는 지금까지 먹어본 적이 없었던 모양이다.

본가에서나 신세를 지고 있던 에드거 군무경에게나 그런 사치스러운 부탁을 할 수는 없었으리라.

그렇게 생각하자 이 소녀가 조금은 가엾게 느껴진다.

설령 이것이 에드거 군무경의 노림수였다고 해도 말이다.

"그래도 엿은 핥아먹는 게 더 맛있어."

"다음부터는 그렇게 할게."

어쨌든 전원의 이동과 사전 의논은 모두 끝났다.

총 열두 명으로 늘어난 우리는 바우마이스터가 본 저택 뒤의 숲을 나와 서둘러 아버지와 쿠르트에게 향한다.

"파울……. 아니, 바우마이스터 경이었죠."

2년 쯤 전에 헬무트 형이 왕도 바우마이스터가에 데릴사위로 들어간 것과 거의 동시에 파울 형도 법의기사작 작위를 얻었다.

그러므로 아버지는 친아들을 상대로도 같은 작위의 귀족을 대하는 말투로 얘기했다.

하지만 나의 남작가에 왕도의 본가, 신 법의기사작가 그리고 이 영지까지 마치 아메바처럼 바우마이스터가의 숫자가 늘어난 것이다.

"오랜만입니다. 실은 어제 왕국에서 지방순찰관으로 임명이 돼서요."

영지가 시작된 지 백 년 이상 지났는데도 왕국 정부에서 아직 한번도 순찰관이 다녀가지 않은 것은 이상한 일이지만 시찰에 걸리는 이동 시간 등을 고려하면 그리 쉽게 순찰관을 보낼 수 없다.

그래서 마법으로 이동 가능한 나를 이동 수단으로 삼아, 현지 정세를 잘 아는 왕도 경비대 소속의 파울 형을 순찰관으로 임명한 것이라고.

그렇게 말하면서 파울 형은 왕국 정부 발행의 정식 순찰관 임명장과 왕국 정부가 아버지 앞으로 보낸 순찰관에 대한 협조 명령서 두 장을 보여준다.

"이것은 이 자리만의 비밀이지만 지방순찰관의 실정은 소문대로이므로 그렇게까지 경계할 필요는 없습니다."

"우리 영에서는 좀처럼 범죄도 일어나지 않으니까요."

"그것은 저도 알고 있습니다."

파울 형과 아버지 사이에 서로 뻔한 대화가 오간다.

이곳에 온 이유 따위 파울 형 자신도 포함하여 잘 알고 있기 때문이다.

"그래서 옆에 계신 남작님."

"어이쿠, 실례했습니다. 쿠르트 님."

쿠르트는 파울 형의 얼굴을 본 후 얼굴을 더 찌푸렸지만 이번에는 나에게 그 내방 목적을 물어왔다.

하루밖에 지나지 않았으므로 그 임무가 성공했는지? 아니면 실패했는지?

그 둘 중 하나밖에 없었지만.

"임무는 무사히 성공했습니다. 바우마이스터 제후군의 유품 회수도 대강 성공했고요."

"그렇군."

"유품은 아무래도 유족 분들에게 보여드려야겠죠."

그러자면 어딘가에 유족을 모을 필요가 있다.

확실히 바우마이스터 제후군 희생자는 77명이었기 때문에 그 유족이 모두 모일 수 있는 장소라면 어제 바자를 열었던 광장밖에 없었다.

"저녁에라도 유족들을 모아 그곳에서 유품을 보여 드리고자 합니다."

"아니, 필요 없어. 유품인 듯한 물건은 모두 놓고 가."

"네?"

그런데 여기서 또 쿠르트가 바보 같은 말을 한다.

"우리는 가난한 농촌이야. 어제의 바자도 그렇지만 그리 쉽사리 영주민들을 모으라고 해도 곤란하거든. 유품 조회 작업은 내가 해두지."

"아뇨, 거절하겠습니다!"

"뭐라고?"

"화를 내시는 건가요?"

화를 낸다는 것은 뭔가 켕길 만한 일이라도 생각하고 있다는 뜻이리라.

애당초 내 의뢰인은 블라이히뢰더 변경백작이다.

그가 유품을 유족에게 돌려주라고 한 이상, 그 일이 완전하게 이행되고 있는지 직접 확인할 필요가 있는 것이다.

만약 쿠르트에게 넘겨주고 일을 맡기면 그가 몽땅 자기 호주머니에 챙기지 말라는 법도 없었다.

그런 녹슨 무기나 방어구를 유족들로부터 착취해봐야 무슨 이득이 있을까 싶겠지만 그밖에 지갑 같은 유품도 거의 모두의 것을 회수해 왔다.

아무래도 원정지에서 사냥 성과가 있었는지, 선대 블라이히뢰더 변경백작에게 임시 보수를 받은 모양이다. 예상했던 것 이상으로 은화 등이 빼곡하게 들어있었던 것이다.

"(유품의 지갑 내용물까지 슬쩍하려는 건가…….) 저는 블라이히뢰더 변경백작으로부터 책임지고 유족에게 직접 돌려주라는 명을 받았습니다."

"너 이 자식! 나는 이 영지의!"

"차기 당주 취임 예정자겠죠. 바우마이스터 경?"

비아냥섞인 내 말에 쿠르트는 더욱 얼굴을 붉혔다.

그리고 그 상황이 좋지 않다고 생각했으리라.

드물게 아버지가 먼저 내게 말을 걸어온다.

"유족들을 불러 유품을 보여주는 것은 상관없지만 정말로 판별이 가능할까?"

"사실은 블라이히뢰더 제후군보다도 더 편하게 끝마쳤습니다."

블라이히뢰더 제후군의 경우 선대 당주, 간부들, 마법사 등은 장비의 차이로 판별이 용이했다.

그런데 일반 병사들은 장비가 모두 똑같으므로 누구 것인지 판별하기가 어렵다.

반대로 다른 한쪽인 바우마이스터 제후군은 판별이 용이하다.

장비가 전혀 통일되지 않고 모두 제각각이었기 때문이다.

"좋아, 허가하겠다. 유족들에게는 저녁에라도 광장에 유품을 보러 가라고 전하지."

시간이 저녁인 것은 농사일을 마친 뒤라는 뜻이다.

"그리고 이 영내에는 없겠지만 유족으로 위장해 유품을 가져가는 무리가 나올 가능성이 있으니 그 보좌로 클라우스를 쓰도록 하게."

아버지는 낯빛이 조금 어두워지며 내게 클라우스를 보내 돕겠다고 한다.

아버지와 클라우스.

과거의 인연도 있으니 도저히 그 관계가 좋다고는 할 수 없다.

하지만 능력 면으로 봤을 때 아버지는 클라우스를 쓰지 않을 수가 없다는 뜻이리라.

또 하나 이 일을 쿠르트에게 맡기면 말썽만 생기리라는 사실도 알고 있는 것 같다.

"오늘은 이 정도로 할까. 순찰관님은 내가 안내할 테니 영내를 시찰하도록 하시죠."

오늘 아버지는 파울 형 일행을 영내로 안내할 예정이라고 한다.

파울 형은 지방순찰관 본래의 일을 하는 것이지만, 이미 쿠르트조차 파울 형 일행이 내 호위 전력임을 눈치 채고 있다.

그렇다고 가면을 벗어던질 수도 없어서 아버지는 시치미 떼는 얼굴로 파울 형 일행을 영내로 안내하고, 파울 형도 익숙한 영내를 돌며 치안에 문제가 없는지 형식적인 점검을 한다.

속이 아저씨인 나는 '이런 게 어른'이라고 생각하기로 했다.

"그런데 바우마이스터 남작님의 오늘 일정은?"

유품 조회는 저녁이므로 그때까지는 뭘 할 거냐고 아버지가 물어온다.

"며칠 동안 많은 인원이 머물 것이니 가능하다면."

"확실히 사냥이나 채집이 필요하겠군."

그보다 그걸 하지 않으면 또 푸석푸석한 빵과 싱거운 수프만 먹게 될 가능성이 있다.

역시 지금의 나로서는 그런 식사만은 사양하고 싶다.

"채집과 수렵은 허가하겠지만 그 전에……."

"그 전에?"

나는 아버지로부터 가장 중요한 사실을 잊고 있다고 지적을 받은 것이었다.

"오랜만입니다, 어머니."

"어제는 인사도 드리지 못하고 죄송합니다."

아버지가 지적한 것은 파울 형이나 나나 아직 어머니를 만나지 않았다는 점이었다.

이 나라가 남존여비가 심해서라기보다 파울 형도 공무인 지방 순찰관 임무를 우선했을 뿐이라고 할 수 있다.

게다가 그렇다고 우리가 아버지와 일 얘기를 하고 있는 자리에 어머니가 무리하게 들어오면 어떻게 될까?

자식을 보고 싶은 어미의 마음은 완전히 무시되고 질책만 받을 게 뻔하므로 얌전히 있었던 것이리라.

더욱 미안한 것은 마의 숲으로 정화를 하러 간 어제 내가 엄마와 만나지 않았다는 점이다.

쿠르트 때문에 그럴 상황이 아니었기는 하지만.

"아니, 벤델린의 입장이 어렵다는 거 알고 있단다."

쿠르트의 아내인 아말리에 형수님도 그렇지만 어머니 또한 외부에서 시집 온 사람이라 이 영지의 폐쇄성은 잘 이해하고 있었다.

내 존재 때문에 앞으로 이곳도 손쉽게 다른 영지와 교역을 할수 있게 될지도 모른다.

이 사실에 절반이 넘는 영주민들이 기대를 하고 있는 반면, 오히려 그런 편리성 따위는 필요 없으며 지금의 생활로 충분하다고 생각하는 사람들도 있었다.

주로 쿠르트를 지지하는 본 마을의 연배가 있는 사람들이다.

옛 조상이 슬럼가 주민이었던 점을 생각하면 지금 이만큼 사는 것으로도 충분하다는 것이다.

오히려 내 존재가 영내의 질서 유지에 방해가 될 뿐이라고 한다.

그들은 자신들이 아버지~쿠르트 라인을 지지하고, 그로 인해 상대적으로 다른 마을 주민보다 후대를 받기만을 바라고 있으니까.

"그렇다 해도 둘 다 훌륭하게 컸구나."

자신이 배 아파 낳은 자식인데 그 입장의 급격한 변화로 변변이 만날 기회조차 없다. 아무리 두 번째 인생의 어머니라 해도 그 사실은 조금 괴로웠다.

"어머니, 저는 그냥 벤델린의 덤이니까요."

어머니의 방에는 모자로서 허물없이 애기를 나눌 수 있도록 파울 형과 나밖에 들어가지 않았다. 그러므로 파울 형은 어머니의 말에 반쯤은 빈정대듯이 반론을 했다.

"에리히는 제 힘으로 블랜트가의 데릴사위가 됐으니까 다르겠지만, 헬무트도 나와 비슷한 기분일 거예요. 참 한심한 형이라고. 쿠르트 형이 떼를 써도 어쩔 수 없을 만큼 큰 덕을 보고 있다는 마음은 있어요."

동생 덕분에 작위를 계승할 수 있는 귀족이 되었다.

그것은 잘 알고 있지만 형으로서는 한심스러운 기분도 든다.

나로서는 그런 파울 형의 마음을 충분히 이해할 수 있었다.

"이 어미도 쿠르트가 이상하다고 생각하지만 이 영지에서 내가 말할 수 있는 일은 없단다."

이런 시골에서 어머니가 쿠르트에게 주의를 주면 그것만으로도 보수적인 인간들이 소란을 피운다.

유감이지만 이곳은 그런 땅인 것이다.

아버지나 쿠르트가 계산 같은 것 때문에 클라우스에게 전적으로 의지하고 있지만, 사실은 그렇게 하지 않아도 어머니나 아말리에 형수님이라면 어느 정도는 할 수 있을 것이다.

하지만 그런 종류의 일에 여자가 설치는 것은 건방지다고.

그런 탓에 클라우스와 아버지가 서로 의심하는 사이가 된 것이기 때문에 이것은 웃어넘길 수 없는 현실이지만.

"이제 될 대로 되겠지. 그 얘기는 이제 그만 하자꾸나. 그나저나 헬무트와 파울은 결혼했고 벤델린은 약혼자가 있다지?"

"예."

이럴 때 전세라면 사진을 보여줄 수 있을 텐데 하는 생각을 한다.

실은 이 세계에도 카메라가 존재하지만 마도구라 가격이 엄청 비싸서 하급 귀족은 가질 수가 없다.

그렇다 해도 이것은 파울 형의 사정이고 나는 카메라를 사지 못할 것도 없었다.

별로 관심이 없었기 때문에 구입을 하지 않았지만.

"엘리제가 어머니에게 인사를 드리고 싶다고 했습니다."

"알겠다. 그리고 측실 후보도 있다지? 함께 데려오도록 해라."

나는 방 밖에서 기다리고 있던 엘리제 일행을 어머니에게 소개한다.

엘리제는 귀족의 예법에 따라 차분하게, 이나도 조금 긴장한 듯 했지만 평범하게, 그리고 그 루이제조차 긴장한 때문인지 조용하게 자기소개를 할 정도였다.

"나도 레일라와 사이가 좋은 것은 아니지만, 삐걱거리는 모습을 다른 사람들에게 보여주지 않으려고 애쓰고 있단다. 그리고 보니 내 어머니도 첩과는 사이가 나빴지."

어머니와 레일라의 관계는 죽일 듯이 밉다거나 혐오감을 갖고 있다거나 하는 정도는 아닌 모양이다.

하지만 기분이 좋지는 않아서 거리를 두는 그런 관계인 것 같았다.

"괜찮습니다. 어머님. 저희는 같은 파티 멤버이기도 하니까요."

"네, 셋이서 협력을 해야."

"벨은……, 아니, 벤델린 님은 주위에서 측실을 집어넣으려고 혈안이 되어 있어서요."

"그런 것 같구나."

어머니는 방에 들어오기 전에 내 옆에 있던 빌마의 모습을 확인했다.

지금의 내 상황으로 보아 억지로 데려온 것임을 눈치 챈 것 같다.

"벤델린의 귀향으로 이 영내에서는 많은 일들이 벌어질 가능성이 있단다. 너희가 벤델린을 잘 보필해 다오. 어미인 내가 부탁할 일은 그것뿐이다."

아마도 어머니로서는 쿠르트의 신변 안전도 부탁하고 싶으리라.

하지만 그것을 우선하다 파울 형이나 내가 잘못된다면 그 또한 의미가 없다.

어쨌든 어머니는 그저 자신의 안전을 먼저 챙기기를 바라는 것 같다.

"저기……어머님은……."

"이런 벽지에 있는 남존여비의 시골 영지예요. 늙은 나 따위는 신경도 쓰지 않을 테니까."

확실히 어떤 사태에 빠져도 정치적인 권력이 전혀 없는 엄마에게 위해를 가할 가능성은 낮다.

아버지나 쿠르트에 신변에 무슨 일이 벌어져도 그 후 필요한 사태의 수습에는 틀림없이 엄마가 필요해진다는 걸 모두가 알고 있기도 하다.

그러므로 어머니는 자신의 신변이 안전하다는 것을 알고 있는 것이다.

"다만 아무 일도 일어나지 않았으면 하는 것도 솔직한 심정이란다."

"아니, 그것은……."

"알고 있다. 어디까지나 바람일 뿐이니까."

지금 설령 아무 일도 일어나지 않아도 또 곧바로 영내가 혼란스러워진다면 의미가 없다.

설령 잔혹한 결과가 나오더라도 뭔가 일이 벌어지기를 기다려 그것을 처리할 필요가 있는 것이다.

"벤델린, 파울, 이 어미는 그저 희생자가 적기만을 바라마."

"예."

나와 파울 형은 그저 조용히 고개를 숙였다.

"그렇다 해도 지금은 기본적으로 대기 상황이겠지?"

"휴가라고도 할 수 있을까?"

어머니를 만나고 난 뒤 나는 곧바로 블라이히부르크로 날아 갔다.

그리고 블라이히뢰더 변경백작에게 이번 정화에서 얻은 물건 의 대부분을 건넸다.

예외는 다른 부대인 바우마이스터 후작군의 유품으로 추정되 는 것뿐이다.

다행히 양쪽이 각기 행동을 한 덕분에 판별이 잘못됐을 가능성 은 적다.

애당초 장비품이 다르기 때문에 판별하기가 쉬웠던 것이다.

블라이히뢰더 제후군 전사자 유족에 대한 유품 반환과 그밖에 얻은 용의 뼈나 마석의 감정 등.

블라이히뢰더 변경백작에게 물으니 일주일쯤 걸린다고 해서 그때까지 우리는 바우마이스터 영내에서 대기하게 되었다.

아직 바우마이스터 제후군 전사자 유족에게 유품도 돌려줘야 하고, 얻은 이익의 3할을 세금으로 아버지에게 주어야할 필요도 있었기 때문이다.

그런 이유로 우리는 현재 본 저택 뒤의 숲에서 수렵과 채집을 즐기고 있었다.

이번에 또 다시 분가에서 묵는 것은 좋지 않다고 클라우스가 의견을 냈기 때문에, 우리는 아버지에게 본 저택 근처의 비어 있는 민가를 빌렸다.

사실 그 민가는 클라우스의 부친이 영주를 하던 시절에 살던 집이라고 한다.

"몇 년 전까지 예비 농기구와 보리를 보관하는 데 썼지만 지금은 비어 있으니까요. 청소도 이미 끝내뒀습니다."

"그럼 감사히 빌리도록 할까."

분가가 안 된다고 해서 본 저택으로 갔다간 쿠르트와 마주칠 때마다 숨이 막힐 것이다.

게다가 그의 집이므로 무슨 짓을 꾸밀 가능성도 있었다.

"파울 님 일행도 함께 지내시면 되겠군요."

"그렇군."

클라우스가 잘 채비해준 덕에 우리가 기거할 곳이 마련되었다.

그의 의도에는 신경이 쓰이지만 외부인 열두 명이 함께 지내며 식사도 직접 만들 수 있다.

그럴 일은 없겠지만 독이 든 음식을 먹게 될 위험이 줄었다는 뜻이다.

최악의 경우 '해독' 마법도 있기 때문에 웬만한 일은 일어나지 않겠지만.

"파울 씨 일행은 무척 힘들려나?"

"어떤 의미에서는 그렇지."

빌마를 제외하고 형식적으로는 지방순찰관으로 온 파울 형 일행은 현재 아버지의 안내로 한창 영내를 순찰하는 중이다.

그렇다 해도 이 영내에서는 평소에 범죄가 거의 일어나지 않는다.

기껏해야 사이가 나쁜 영주민들끼리 싸우는 정도.

일단 형식에 따라 시찰은 하고 있지만 아버지도 파울 형도 서로 연극이라고 생각하고 있을 것이다.

"뭐, 우리가 먼저 무슨 일을 벌일 수는 없으니까."

"그렇지."

영내에서 문제가 발생했기 때문에 우리가 그것을 수습한다.

그리고 그 최고 책임자인 아버지에게 은퇴를 종용하고 내친김에 쿠르트도 책임을 지워 폐적한다.

가장 가능성이 높은 미래겠지만, 그렇다고 우리가 먼저 무슨 행동을 취해서는 안 되므로 이렇게 휴가를 겸해 대기하는 상태가 된 것이다.

아무것도 하지 않는 것은 아니라서 우리가 이곳에 있는 것 자체가 도발이라고 할 수도 있지만.

"벨 님, 산딸기가 많아."

"열심히 따."

"산딸기 주스."

숲에 들어간 것은 우리 평소 멤버와 파울 형이 개인적인 호위라며 떠넘긴 빌마였다.

나를 '벨 님'이라고 부르게 된 것은 내가 '바우마이스터 남작님'이라는 호칭을 관두라고 부탁한 결과다.

"저 아이 제법 익숙하지 않아?"

빌마는 다른 여성진과 함께 산딸기나 마를 채집하고 있는데 그 손놀림이 제법 능숙했다.

"실제로 익숙하대."

아무리 에드거 군무경에게 원조를 받았어도 그녀는 어쨌든 많이 먹지 않으면 살아갈 수 없다.

그래서 시간이 남으면 왕도 교외의 숲에서 열심히 수렵과 채집을 했다고 한다.

"경험자구나, 그럼."

"흐으음."

그로부터 1시간 후 산나물, 산딸기, 마, 과일 등이 필요한 만큼 모였기 때문에 이번에는 미개척지로 이동해 사냥을 하기로 한다.

숲에서도 사냥을 할 수는 있지만 미개척지 쪽이 사냥감이 더 크고 숫자가 많기 때문이다.

다만 그만큼 야생 동물인데도 매우 흉포해서 바우마이스터가가 조사를 가지 못했던 원인이 되기도 했다.

"늑대에 곰에 멧돼지에 사슴에 초원 토끼까지. 메인은 그 정도인가?"

나는 엘과 함께 오랜만에 활로 초원 토끼를 잡는다.

생각했던 것보다 솜씨가 무뎌지지는 않았는지 둘이서 열 마리나 잡았다.

곧바로 마법으로 피를 뺀 뒤 마법주머니에 넣는다.

"벨, 여기는 사냥감이 많네."

"미개척지니까."

이나는 투척 전용 창으로 사슴을 몇 마리 잡고 기분이 좋은 것 같다.

"그런데 루이제는?"

"멧돼지를 찾았대."

조금 떨어진 초원에서 루이제는 발견한 멧돼지를 도발하면서 돌진해온 순간 도약하여 상공으로 회피, 지나가기 직전에 재빨리 정수리에 일격을 날려 싱거울 정도로 간단히 거대한 멧돼지를 처치했다.

"벨, 피 빼는 거 부탁해."

"알았어. 어라? 엘리제와 빌마는?"

루이제가 짊어지고 온 멧돼지를 마법으로 피를 빼고 주머니에 넣으면서, 그러고 보니 엘리제와 빌마의 모습이 보이지 않는 것을 알아차린다.

"저는 이곳에 있습니다."

곰곰이 생각하니 엘리제에게 수렵에 관한 기술은 없다.

그래서 근처에서 먹을 수 있을 만한 식물을 채집하고 있던 것 같다.

"빌마 씨라면 분명 맞은편에."

엘리제가 말한 방향으로 시선을 보내니 그곳에는 빌마가 엄청난 녀석과 싸우고 있었다.

이 초원에서도 좀처럼 보기 힘든 길이가 4미터에 가까운 거대한 곰과 서로 노려보고 있었던 것이다.

"저건……."

나라면 마법을 쓰지 않으면 당장에 맞아죽을 것이다.

그런 거대한 곰을 상대로 아무리 빌마라도 힘들 거라고 생각한 우리는 서둘러 그녀를 도우러 간다.

그런데 빌마의 행동은 우리의 상상을 훨씬 뛰어넘었다.

"간만에 고기 실컷 먹겠네."

빌마는 점프를 하더니 거대한 전투 도끼로 재빨리 곰의 목을 쳐떨구었다.

빌마를 향해 두 발로 우뚝 서있던 곰은 머리를 잃고 그 잘린 부위에서 마치 분수처럼 피를 쏟는다.

"저기……빌마?"

"오늘은 고기 많아."

"그래. 실컷 먹어."

나는 이만하면 호위로서 충분한 능력을 갖고 있으니 됐다고 스스로 자신을 납득시켰다.

"뭐? 이 거대한 곰의 목을 일격에?"

"네."

"이제부터 빌마 씨라고 부를까?"

그날 밤 잔뜩 잡아온 사냥감을 재료로 요리를 하고 있으니 파울 형 일행이 돌아온다.

오늘은 아버지와 쿠르트의 안내로 저녁까지 영내를 돌아보았다며 모두들 정신적으로 지쳐있는 것 같다.

"이런 시찰은 필요하지 않겠죠?"

"그렇다 해도 형식은 중요해. 우리는 지방순찰관의 일원이니까."

필요도 없는 시찰을 하느라 지쳤는지 지그하르트 씨는 불만스러운 표정을 짓는다.

그리고 그런 그를 연장자인 오트머 씨가 나무랐다.

"그보다 밥이나 먹자."

이제 끝난 시찰 따위 아무래도 상관없는 모양이다.

고트하르트 씨의 한 마디에 엘리제 일행이 준비한 저녁이 식탁 위에 차려졌다.

"이건 예상보다 훨씬 진수성찬인걸."

파울 형도 나와 마찬가지로 또 그 싱거운 야채수프와 푸석푸석한 검은 빵을 먹을 줄 알았던 모양이다.

하지만 그것을 피하기 위해 우리는 아버지의 허가를 받아 사냥을 한 것이니까.

"왕도에서도 가난한 경비대에 근무하지만 우리 본가보다는 그나마 밥을 잘 먹을 수 있으니까."

그렇게 말하면서 파울 형은 곰 고기 된장찌개를 맛있게 먹었다.

참고로 오늘 메뉴는 멧돼지고기와 산나물 전골(간장 맛), 곰 고기 된장찌개, 마와 호로호로새 부침개. 호로호로새 구이, 초원토끼 와인 찜 등등.

그리고 후식으로는 산딸기 주스와 잼이다.

빵은 굽기 귀찮아서 왕도의 빵 가게에서 대량으로 구입해 마법 주머니에 넣어뒀기 때문에 항상 갓 구운 빵을 먹을 수 있었다.

그리고 내 요청에 따라 쌀밥도 했기 때문에 어느 쪽이든 자유롭게 먹으면 되었다.

"요리하느라 힘들지 않았어?"

"우리는 여성진이 많으니까."

엘리제는 요리 솜씨가 좋았고 이나와 루이제도 충분히 능숙한 편이다.

빌마도 잡은 사냥감을 자기 손으로 손질하고 요리해서 먹었다고 한다.

조리 기구도 이 집에 원래 있는 아궁이가 아니라 스승님의 유산인 야영이나 야외 파티 등에서 쓸 수 있는 작은 마도 풍로가 있었기 때문에 그것을 사용했다.

"그래도 엘리제 님의 요리가 더 맛있어."

"많이 먹도록 해요, 빌마."

"응, 많이 먹을게."

"확실히 우리끼리 먹기에는 양이 너무 많은걸."

파울 형의 당번병이었지만 별로 할 일도 없기 때문에 함께 식사를 하고 있던 루디 씨는 식탁 위에 있는 요리의 양에 놀라는 것 같다.

"다녀왔다."

하며 그곳에 영내에 도착한 뒤 모습을 감추었던 블랜타크 씨가 돌아온다.

그는 한 손에 그 벌꿀술 병을 쥐고 있었다.

"블랜타크 씨, 술은 금지예요."

"알고 있어. 이건 벌꿀술이 아니라 벌꿀물이야."

영내에 있는 동안에 어떤 일이 벌어질지 모르므로 나는 모두에게 금주령을 내렸다.

최소한 술에 취해 있는 사이 등 뒤에서 칼을 맞는 최후는 피하고 싶었기 때문이다.

"또 엄청 어린애 같은 음료를."

"이것도 그 분가의 명물이야. 그렇지? 헤르만 님."

"여어, 지방순찰관님."

아무래도 블랜타크 씨는 헤르만 씨를 손님으로 데려온 모양이다.

"헤르만 형. 어쩐지 관록이 좀 붙었네. 소문에는 마누라님한테 쥐여 사신다고 하던데."

"네가 아직 뭘 모르는구나, 파울. 사내란 모름지기 평소에 여자한테 양보를 하다가 이때다 싶을 때 확 휘어잡는 거야."

"뭘 확 휘어잡는데?"

"아니, 아무것도 아냐."

"그게 어디가 휘어잡는 거야?"

"시끄러워!"

이어서 부인인 마를레느 형수님과 몇몇 주요 종사(從士)와 그 부인들도 와있었다.

"이 정도 인원이면 밥이 부족하려나."

"더 만들게요."

"벨, 넣어둔 식재료 좀 꺼내."

"나도 거들게."

엘리제 일행에 마를네느 형수님 쪽까지 가세하여 요리를 더 만들기 시작한다.

덕분에 오늘 잡은 사냥감이 전부 요리로 변해 갔으며 그것도 모자라 마법주머니에 넣어뒀던 식재료 등도 추가로 제공되는 신세가 되었다.

"고기를 이렇게 많이 먹을 수 있다니.""잔뜩 있네요."

영내의 숲에서도 미개척지에서도 인구가 적기 때문에 포획되는 동물 수가 적어서 마음만 먹으면 얼마든지 잡을 수 있는 것이다. 남획으로 숫자가 줄어들 가능성도 현재로서는 거의 없으리라.

"그만큼 바우마이스터 남작님 일행이 뛰어난 모험자이기 때문이야."

미개척지에는 위험한 동물이 많다.

오늘도 곰이 나타났고 거대한 멧돼지도 위험한 맹수라고 한다.

혼자 가서는 전문 사냥꾼도 위험한 모양이다.

"개발이라도 진행되면 좀 더 홀가분하게 사냥을 나갈 수 있을지도 모르지만."

더 요리한 음식을 먹으면서 우리는 그런 얘기를 계속한다.

평범하게 생각하면 영내에 머무는 지방순찰관 일행과 모험자 파티를, 이 영지의 종사장 일가가 찾아와 식사회가 됐을 뿐이다.

하지만 그 지방순찰관과 모험자 파티의 리더와 종사장은 형제였다.

이 사실에 과잉 반응을 보이는 인물은 확실히 있어서 차츰 영내에 파문을 퍼뜨리게 된다.

"흥! 형제끼리 사이좋게 모여서 잘 놀더군."

"그래서 뭔가 쿠르트 님에게 불편한 일이라도?"

다음 날 아침 우리는 다시 본 저택의 아버지를 방문했지만, 그곳에 혹처럼 딸려 온 쿠르트는 어제 우리와 헤르만 형과 파울 형 일행이 함께 식사를 한 것이 마음에 들지 않는 모양이다.

얼굴을 보자마자 불만을 토했지만 나는 짐짓 시치미 떼듯이 대답을 했다.

어쨌든 이번에 머무는 동안에 결판을 내지 않으면 안 되며, 그것을 위해 나는 도발할 목적으로 일부러 헤르만 형 가족과 식사 모임을 연 것이니까.

"언제까지 있을 작정이지?"

"적어도 그 성과의 환금이 끝날 때까지는."

어제 저녁 클라우스의 통보를 받고 모인 원정 전사자 유족들은 우리가 모아온 녹슨 무기와 방어구에 소지품이나 지갑 등을 갖고 돌아갔다.

누구 것인가 하는 판별은 블라이히뢰더 제후군과 달리 다행히 통일된 군장이 아니었던 터라 그다지 혼란스럽지 않게 끝났다.

오히려 장비가 통일되어 있는 블라이히뢰더 제후군 쪽이 판별에 더 애를 먹을 것이다.

"벤델린 님, 감사합니다."

"아버지가 마침내 집에 돌아오셨네요."

유족들은 유품을 갖고 돌아온 우리에게 감사를 표했다.

하지만 여기서 또 멍청이가 쓸데없는 짓을 한다.

쿠르트가 자신과 같은 또래의 영주민을 데리고 모습을 드러낸 것이다.

"역시 그대로 재활용하기는 어려울까?"

"네. 하지만 녹이면 재활용할 수 있을 겁니다."

쿠르트의 물음에 그 영주민은 대답한다.

아무래도 그는 본 마을의 대장장이인 모양이다.

"그럼 그렇게 하지. 그 녹슨 갑옷과 부러진 검은 모두 대장장이 에크하르트에게 줘. 그리고 유품 중에서 돈이 되는 것들은 세금 이 절반 붙으니까 하나도 빠짐없이 신고해서 다음 주까지 납부하 도록."

쿠르트의 한 치의 자비심도 없는 선언에 유족들 모두의 얼굴이 일그러진다.

그리고 그 중에서 한 노인이 대표로 쿠르트에게 발언을 취소하 도록 설득을 시작했다.

"쿠르트 님, 세금은 몰라도 유품인 군장품을 내어놓으라는 말 씀은 거두어 주십시오."

"어째서?"

"전사자에게는 유골이 없습니다. 그러므로 그 대신 묘에 묻을까 하고……."

언데드가 된 사람을 성 마법으로 정화하면 육신이 사라져 버리기 때문에 유골은 전혀 갖고 돌아올 수가 없었던 것이다.

그러므로 대신 유품을 묘에 매장할 수밖에 없었다.

"무슨 바보 같은 말을."

"쿠르트 님, 어째서 우리가 바보란 말입니까?"

"그 군장품을 녹여 농기구로 만들어 쓰면 영지 발전에 보탬이 될 거 아냐? 유르겐, 명색이 명주라는 자가 언제까지 죽은 자의 물건에 얽매일 거지?"

아무래도 이 유르겐이라는 노인은 다른 마을의 명주이며 그 또한 자식을 원정에서 잃은 것 같다.

"하지만 이 군장품은 우리가 돈을 내어 마련한 것이므로 묘에 묻어도 아무런 문제가 되지 않습니다."

장비가 왜 제각각일까 궁금했었는데 바우마이스터 제후군은 장비품조차 자기 돈으로 마련한 모양이다.

블라이히뢰더 제후군처럼 통일된 군장품을 대여하는 일은 없었던 것 같다.

"문제라면 있지. 우리 영지는 철이 부족하거든. 당장 그 갑옷을 에크하르트에게 건네."

"그것은 너무도 무리한 요구이십니다."

내 형이라고 하지만 정말 너무나도 소인배스럽고 쩨쩨하기 이를 데 없는 발언이었다.

확실히 유품의 철을 녹여 다시 사용하면 영내에서는 소량의 붉

은 돌밖에 캘 수 없는 바우마이스터령의 철 부족도 조금은 완화
될 것이다.

그렇다고 해서 유족으로부터 유품을 거둬들인다는 행위는 어
이가 없었다.

지방의 영주 중에는 이런 부류도 많다고 하며, 세금 징수에 관
해서도 딱히 이상한 점이 없다.

바우마이스터령에서는 아버지나 쿠르트의 생각이 곧 법이니까.

다만 유족으로부터 유품을 거둬들일 정도의 바보는 별로 없다.

그렇게까지 하는 것은 영주민들의 마음을 후벼 파는 행위나 다
름없기 때문이다.

"그런데 말입니다, 쿠르트 님."

"뭐지? 벤델린."

아버지도 없고 또한 영주민 앞이므로 여기서는 세게 나가는 게
좋겠다고 생각한 것이리라.

쿠르트는 나를 예전처럼 벤델린이라고 낮춰 부른다.

"유용한 자원을 재활용한다는 생각은 이해할 수 있습니다."

"그럼 쓸데없는 참견 하지 마."

"그래서 뒤에 있는 대장장이 분은 철을 얼마에 사들일 겁니까?"

"그에 합당한 가격을 쳐줄 것이다."

틀림없이 공짜에 가까운 가격으로 사들일 것이다.

이 에크하르트라는 대장장이는 쿠르트와 거의 동년배로 보인다.

아마도 어린 시절부터 친하게 지냈으리라.

그리고 그 연줄을 이용해 유품인 군장품을 유족으로부터 사들

이러는 것이다.

며칠 전 바자 때 블랜타크 씨가 본, 쿠르트에게 보고한 자들 중 한 명일 것이다. 본 마을 주민 중에서 영내 유일의 대장장이라는 뜻인 것 같다.

그는 이 폐쇄된 영내에서 독점적으로 대장장이로서 돈을 벌고 있다.

전에 그 작품을 본적이 있지만 솔직히 솜씨는 이류만도 못하다.

블라이히부르크나 왕도에서는 당장에 망해버릴 것이다.

아니, 그 이전에 수행하던 곳에서 독립조차 인정받지 못할 게 뻔했다.

그런데도 해나갈 수 있는 것은 이주 때부터 대대로 대장장이로 바우마이스터 일족에게 충실했기 때문이다.

그리고 다른 마을에 대장간을 만들지 못하도록 여러 명의 대장장이를 고용해 운영하고 있기 때문임이 틀림없다.

대장간에서는 철제 무기를 만들 수 있다.

그러므로 이런 벽지에서는 솜씨보다도 충성심이 중요하리라.

다른 마을 출신의 대장장이가 은밀하게 반란을 위한 무기라도 만들면 곤란해지기 때문이다.

그런 그의 입장에서 보자면 아버지가 쿠르트에 대한 계승 체제를 지지하여 대장간 일을 계속 독점해야만 한다.

다른 형제가 계승해 바깥과의 교류가 늘어나면 폐업 위기에 몰려 버리기 때문이다.

"결국 철이 있으면 된다는 건가요?"

"그야 그렇지만요."

이 에크하르트라는 대장장이는 쿠르트의 뒷배를 이용하여 품질도 좋지 않은 농기구 따위를 비싸게 팔아 영주민들에게 미움을 사고 있는 것 같다.

게다가 그 태도도 차기 당주인 쿠르트의 힘만 믿고 설치는 통에 그다지 좋은 인상을 얻지 못했다.

"있습니다."

나는 어렸을 때 스스로 정제한 철 덩어리를 마법주머니에서 꺼내 그것을 에크하르트 앞에 '염력' 마법으로 내던진다.

사방 1미터쯤 되는 철 덩어리가 눈앞에 쿵 하고 소리를 내며 떨어지자 에크하르트는 그 자리에 주저앉아버린다.

"그것만 있으면 충분하겠죠?"

"위험하지 않습니까!"

"대장장이니까 철은 누구보다 잘 다루시겠죠."

전사자의 유품에 붙어 있는 철을 그것도 쿠르트의 힘을 빌려 부당한 가격으로 가로채려고 한다.

나는 이런 녀석과 말을 섞는 일 자체가 시간 낭비라고 느꼈다.

검 같은 무기라면 몰라도 갑옷 등은 거의 가죽제라 금속도 변변히 쓰이지 않았다.

숫자가 많기 때문에 모으면 어느 정도 양이 될 수는 있겠지만.

소수 회수한 방패 등도 일부에 금속이 쓰이긴 했어도 대부분이 목제라 거의 썩어 있는 상태였다.

이거라면 묘에 묻어도 아무런 문제도 없을 것이다.

"열심히 노력해 좋은 제품을 만들어 주십시오. 내가 본 바로는 당신은 아직 최선을 다하고 있는 것 같지가 않습니다. 만약 왕도라면 창피해서 가게 앞에 늘어놓지도 못할 수준의 물품이니까요."

"무엇을 근거로!"

"지난번 바자에 내놓았던 물건을 보면 알겠죠?"

그 물건들은 딱히 고급품도 아니다.

전부 블라이히부르크나 왕도에서는 고만고만한 가격에 살 수 있는 물건이다.

그런데도 영주민들은 언제 또 살 수 있을지 모른다며 대량으로 구입했다.

다른 생활 잡화 등도 그렇다.

본 마을 출신으로 대대로 영내에서 시장을 독점할 수 있는 장인이나 대장장이 가문은 쿠르트의 유력한 지지자가 되어 있던 것이다.

그들 입장에서 보면 나는 불구대천의 적이리라.

"앞으로도 바우마이스터 경과 본 마을의 명주 클라우스 님의 의뢰로 영내에서 정기적으로 바자를 열게 될 텐데, 솜씨를 갈고 닦지 않으면 폐업의 위기에 처하게 될 겁니다."

나의 도발에 에크하르트는 물론 뒤에 있던 쿠르트도 얼굴이 새빨개지며 격노했다.

"에크하르트! 그 철로 훌륭한 농기구를 만들어라! 다른 반환된 현금 수입에 대해서는 50%를 세금으로 내야한다는 사실을 잊지 마!"

마치 내뱉듯이 말을 퍼붓고 그 자리에서 떠나는 쿠르트와 에크하르트의 등 뒤에 유족들은 모멸의 시선을 보낸다.

하지만 쿠르트 일행은 눈치 채고 있었을까?

이번 일로 백 명이 넘는 영주민들이 자신들에게 적의를 보낸 사실을.

내가 없었다면 참고 쿠르트 일당의 불합리한 명령을 받아들였을지도 모르지만 다행히도 그곳에는 내가 있었다.

눈치 챘을지도 몰랐지만, 영주민들 앞에서 섣불리 내게 나설 수도 없었으리라.

"빨리 환금하고 세금을 가져와!"

"그건 블라이히뢰더 변경백작님에게 말씀해 주십시오. 저는 보잘것없는 모험자이니까요."

"흥! 사기치지마라."

"쿠르트!"

역시 주군에 대한 눈에 띄는 비판은 곤란하다 여겼으리라.

아버지가 쿠르트에게 호통을 쳤다.

"못 들은 것으로 하겠습니다. 그런데 오늘 예정 말입니다만……."

우선은 어제 유품을 전해 받은 유족들이 묘에 그것을 묻기 때문에, 장례라고 할까 매장식에 참석할 수 있도록 허가를 얻는다.

이 식전에는 영내에 있는 교회를 관리하는 신부가 출석하는데 그는 이미 여든 살을 넘은 노인이다.

혼자서는 부담이 크기 때문에 엘리제가 돕게 되었다.

"그 식전에는 내가 참석하지. 쿠르트는 용수로 공사 감독을 맡

거라."

"알겠습니다."

쿠르트도 나와 더 이상 얼굴을 마주하고 싶지 않으리라.

아버지의 생각에 순순히 고개를 끄덕였다.

"다음은……."

클라우스의 의뢰로 아버지도 허가를 했기 때문에 앞으로도 정기적으로 바자를 여는 일과 영내에 머무는 동안 마의 숲이나 미개척지에서 사냥이나 채집을 할 권리 등을 확인한다.

겉으로는 영내에서 자유롭게 모험자로서 활동할 허가를.

속으로는 장래의 화근을 자르기 위해 쿠르트를 도발할 불씨를 키운다는 고약한 제안이기도 했다.

과연 아버지는 속내를 알아차리고 있을까?

용인할 마음은 있을까?

매우 궁금한 부분이기는 하다.

"미개척지나 마의 숲에서 올린 성과 중 바우마이스터 남작 일행이나 영주민이 먹는 부분에 대해서는 대가를 받지 않겠다. 외부에서 환금한 것에 대해서는 나중에 별도로 세금 교섭을 한다. 모험자 길드 블라이히부르크 지부나 블라이히뢰더 변경백작님과의 관계도 있으니까."

"아버님!"

"호오. 그럼 네가 마의 숲에서 사냥을 해 돈을 벌겠다는 거냐?"

"그것은……."

"현재 마의 숲에서 사냥할 생각을 하는 모험자는 바우마이스터 남작 일행뿐이니 얼마간의 우대 조치는 필요하겠지. 아니면 네가 모험자를 데려와 줄 것이냐?"

"그것은……."

드물게 강경한 아버지의 반론에 쿠르트는 그 입을 닫아버린다.

잠시 후 클라우스가 정식 계약서를 가져와 아까 말한 조건은 무사히 인정을 받는다.

"그럼 장례에 참석하도록 할까."

아버지와의 면회 후 예정되어 있던 유품 매장이 열리게 된다.

여기에는 아버지와 명주 클라우스도 참석했으며 엘리제는 이미 조수가 없으면 걸을 수조차 없는 영내의 신부를 부축하면서 '전사자들을 천국으로 초대하는 말'인 축사와 같은 것을 낭송하고 있었다.

"신의 자식들이여. 그대들은 그 힘든 마지막 순간을 이겨내고, 신과 그 제자들이 사는 약속의 땅으로 향한다. 그리고 그대들의 인도에 따라 그 부모나 형제나 자식들도 그 땅으로 인도될 것이다."

엘리제가 독특한 리듬으로 축사를 외는 가운데 유족들은 미리 파둔 묘에 유품을 넣고 흙을 덮어 매장해 간다.

"엘리제는 이런 것도 할 수 있구나."

"몰라? 엘리제는 보조 사제 자격도 갖고 있거든."

"몰랐어."

이나가 '그걸 왜 모르냐'는 얼굴로 쳐다봤지만 엘리제는 평소에 교회나 종교 얘기를 거의 하지 않는다.

　내가 관심 없어 하는 걸 알고 일부러 얘기하지 않으려고 애쓰는 것이리라.

　"벨은 정말로 교회에 관심이 없으니까."

　"루이제는 관심이 있나 보네."

　"사실은 나도 별로 없지만."

　루이제마저도 그렇게 말했지만, 나름대로 기부도 열심히 하고 있으며 교회나 종교에 그렇게까지 거부감이 있는 것도 아니다. 다만 열심히 믿을 생각이 없을 뿐이다.

　국교이므로 신자이기는 해도 사실은 그다지 관심이 없다.

　나 같은 사고방식을 가진 사람은 의외로 많았다.

　"벨 님, 공양 음식 맛있겠다."

　"먹지 마, 불경스럽게."

　"그건 알아."

　유품을 묻은 후 유족들은 제각기 음식을 공양했으며 그것을 본 빌마가 먹고 싶은 표정을 지었다.

　"오늘 밤까지 기다려."

　아까 어째서 또 아버지에게 미개척지에서의 사냥 허가를 얻었을까?

　그것은 오늘밤에도 연회를 열 예정이었기 때문이다.

　전사자 유족들이 오늘을 위로하기 위해 제각기 음식을 갖고 모여서 연회를 연다.

　그곳에 우리나 헤르만 형 일행도 유족으로서 참가하기 때문에 쿠르트 입장에서 보면 매우 미심쩍은 연회가 되겠지만.

"(하지만 꽤나 번거로운 짓을 하는군.)"

마찬가지로 식전에 참석하고 있던 블랜타크 씨가 내 옆에 서서 작은 목소리로 말을 걸어온다.

"(쿠르트가 먼저 손을 댔다. 그런 대의명분이 필요한 거겠지?)"

어차피 상대는 작은 영지의 차기 당주니까 국왕 명령으로 강제적으로 폐적을 시키면 그만이다.

하지만 그런 방법을 쓰면 다른 귀족들에게 미칠 영향이 크기 때문에 우리가 영내에서 요란하게 움직이며 쿠르트 쪽을 폭발시킬 필요가 있었던 것이다.

"(폭발할까?)"

"(조금 시간은 걸리겠지만, 할 거예요. 분명히.)"

쿠르트 본인뿐이라면 폭발하지 않을지도 모른다.

아까처럼 아버지에게 꾸지람만 들어도 기가 죽어버리는 남자니까.

그런데 주위의 지지자들의 존재가 있다.

"(우리가 이 영지를 열어 가면 갈수록 주위가 멋대로 가열되어 갈 테니까요.)"

어제의 대장장이 에크하르트에 다른 장인들이나 그 가족도.

그들은 본 마을 출신으로 그 실력이 아니라 대대로 바쳐온 충성심 덕분에 시장을 독점해 왔다.

그런데 그것이 우리 때문에 무너져 가고 있다.

그밖에 사고방식이 보수적이라 영내의 변화를 바라지 않는 사람들도 있으며, 그들은 이미 외부인이 되어버린 우리의 행동에 눈살을 찌푸리고 있을 것이다.

"(지지자들로부터 압력을 받으면 쿠르트도 움직이지 않을 수 없으려나.)"

"(뭐든지 좋아요. 쿠르트 쪽이 움직이면 그것으로.)"움직이면 그걸로 개입할 구실이 생기기 때문이다.

왕국 정부 입장에서는 아무리 사소한 일이라도 내게 뭔가 조금이라도 위해가 가해질 듯한 낌새만 보이면 되는 것이다.

"(그걸 위해서 연회를?)"

"(연회가 아니에요. 모처럼 고향에 돌아온 영령들을 유족과 함께 위로하는 모임? 식사를 곁들이기는 하지만요.)"

그 후 무사히 매장 의식은 종료된다.

참석했던 아버지와 클라우스는 특별히 아무 말도 없었다.

유족들도 쿠르트와 이류 대장장이에게는 생각하는 바가 있는 모양이지만, 아버지에게는 그 일로 딱히 별다른 생각이 있을 리도 없다.

그런 것인 것 같다.

"오늘 밤은 헤르만 님과 벤델린 님이 위령의 식사회를 연대."

"유족이라면 누구나 참가할 수 있대."

"그럼 자리를 만들고 요리하는 일을 돕기 위해 사람을 보내야겠군."

"우리도 뭔가 음식 재료라도 가져가세."

이 영내에는 오락거리가 별로 없기 때문에 모두들 기대를 하고 있는 모양이다.

저마다 이런저런 얘기를 하면서 집으로 돌아간다.

낮에는 농사일을 하고 저녁부터 식사회 장소인 우리 체재지에 모여 준비를 돕게 되었다.

"참가할 사람들이 꽤 많으려나."

"77명의 전사자 유족이니까요."

블랜타크 씨의 말대로 어느 범위까지 유족으로 인정하느냐 하는 규칙도 없었기 때문에 마음만 먹으면 절반 가까운 영주민들이 참가 가능하다.

"그럼 나도 준비를 도와야겠군."

"엘 일행과 무한의 사냥을 다녀와 주세요."

명목은 위령제이지만 이 세계에 특별히 이럴 때 차리도록 정해진 요리는 없다.

그러므로 이런 모임을 열 때는 이때다 싶게 모두들 맛있는 요리를 준비해서 먹는 것이 보통이었다.

"엘리제 아가씨는 그 신부와 함께 제단을 만드나."

일단은 매장한 망자들의 위령제이므로, 작아도 제단을 만드는 것이 어느 종교든 관례인 모양이다.

물론 신부님에게는 그런 지식이 충분하지만 애석하게도 노령이라 몸이 움직이지 않기 때문에 엘리제도 돕게 된 것이다.

그리고 끝난 뒤에는 마를레느 형수님 일행이나 여자 유족들이 식사회 자리 설치나 요리 만드는 일을 도울 예정이다.

"이나 아가씨와 루이제 아가씨는 엘 일행과 사냥을 돕는 건가."

그녀들은 파울 형이나 헤르만 형 일행과 함께 연회에 내놓을 고기류 등을 잡으러 가게 됐다.

많은 사람들을 만족시킬 고기를 얻기 위해 블랜타크 씨를 혹사라도 시키고 싶은 참이다.

"그래서 꼬마 너는?"

"잠시 바다에 좀."

"뭐?"

그로부터 약 1시간 후, 모두가 제각기 연회를 위해 준비하고 있을 때 나는 빌마와 함께 마의 숲 남쪽 해안에 서있었다.

남쪽 바다는 마의 숲을 넘지 않으면 올 수 없지만 어렸을 때 '비상'으로 숲의 상공을 통과하여 포인트를 외웠기 때문에 '순간이동'으로 곧바로 올 수 있었던 것이다.

옛날에 마법으로 소금을 잔뜩 만들거나 해산물을 잡아서 구워 먹었던 일이 떠오른다.

"바다."

"바다하면?"

"해산물."

"정답이야."

육류의 확보는 다른 사람들에게 맡기고 나는 빌마를 이용해 어패류를 확보하려고 했다.

모처럼의 연회이므로 진기한 음식이 있으면 좋겠다는 생각도 했지만 순전히 내가 먹고 싶었기 때문이다.

"물고기, 먹고 싶다."

"먹어본 적 없어?"

"코누루와 나마사는 있어."

코누루와 나마사는 겉모습만 보면 지구의 도미나 메기와 거의 흡사했다.

하천 등지에서 많이 잡을 수 있기 때문에 왕도에서는 비교적 저렴하게 팔리고 있다.

흙을 뺀 후 소금과 향미 채소를 넣고 끓이거나 튀김처럼 기름에 튀겨 먹는 게 보통이었다.

나는 솔직히 맛이 별로였기 때문에 값이 비싸도 해산물을 구입하는 경우가 많았다.

그밖에도 우토쿠라는 황어를 닮은 생선과

후하라는 붕어를 닮은 생선이 주로 서민들의 식탁에 오르는 것 같다.

그것들 역시 내 입맛에는 별로였지만.

"오늘은 바다의 어패류를 먹을 거야."

"오――."

대답은 조금 얼빠진 느낌이었지만 빌마의 그 눈은 음식을 탐욕스럽게 갈구하는 평소의 눈빛으로 변했다.

"그래서 바닷물 속에 들어가서 잡는 거야?"

"설마."

육류 확보에 사람들을 보낸 탓에 둘 밖에 없지만 나는 마법을 쓸 수 있고 빌마는 괴력의 소유자다.

그렇다면 그 방법밖에 없었다.

"둘만의 후릿그물 작전입니다."

"그물로 잡는 거야?"

쓸 일이 있겠다 싶어 사전에 후릿그물을 사서 마법주머니에 넣어 두었기 때문에 그것을 '비상'으로 해상에서 투입.

곧바로 빌마와 마법으로 신체기능을 강화한 내가 끌어당기는 작전이다.

그물을 투입하는 포인트는 아마추어라 잘 몰랐지만, 많이 안 잡히면 여러 번 시도하기로 마음을 먹는다.

"빌마, 이 후릿그물의 한쪽 끈을 잡고 있어."

"알았어."

이어서 나는 후릿그물의 다른 한쪽을 잡고 '비상'으로 바다로 나간다.

바다 쪽에서 잡고 있던 그물을 조금씩 반달 모양으로 투입한 뒤 빌마가 기다리는 해변으로 돌아왔다.

엄밀하게 말하자면 그물배도 필요하지만, 그것은 내 '비상'에 의한 흩뿌리기로 대응하기로 한다.

"안 되면 여러 번 하지 뭐."

애당초 괴력을 지닌 빌마와 마법으로 신체 기능을 강화한 내가 해상에서 반달 모양으로 뿌린 그물을 끌어당겨간다.

"물고기."

"천천히 나랑 타이밍을 맞춰서 당겨."

정말로 잡을 수 있을지 걱정했지만 다행히 지금까지 아무도 그물을 넣지 않은 덕분일까?

해변으로 끌어올린 그물에는 크고 작은 수백 마리의 물고기가 들어 있었다.

고등어를 닮은 생선에 전갱이를 닮은 생선, 넙치를 닮은 생선. 그밖에도 많지만 지금은 준비한 마법주머니에 차례대로 넣어간다.

"'독탐지 마법'으로 수상한 물고기는 제외했지만 그중에는 특이한 녀석도 걸려 있었다.

"거북."

"그것도 먹는다."

"맛있어?"

"맛있대."

길이 2미터 쯤 되는 바다거북이 그물에 걸려 있는 것을 빌마가 발견했다.

고기는 물론 먹을 수 있고 등딱지도 별갑 세공의 재료로 왕도에서 비싼 값에 거래되고 있다.

"알았어."

빌마는 주저하지 않고 바다거북의 숨통을 끊은 뒤 마법주머니에 던져 넣었다.

역시 자기 식비는 몸소 벌어온 여자답게 성격이 무척 씩씩한 것 같았다.

"물고기가 더 필요해."

"그래."

생각했던 것보다 많이 잡았지만 물고기는 더 많을수록 좋다.

그렇게 생각한 우리는 다른 포인트를 돌며 세 번쯤 후릿그물질을 했고, 그 결과 엄청난 양의 물고기를 잡았다.

게다가 근처의 바위에서 새우, 게, 조개류 등도 잡기로 한다.

"다음에는 게 잡는 그물도 준비해 둘까."

"오늘은 내가 잡을게."

그렇게 말하자마자 빌마는 입고 있던 옷을 벗어던지고는 바위에서 바다로 뛰어 들었다.

빌마의 누드를 상상할 수도 있겠지만, 안에는 속옷을 입고 있던 모양이다.

"강이나 호수나 늪에서도 사냥을 하니까."

많이 먹기 때문에 빌마는 수영에도 능숙한 모양이었다.

그리고 바다에 들어간 지 몇 초 후 우선 첫 번째 한 마리가 바다위에서 얼굴을 내민다.

"엄청 많아."

"큰 녀석만 잡아."

"알았어."

여기서 빌마에게만 맡겨두기도 뭐했기 때문에 나는 재빨리 '수중호흡'을 외운 뒤 바다로 들어간다. 딱히 수영을 못하지는 않지만 빌마처럼 바다 속에서 물고기를 잡으며 하기는 어려웠기 때문이다.

그런 점에서 이 '수중호흡' 마법을 쓰면 바다 속에서도 지상과 마찬가지로 행동할 수 있다.

어쨌든 이 마법은 자신의 주위를 공기층으로 감싸버리는 것이니까.

"진짜로 엄청 많네."

나까지 가세해 둘이서 길이 1미터쯤 되는 새우에, 마찬가지로 길이 1미터가 넘는 게. 사과만한 크기의 소라와 길이 30센티쯤 되는 전복 등을 차례차례 잡아간다.

확실히 전에 도감에서 정식 명칭을 본 것도 같지만, 지금은 먹을 수 있으므로 그냥 넘어가기로 한다.

"벨 님, 맛있겠다."

"시식해볼까?"

"먹을래."

엄청난 양을 잡았으므로 일단 잠시 쉬기로 한다.

마법주머니에서 바비큐 용 석쇠를 꺼내 그것을 아궁이 모양으로 쌓은 바위 위에 얹은 뒤 불 붙인 숯을 피워 간다.

어느 정도 석쇠가 달궈진 뒤 그 위에 조개와 반으로 자른 새우와 게 등을 얹었고, 잠시 후 알맞게 익은 것에 살짝 간장을 뿌리자 완성되었다.

"맛있겠다."

"입천장 데지 않게 조심해."

"잘 먹겠습니다."

빌마는 먹음직스럽게 구워진 조개와 새우와 게를 차례차례 입으로 넣어 간다.

역시나 워낙 잘 먹기 때문에 차츰 굽는 속도가 따라가지 못할 정도였다.

"잘 먹었습니다."

"맛있었어?"

"이렇게 맛있는 거 처음 먹었어."

"그래? 다행이네."

"더 많이 잡자. 엘리제 님 일행 것도 많이."

"그래."

빌마는 먹성도 좋고 괴력을 가졌지만 외모는 보호본능을 크게 자극하는 소녀였다.

내 속이 40세를 바라보는 나이라는 점도 영향을 미쳤으리라.

"슬슬 돌아갈까."

"많이 잡았다."

"그래."

몇 시간 뒤 연회에 쓸 것과 우리가 한동안 먹을 양을 확보했기 때문에 오늘은 이만 돌아가기로 한다.

"빌마, 옷을 입기 전에."

나는 바다에서 올라온 빌마에게 바닷물을 털며 '세정' 마법을 건다.

"끈적끈적하지 않네."

이 마법은 모험 중에 목욕을 할 수 없는 모험자를 위해 자연스럽게 개발된 마법이었다.

마력을 그다지 소비하지 않아서 초급 레벨도 쉽게 쓸 수 있는 게 특징이며 이것을 쓸 수 있는 마법사는 여성 비율이 높은 파티에서 서로 데려가려 한다고 한다.

모험중이라도 몸가짐에 신경을 쓰고 싶은 것은 여성의 당연한 심리이리라.

나도 내 몸에 '세정' 마법을 걸어 몸에 붙은 염분을 털어낸다.

빌마도 옷을 갈아입고 이제 돌아가려고 하던 바로 그때였다.

갑자기 그녀가 애용하는 도끼를 집어 들고 바다 쪽을 향해 날카로운 시선을 보낸다. 이어서 내가 그쪽을 보니 그 연안에 길이 20미터쯤 되는 용을 닮은 생물이 이쪽을 향해 오는 모습이 보였다.

"서펜트(해룡)인가……."

서펜트는 겉모습은 용처럼 보이지만 사실은 마물이 아니다.

대형 해양육식동물에 속하는 바다의 야생동물이었다.

평소에 주로 대형 어류나 고래, 돌고래 등을 잡아먹으며 때때로 바다 위를 날아다니는 해조 등을 잡아먹기도 하는 사나운 녀석이라고 한다.

다만 기본적으로 겁이 많아서 대형 선박은 공격을 받지 않는다. 저쪽이 먼저 달아나 버리기 때문이다.

게다가 인간의 활동 영역에는 좀처럼 모습을 보이지 않는다.

보통은 훨씬 먼 바다를 기점으로 생활한다고 전에 본 도감에 적혀 있었다.

"엄청 크네."

그런데 20미터는 평균적인 크기라고 한다.

하긴, 이 정도로 크지 않으면 고래를 잡을 수가 없겠지만.

"하지만 저 서펜트는 어째서 우리를 향해서 오는 거지?"

"먹잇감으로 생각하고 있어."

우연히 해안에 왔는데 우리라는 먹잇감이 있었기 때문에 잡아먹으로 하고 있다.

서펜트뿐만 아니라 이런 종류의 대형 육식 짐승은 털이 적은 인간을 발견하면 기뻐하며 잡아먹으려 든다. 그러므로 바다에서 조난당해 작은 배나 뗏목 위에서 만나기라도 하면 거의 살아남을 수 없다고 생각하는 편이 좋으리라.

"벨 님."

"왜?"

"내가 쓰러뜨릴게."

"뭐? 괜찮아?"

서펜트는 큰 해양육식동물이므로 당연히 일반인이나 어선은 감당을 못하지만 뼈, 이빨, 비늘 등은 무기나 방어구 재료로 비싸게 거래되고 있다.

"여기서는 나의 큰 기술로."

"그럼, 맡길게. 안 되겠다 싶으면 곧바로 나한테 얘기해."

"알았어."

고개를 끄덕이더니 빌마는 이쪽으로 다가오는 서펜트를 향해 도끼를 치켜들고 그대로 눈을 감은 채 집중한다. 그러자 몇 초 후 빌마의 몸에서 탐지되는 마력의 양이 늘었다.

그렇구나. 한 순간에 적은 마력을 폭발시키는 건가.

빌마는 기껏해야 초급에서 중급 정도의 마력밖에 갖고 있지 못

하다.

마법도 평소에는 근육에 효율적으로 마력을 순환시키는 일 정도밖에 못한다고 한다.

일시적이고 폭발적으로 신체 능력이 올라가지만 그 후에는 마력이 고갈되어 버리기 때문에 더 이상 물러날 곳이 없을 때 쓰는 큰 기술인 것 같았다.

빌마는 눈을 감은 채 집중을 계속한다.

그 동안 서펜트는 이쪽의 코앞까지 다가와 있었다.

그리고 물가에서 그 기다란 목을 이쪽으로 쳐들고 우리를 잡아먹으려 한 그 순간, 빌마는 마치 부메랑이라도 던지듯이 서펜트를 향해 도끼를 내던졌다.

"저렇게 무거운 도끼를 던졌어!"

이제 곧 두 마리의 먹이를 잡아먹을 줄 알았던 서펜트에게는 마른하늘에 날벼락이었을 것이다.

영문도 모른 채 빌마가 던진 도끼에 의해 목이 잘렸고, 머리를 잃은 목의 절단면에서는 피가 분수처럼 뿜어져 나온다.

잠시 후 던졌던 도끼가 상공에서 원을 그리며 돌아왔지만 그것조차 그녀는 예사롭게 자루를 잡으며 회수했다.

무시무시한 동체 시력과 비장의 큰 기술이라고 할 수 있었다.

"빨리 피를 빼야 고기가 맛있어져."

"확실히 그렇기는 하지만……."

평소에는 아기 다람쥐처럼 귀엽지만 식량을 확보할 때는 '망나니'로 변해버린다.

어제의 곰도 그렇고 오늘의 서펜트도 그렇고.

그녀는 확실히 에드거 군무경의 히든카드이리라.

정말 무시무시한 전투 능력의 소유자였다.

"만약 벨 님이라면 어떻게 쓰러뜨렸어?"

"글쎄……."

비늘도 비싸게 팔리고 크긴 해도 용처럼 파워가 센 것은 아니다.

'동결' 마법으로 동체 부분을 못 움직이게 한 뒤 마법으로 바위로 된 창을 만들어 정수리에 일격.

만약 빌마가 실패했다면 이런 작전을 떠올렸을 거라고 말해 준다.

"나랑 똑같아. 벨 님도 서펜트의 몸통을 다치게 하면 먹을 수 있는 부분이 줄어든다고 생각했지?"

"(아니, 비늘이 손상되기 때문인데…….) 으응, 그렇지."

마지막에 생각지 못한 수확물도 있었지만, 우리는 무사히 해산물을 잡아 바우마이스터령으로 돌아왔다.

"마침내 신의 곁으로 돌아갈 수 있는 자들을 보내기 위해, 그것을 도운 자들에게 내일을 살아가기 위한 양식을 주노라. 변변치 않지만 이 같은 식사를 주심에 감사합니다."

"딱히 변변치 않지 않잖아?"

"벨, 쉿!"

저녁이 되기 조금 전에 바우마이스터령으로 돌아오자 그곳에서는 이미 엘리제 일행이 응원을 온 마를레느 형수님 일행이나 유족 여성들과 함께 식사회 준비를 하느라 분주했다.

요리를 잔뜩 만들고 식사회가 열릴 빌린 집 마당에 식탁을 늘어놓고 있다.

"우리도 도울까."

나는 엘이나 빌마와 함께 마당에 몇 군데 돌을 쌓아 즉석 아궁이를 만들고 석쇠를 얹은 후 숯불로 달구기 시작한다.

"고기라도 구울까?"

"아니."

"오늘의 수확물을 구워야지."

달궈진 석쇠 위에 오늘 잡은 새우와 게, 조개류, 미리 손질한 생선이나 오징어 등을 얹어 간다.

어느 정도 구워지면 간장이나 미리 만들어 둔 된장 소스를 발라 완성한다.

그리고 엘 일행이 잘 구워지는지 보고 있는 동안 일부 생선을 손질하여 회를 떠간다.

전문가가 아니라 며칠 전 마도 길드 누님보다는 솜씨가 서툴렀지만, 모양은 조금 엉망이라도 맛은 크게 다르지 않을 것이다.

회를 뜬 다음 차조기와 채 썬 무와 고추냉이를 곁들여 완성한다.

무는 왕도보다 북쪽에서는 흔하게 유통되고 있었으며, 차조기는 위장약으로 대도시 대부분에서 유통되고 있다.

붉은 차조기도 있었기 때문에 지금은 그것으로 색을 내는 매실 장아찌 시제품도 어느 상단에 의뢰를 해놓은 참이었다.

한시라도 빨리 완성이 됐으면 좋겠다.

고추냉이도 보통 왕도에서 유통되고 있는 서양 고추냉이가 아니라 학명 와사비아 자포니카를 닮은 것이 산지에 자생하고 있다고 들었기 때문에 이곳에 오기 전에 대량으로 입수했다.

고추냉이는 성장이 느려서 '뿌리가 큰 것만 비싸게 사겠다'고 했더니 판매업자들이 죄다 갖고 몰려들었다.

자생지가 고지라서 마물 영역은 아니지만 캐러 가기 힘든 곳이었기 때문에 직접 가는 일은 나중으로 미뤘기 때문이다.

"자, 모듬회 완성이요."

"맛있겠다."

"다음은……."

접시에 담은 회 절반에 내가 만든 '숙성' 마법을 걸어간다.

사실 이 마법은 간장이나 된장을 양조하는 마법의 사촌쯤으로 흙 계통의 마법에 해당한다.

회는 갓 잡은 탱글탱글한 맛을 즐기는 사람과 이삼 일 숙성시킨 뒤에 조리하는 사람이 있다.

그러므로 양쪽 모두 즐기면 좋겠다고 생각했기 때문이다.

또한 이 마법은 고기를 숙성시킬 때도 쓸 수 있기 때문에 엘리제 등도 애용하었다.

그리고 몇 시간 뒤 저녁때가 지나 마침내 식사회 준비가 끝났고, 제일 먼저 신부님이 인사말을 한다.

그의 인사가 끝나자 엘리제와 함께 만든 제단에 요리가 놓이고, 헤르만 형의 헌배 신호와 함께 식사회가 시작된다.

식탁 위에 놓인 큰 접시의 고기를 메인으로 한 요리가 참가자들에게 분배되고, 마찬가지로 석쇠에서 구워진 해산물도 차례차례 나눠져 간다.

영주민들은 원정에서 전사한 가족의 이야기를 하면서도 즐겁게 식사를 했다.

"신부님, 어떠세요?"

"이곳에 부임한 이후로 처음 먹는 생선이라 역시 무척 맛있군요."

이미 80세를 넘긴 마이스터라는 이름의 신부님은 맛있게 구운 생선을 먹었다.

"이곳으로 부임하기 전에 왕도에서 아힘 추기경이 대접해주신 뒤로 처음인가. 이것 참, 오래 살고 볼일이군요."

일부 고전적인 종교를 제외하고 성직자에게 먹어서는 안 되는 것은 존재하지 않았다.

기껏해야 되도록 남 앞에서 술을 마시지 않는 게 좋겠다는 정도일까.

따라서 역시 신부님은 술을 마시지 않는 것 같았지만.

그리고 우리도 술은 마시지 않기로 했다.

저 블랜타크 씨조차 산포도 주스로 참았을 정도다.

일단은 쿠르트의 폭주에 대비하고 있는 셈이다.

"하지만 용케 서펜트가 있었군. 무인 해변이었기 때문인가?"

블랜타크 씨는 서펜트 고기 석쇠구이를 먹으면서 중앙에 놓인 그 머리를 감탄스럽게 바라보고 있다.

실은 서펜트의 목을 장식하라고 한 사람은 다름 아닌 블랜타크 씨였다.

'꼬마는 그 엉터리 장남과 다르다'는 인식을 주기에는 안성맞춤인 증거인 셈이다.

풍문으로 들은 용 퇴치보다 실제로 보는 서펜트의 목이 더 인상이 강렬하기 때문에 당연하다고도 할 수 있다.

"저 서펜트의 변덕이었을까? 하긴, 그 변덕 덕분에 이런 꼴이 된 거지만."

한순간에 빌마의 전투 도끼에 목이 잘려 그 고기가 탐욕스럽게 먹히고 있으니까.

당연히 식사회에 참석한 영주민들에게도 구운 고기가 나눠졌고, 그들은 처음 맛보는 서펜트의 고기를 맛있게 먹었다.

"저 빌마인가 하는 아가씨는 생각보다 훨씬 대단하군."

"네."

"그럼 꼬마가 마지막까지 보살펴 줘야겠네."

"역시 그럴까요?"

빌마는 에드거 군무경이 대귀족 특유의 '어딘가에 쓸모가 있을지도 모르니 돌봐준다'는 성향 덕분에 지금까지 자라올 수 있었다.

솜씨만 놓고 보면 히든카드라고 할 수도 있지만, 여자는 거의 못 들어가는 군에서는 쓸모가 없고, 정략결혼에 이용하려 해도 저 식욕 때문에 평범한 귀족가에서는 꺼리고 만다.

그래서 모험자로서도 활동하고 있는 내게 쓸모 있는 새 멤버 겸 호위 겸 측실 후보로 보내진 것이 실상이었던 것 같다.

"꼬마가 필요 없다고 돌려보내면 남은 인생이 고달프겠지."

에드거 군무경의 사적인 호위를 할 수 있다면 좋겠지만, 그러지 못할 경우 잘해봤자 성인이 된 후 모험자로 독립하거나 까딱하면 뭔가 귀족 특유의 '어둠의 일'에 혹사당할 가능성도 있는 모양이다.

"그 말을 듣고 보니……."

귀여운 소녀 같은 외모에 오늘 함께 물고기를 잡으며 보니 성격도 솔직하고 호감이 들었다.

잘 먹는 게 결점이라고 할 수도 있지만 그쯤은 내가 충분히 해결해 줄 수 있는 것이다.

"신부로 삼을지는 둘째 치고 내 개인적인 호위로 돌봐줄래요."

아직 미성년이라 마물 영역에는 들어갈 수 없지만 귀족인 나의 호위 신분이라면 특례로 들어갈 수 있다.

실력만 놓고 보면 빌마보다 약한 모험자가 압도적으로 많으니 그 점에서는 전혀 문제가 없을 것이다.

"하지만 무척 자상하시네요."

"내가 원래 아이에게는 자상하거든."

그러고 보니 아까 아이들에게 왕도에서 구입한 과자를 나눠주던 블랜타크 씨를 떠올린다.

과일 외에 단 것을 거의 경험하지 못한 아이들에게 그 맛은 그야말로 큰 즐거움이다.

하긴 '아저씨 감사합니다'라는 말을 듣고 미묘한 표정을 짓기도 했지만.

"꼬마는 뭐 안 나눠 주냐?"

"글쎄요……."

모처럼 쿠르트를 도발하기 위해서 마련한 식사회이므로 노골적이기는 해도 아이들에게 인기를 얻는 것도 필요하리라.

또한 가장 중요한 식사회 참가자는 그 숫자가 6백 명을 넘어섰다.

유족만으로 제한한 것 치고는 숫자가 많은 기분도 들지만 딱히 촌수를 제한한 것도 아니기 때문이다.

전사자 유족의 친척 등을 골라낼 수도 없고 골라낼 이유도 없기 때문에 아무 말도 하지 않은 게 현실이었다.

오히려 많이 참가해야 쿠르트를 도발할 수 있기 때문에 더 고마운 일이다.

역시 음식은 금방 동이 나버리지만, 그때마다 영주민들은 이쪽이 밑 준비를 해둔 재료로 요리를 해서 나눠주기도 하고 먹기도 하는 모양이다.

바비큐용 석쇠에서는 언제 봐도 서펜트 고기와 어패류가 잔뜩 구워지고 있다.

그밖에도 엘리제가 직접 만든 과자나 평소에 마시는 것보다 고급스러운 마테차 등도 나와 유족들은 식사회에 크게 만족하고 있는 것 같다.

"그럼 물엿이라도 만들까요."

"아아, 그 단 것 말인가."

과즙이나 벌꿀이나 곡물을 술로 만드는 마법은 대부분 전부터 보급되어 있었지만, 어째서인지 물엿은 이 세계에 없었다.

일부 양조장에서 알코올로 변하기 전의 단 액체를 주스로 판매

하는 정도일까?

그러므로 재빨리 항아리를 꺼내 미리 사둔 찹쌀이나 현미 등을 재료로 마법으로 물엿을 정제한다.

원래는 손이 무척 많이 가지만 마법으로 그런 일을 생략할 수 있어서 좋았다.

곧바로 끈적끈적한 물엿이 항아리 가득 만들어졌고, 그것을 나무 막대기에 감아 아이들에게 나눠준다.

"벤델린 님, 고맙습니다."

"달다—!"

아이들은 단 물엿을 맛보고 뛸 듯이 좋아했다.

"그나저나 엄청 모였군."

"없는 것은……."

유족을 뺀 본 마을 주민과 다른 마을의 일부 보수적인 사람들 그리고 도저히 바빠서 올 수 없었던 사람들 정도일까?

"그래서 앞으로의 전망은?"

"상대에게 달렸죠."

여기서 일시적으로 쿠르트가 차기 영주로 안정된 모습을 보인다 해도 그것은 장차 혼란만 가져올 뿐이므로 그를 폐적시킬 예정이었다.

지금의 영지와 일부 미개척지를 헤르만 형이 상속하고 나머지를 내가 돈을 뿌려 개발을 진행한다.

단, 나는 엉덩이가 가벼워서 한동안은 크게 참견하지 않고 모험자로서 활동한다.

딱히 그렇게 하겠다고 직접 의논한 것도 아니었지만 왕국 측이나 블라이히뢰더 변경백작도 그 정도 인식을 갖고 있으리라.

블랜타크 씨가 특별히 아무 말도 하지 않는 이유도 그것을 알고 있기 때문이라고 생각한다.

그리고 낮에는 마법으로 기척을 감추고 쿠르트를 쫓아다니며 행동을 감시하는 것도 블라이히뢰더 변경백작의 명령인 것 같다.

모두가 쿠르트가 폭발하기를 기다리고 있는 것인가. 어떤 의미에서는 딱하기도 하네…….

그렇다 해도 더 이상 본가 문제로 귀찮아지는 것도 싫기 때문에 여기서는 마음을 독하게 먹고 그를 제거할 필요가 있었다.

"내일부터 또 도발의 날이군."

"도발이라……."

블라이히뢰더 변경백작이 그 유품의 특정이나 소재의 판정을 종료할 때까지는 시간이 걸린다.

쿠르트가 그 작업이 끝날 때까지 폭발할 것 같지도 않기 때문에 사실은 한동안 더 영내에서 머물 예정이지만.

나는 마법으로 마의 숲에 갈 수 있기 때문에 그곳을 거점으로 하는 전속 모험자로서 당분간 활동하기 위해서라는 것이 명목이었다.

조건은 이미 블랜타크 씨가 아버지나 클라우스와 은밀히 의논하여 결정하고 있다고 한다.

과연 시끄러운 쿠르트는 사전에 배제된 모양이다.

그리고 영내에서의 정기적인 바자나 영주민들로부터 물건을 매입하는 작업 등도 한다.

게다가 그런 우리를 휴직을 연장한 파울 형 일행과 헤르만 형의 일가가 돕기로 결정했다.

평범하게 생각하면 영내의 경제 발전을 위해서 장사도 겸하는 모험자와 그 호위를 받아들이고 종사장 가문에게 일을 도와주도록 명령했다고 볼 수도 있지만, 속을 들여다보면 일종의 하극상이라고 할 수도 있다.

아마도 왕국으로서는 빨리 쿠르트가 폭발하기를 바라는 것이리라.

그리고 그런 상황을 우리가 최대한 희생을 내지 않고 진압한다.

그런 시나리오가 짜여 있는 것이다.

"어쨌든 되도록 빨리 모험자 본래의 생활로 돌아가고 싶네요……."

"불평이 참 많구나……."

그런 얘기를 나누고 있으려니 갑자기 연회를 즐기던 영주민들이 술렁이기 시작한다.

왜냐하면 그곳에 쿠르트의 부인인 아말리에 형수님이 모습을 보였기 때문이다.

게다가 그녀와 쿠르트의 아들이자 쿠르트 다음의 영주가 될 칼과 그 남동생인 오스카도 데리고 말이다.

"이런, 대담한 부인이군."

"아니, 그런 여걸 타입은 아닌데요."

우리보다는 지방 도시에 가까운 소영지의 기사작 가문의 차녀로 평민이 될 가능성을 생각해 읽기, 쓰기, 계산 같은 교육을 열심히 받은 얌전한 분위기의 여성.

그것이 내가 느끼는 그녀의 인상이었다.

그리고 에리히 형이 집을 떠난 후에는 제일 말이 통한 사람이었다.

"오랜만입니다, 바우마이스터 남작님."

"저야말로. 아말리에 형수님."

확실히 올해로 스물여섯 살이 됐을 테지만 외모는 조금 더 어려 보인다.

그렇게 미인은 아니지만 느낌이 좋고 얘기하기가 편했던 사람이었음을 나는 새삼 떠올렸다.

"오늘 전사자 유족을 위로하는 식사회를 열어주신 것에 대해 아버님이 감사의 뜻을 전하셨어요."

원래 자신들이 주최했어야 하는 행사지만 쿠르트와 그 측근이 반대하는 바람에 그럴 수가 없었다고 아말리에 형수님은 설명해 주었다.

"그 점은 전사자 중에서 최상위자였던 전 종사장 가족이 주최하고 있기 때문에 큰 문제가 없겠죠."

이번 연회는 표면적으로는 헤르만 형 일가가 주최하고 우리가 그것을 돕는 형태로 되어 있었다.

문제가 없다고 할 수는 없지만 지나치게 신경 써봤자 어쩔 수 없는 일이기도 했다.

"그렇게 말씀해 주시니 감사합니다."

아말리에 형수님은 아버지와 쿠르트의 대리인 자격으로 온 것 같다.

아마도 그녀가 사이가 좋았던 나를 아직 만나지 못했기 때문에 아버지가 배려한 것이리라.

쿠르트 입장에서는 '너희에게 보내는 대리인은 여자로 충분하다'는 인식이었겠지만, 그런 생각조차 아버지에게 읽혀버린 것 같다.

"그럼 어서 제단 쪽으로……."

아말리에 형수님은 가져온 공양 음식, 꽃다발, 공물료 등이 든 자루를 제단에 놓고 데려온 자기 아이들과 함께 기도를 한다.

"괜찮으면 함께 식사를 하시지요. 모처럼 아드님들도 함께 오셨으니까요."

"그럼 기쁜 마음으로."

곧바로 아말리에 형수님과 아이들 앞에 음식과 과자가 놓인다.

다만 음식을 가져다주는 마를레느 형수님 일행의 표정은 복잡하다.

쿠르트의 아내이므로 매몰차게 대하고 싶지만, 같은 여자로서 남편의 폭도에 휘말리고 있는 가엾은 사람이라는 인식도 있는 것이다.

또한 영주민들도 어느 정도는 지금의 영내 정세를 파악하고 있기 때문에 아말리에 형수님에게 불안스러운 시선을 보내고 있던 것이다.

"훌륭하게 활약하고 계시네요."

"네에……그만큼, 왕도의 탐욕스러운 귀족들에게 휘둘리고 있지만요."

"그건 귀족이니 어쩔 수 없어요. 저희 아버지 같은 영세귀족조차 자주 한탄을 하셨으니까요."

식사를 하면서 아말리에 형수님과 대화를 나눴지만 쿠르트에 대해 물을 수는 없는 노릇이라 다른 무던한 화제만 꺼내게 된다.

왕도의 탐욕스러운 귀족이 무던한 화제냐고 묻는다면 대답하기 난처하지만, 그들이 그런 것은 수천 년 전부터이므로 평범한 세상이야기에 해당하는 것이었다.

"제 조카들인가요. 이렇게 제대로 얼굴을 보는 건 처음인가?"

집에 있던 무렵에는 가끔 얼굴이나 보는 관계였다.

어차피 나는 집을 떠날 것이므로 되도록 접하지 않는 것이 좋다.

그 당시 아버지나 쿠르트의 생각은 이런 느낌이었고, 나 또한 그것을 실천했기 때문에 변변히 대화조차 나눈 적이 없던 것이다.

"많이 컸군요."

"네. 저도 나이를 먹었는걸요. 아이들도 컸고 남은 걱정은 칼과 오스카의 장래뿐입니다."

"저는 아직 부모가 되지 않아서 잘 모르지만 그야 물론 그렇겠죠."

두 사람이 대화를 나누는 동안 엘리제 일행이 눈치껏 두 조카에게 과자 따위를 챙겨주며 시선을 끌어주었다.

"장차 폭풍이 불지도 모르지만 되도록 멀리 계셔야겠지요, 아이들을 데리고."

"역시 피할 수는 없나요……."

아말리에 형수님은 외부 사람이었기 때문에 쿠르트 일당의 편협한 행동은 잘 알고 있을 것이다.

그리고 예전 같으면 그래도 어떻게든 영주로서 살아갈 수 있었겠지만 지금은 통하지 않는다는 사실도 말이다.

"이곳에서 한 때만 참고 넘기셔도."

"그렇군요……."

이미 영주민들의 대부분은 바깥으로 눈을 돌려버렸다.

그리고 쿠르트의 방식으로는 더 이상 안 된다는 것을 알아차렸기 때문이다.

"아이들 장래는 제게 얼마간 빚을 진 사람들이 있기 때문에 어떻게든 해보겠습니다."

"감사합니다."

그 후 30분쯤 세상 이야기를 나눈 뒤, 아말리에 형수님은 아이들과 함께 집으로 돌아간다.

조카인 칼과 오스카는 내가 용을 퇴치한 얘기를 들려주고 왕도의 선물인 과자와 장난감 등을 주자 무척 즐거워했다.

"야, 어떻게든 하겠다니?"

"어떻게든 해야죠. 당연히 블라이히뢰더 변경백작님도 말입니다."

"하는 수 없군."

딱히 피의 숙청을 하고 싶은 것도 아니고 쿠르트만 폐적시키면 그것으로 끝나는 일이다.

　그보다 이런 일은 성격에 맞지 않으므로 빨리 끝내고 싶은 생각뿐이다.

　"내일은 마의 숲에서 사냥이라도 할까?"

　"상황이 움직이지 않으면 그렇게 하죠."

　나는 두 아이를 데리고 집으로 돌아가는 아말리에 형수님의 등을 바라보면서 되도록 빨리 사태가 수습되기를 믿지도 않는 신에게 마음속으로 기도했다.

제8화 미개척지를 개발해 보다

"그럼 그렇게 하는 것으로."

"나도 이견은 없네. 바우마이스터 남작 일행이 이 영지의 발전에 기여하기를 바라지."

마의 숲에서의 정화를 끝낸 지 일주일 후.

우리는 바우마이스터 본 저택에서 다시 아버지와 교섭에 임했다.

그렇다 해도 아버지는 기본적으로 반대는 하지 않는다.

사전에 블라이히뢰더 변경백작의 사자로 온 블란타크 씨에게 조건을 전해 들었기 때문이다.

게다가 아직 영주인 아버지 입장에서는 영지의 발전으로 이어질 뿐 아니라 영주민들의 지지도 얻을 수 있는 훌륭한 방안인 것이다.

쿠르트의 감정 따위 무시해도 그 일에 찬성하는 것이 영주로서는 상식이었다.

그 결과 이런 저런 여러 가지 안건이 해결되었지만, 그 옆에 논의 자리에서 밀려난 쿠르트가 혼자 얼굴을 시뻘겋게 물들이며 부들부들 작은 개처럼 떨고 있다.

뭔가 불만을 얘기하고 싶겠지만, 더 이상의 폭언은 바우마이스터가의 평판만 떨어뜨린다고 아버지로부터 제지를 당한 것 같다. 교섭하는 동안 아무 말도 하지 않고 나를 계속 노려보고 있었다.

아직도 폭발을 안 하나? 조금 더 도발해볼까.

우선 블라이히뢰더 변경백작에게 맡긴 유품의 선별과 주인을 알 수 없는 유류품이나 싸워서 얻은 마물의 소재 등의 감정이 종료되었다.

사전 교섭에 의해 바우마이스터가의 몫은 3할로 정해졌다.

쿠르트는 상당히 기대했던 모양이다.

상세한 내역이 적힌 명세서를 건네자 내 손에서 낚아채듯 빼앗아 가더니 어느 숫자를 찾고 있었다.

그는 간단한 계산밖에 못하기 때문에 합계 칸을 보고 얼마나 받을 수 있는 지로밖에 판단을 못하는 것이다.

하지만 그러면서 속이지 말라는 말은 잘도 하는군.

스스로 확인하지 못하면 애초에 속이는 것도 아니지만.

"너무 적잖아……."

그리고 그 숫자를 보고 낙담하고 있다.

총 20만 센트가 넘으므로 지금까지의 형편을 생각하면 충분히 거금이지만 뭔가 불만이 있는 것 같다.

"클라우스, 이 계산에 틀린 부분은?"

"없습니다."

남방의 책임자인 블라이히뢰더 변경백작이 이웃의 가난한 기사작가에게 건넬 돈을 속이는 일은 거의 웬만해서는 있을 수 없었다.

얼마 되지도 않는 돈을 속여 봤자 그로 인해 얻는 이득보다 잃을 평판이 더 크기 때문에 당연하다.

실수도 있을 수 없다.

블라이히뢰더 변경백작에게는 클라우스 정도 혹은 그보다 뛰어난 재무 담당 인재가 여러 명 있기 때문이다.

"하지만 바우마이스터가가 블라이히뢰더 변경백작가에 진 빚은 청산되었습니다."

"빚?"

바우마이스터가가 이 땅에서 독립할 때 왕도의 본가로부터 빌리고 갚지 않았던 원조금이라는 명목의 빚과 에리히 형과 파울 형, 헬무트 형이 결혼할 때 보내지 않았던 축의금이라는 명목의 빚, 블라이히뢰더 변경백작이 주군의 책임으로서 그 돈을 전부 대신 내주었기 때문이다.

이는 당연히 청산해야 할 돈이었다.

"상세 내역을 보면 갚는 것이 당연하다고……."

역시 클라우스도 그렇게밖에 말할 방법이 없었던 것 같다.

하지만 그 말을 들은 쿠르트는 격노했다.

"언제 갚을지는 내가 결정할 일이야!"

그렇게 말했지만 틀림없이 갚을 마음 따위는 없으리라.

그런 짓을 하니까 블라이히뢰더 변경백작에게 전혀 신용을 얻지 못하는 것인데, 참으로 바보 같은 남자다.

"귀족이 빚을 지는 것은 흔한 일이지만, 내용이 내용이므로 변제가 빠를수록 좋지 않을까요?"

쿠르트에게 뭐라고 얘기해봤자 쓸데없이 시간을 낭비할 뿐이므로 아버지에게 물어본다.

"그렇지. 이것으로 우리는 빚이 없어진 셈이군."

아버지의 이 말 한 마디로 마의 숲에서 있었던 일에 관한 논의는 종료되었다.

그리고 바우마이스터가의 빚 얘기에 대해서도 말이다.

"남은 것은 앞으로의 바우마이스터 남작 일행의 모험자로서의 활동인가……."

이 영내에 거점을 두고 그곳에서 내 '순간이동'을 이용하여 마의 숲에서 사냥을 한다.

그밖에도 정기적인 바자 개최와 영내에 전혀 길드가 없기 때문에 기타 업무를 우리가 맡기로 한 것이다.

그리고 그런 일들에서 얻어진 보수 중 얼마를 세금으로 바우마이스터가에게 납부할 것인가.

이 또한 이미 블라이히뢰더 변경백작까지 끼어 세율은 정한 것이다

"우리 영내에서의 환금은 어려우니까. 마의 숲에서 획득한 소재 등은 블라이히부르크의 모험자 길드에서 환금한 후 그 액수의 2할을 납부하기로 한다."

우리는 아직 블라이히부르크 지부에 소속되어 있기 때문에 환금은 그곳에서 해야 했다.

원래는 블라이히부르크 지부에도 환금액의 2할을 상납금으로 내야 하지만, 총 4할이나 빼앗겨 버리면 우리 모험자 쪽에서 불만이 생기고 만다.

그러므로 블라이히뢰더 변경백작이 길드와 그 부분을 잘 교섭하여 블라이히부르크 지부에는 상납금을 내지 않기로 했다.

이러면 길드 측의 일방적인 손실처럼 보이지만, 모험자에게 사들인 마물 소재를 전매하여 길드도 충분한 이익을 얻고 있기 때문에 특별히 문제가 되지는 않는 것 같다.

게다가 이번 일은 정치적인 의도도 얽혀 있다.

얼마 전에 갓 모험자가 된 우리를 공략이 어려운 지하 유적으로 보내 죽일 뻔한 실태도 있고 해서 나나 블라이히뢰더 변경백작에게 강력하게 상납금을 요구하지 않았던 모양이다.

이 이야기는 나중에 블랜타크 씨에게 들은 것이지만.

"어쨌든 얻은 이익의 2할을 상납하고 한 달에 한 번씩 명세서를 제출한다."

"알겠습니다."

그 명세 확인은 클라우스의 일이지만, 그는 업무를 소홀히 할 남자가 아니며 아버지나 쿠르트를 위해 내게 트집을 잡아 이익을 가로챌 만한 짓도 하지 않을 것이다.

그 점에서는 그를 신용할 수 있었다.

어쨌든 속으로는 아버지에게 원한을 품고 있으니까.

"벤델린 님이 이 영지에서 모험자로서 활동을 시작하신다니 참으로 멋진 일이군요."

아버지로부터 명세서 확인을 부탁받은 클라우스는 오버액션을 취하듯 크게 기뻐했다.

틀림없이 일부러 그러는 것이리라.

사실은 모험자 활동을 명분으로 훗날 귀찮음의 씨앗이 될 쿠르트를 제거하는 일이 목적인 것이다.

클라우스는 틀림없이 그 사실을 눈치 챘을 테고 그의 입장에서 내 결단은 만세를 부를 일인 셈이다.

그리고 그런 클라우스를 쿠르트가 매서운 눈으로 째려보지만 그는 전혀 눈치 채지 못한 것처럼 행동한다.

"그런 명세라면 오랜만에 계산하는 보람이 있는 것 같으니 기대하고 있겠습니다."

보통은 각 집의 보리 수확량에서 세금을 얼마나 징수할까? 하는 정도의 계산만 하므로 오랜만에 회계 담당다운 일을 할 수 있다고 기뻐하는 것처럼 보인다.

하지만 실제로는 아버지나 쿠르트의 영주로서의 능력을 무시하고 있는 것으로밖에 보이지 않았다.

그런 낌새를 알아차린 쿠르트는 얼굴을 더욱 붉히며 클라우스를 노려보았지만, 아버지는 특별한 표정의 변화가 없다.

클라우스도 여전히 쿠르트가 째려보고 있는 것조차 눈치 채지 못한 것처럼 행동했다.

클라우스는 역시 방심할 수가 없군……

내가 쿠르트를 폭발시키려 도발하고 있음을 알아차리고 잠자코 그 일을 돕고 있으니까 말이다.

"나머지 사소한 일은 다음에 의논해서 결정하는 것으로."

"그러지."

이렇게 해서 아버지와의 교섭은 무사히 끝났다.

단 한 사람 논의 자리에서 밀려난 쿠르트는 얼굴을 붉히면서 그 자리에 계속 서 있었다.

"나리, 물건 구성이 무척 다양하군요."

"로델리히는 혹시 점장 경험도 있어?"

"대리이긴 했지만 지인의 부탁으로 어느 잡화점 업무를 잠시."

"그렇군."

일단 쿠르트를 폭발시켜 제거하기 전까지는 바우마이스터령을 거점으로 움직이기로 했기 때문에 나는 지난 일주일 동안 많은 사람과 물건들을 옮겨왔다.

그런데 일단 사람이 늘어나면 그 빌린 집으로는 좁기 때문에 다른 집으로 옮기기로 했다.

다만 이 영내에서 가장 큰 집은 영주의 저택밖에 없다.

그래서 블라이히부르크에 있는 스승님에게 물려받은 저택을 옮겨짓기로 한 것이다.

'그 산맥을 어떻게 넘을 것인가?' 하는 의문이 들겠지만 그것을 해결하는 것도 마법이었다.

"감사혀유! 이축의 렘브란트이구먼유!"

사흘 쯤 전 나는 블라이히부르크에 있는 내 저택 앞에서 이 사투리를 쓰며 대머리를 감추려고 한쪽 머리를 길게 길러 넘긴 아저씨와 만났다.

사실 이 아저씨는 흙 계통의 특수한 마법을 쓰는 사람이다.

그 마법은 '이축(移築)'이라고 해서 매우 거대한 건조물 등을 다른 장소로 옮겨 지을 수가 있었다.

그밖에 '순간이동'도 쓸 수 있기 때문에 의뢰인에게 일을 의뢰받으면 대상물을 먼저 마법주머니로 옮겨 목표지점까지 이동한 뒤 그곳에 마법주머니로 옮겨 두었던 건물을 꺼내 이축한다.

당연히 건물에는 땅에 묻혀 있는 토대 부분도 있기 때문에 이축한 뒤에도 그것이 예전과 마찬가지로 기능을 해야 하는 것이다.

거기까지 계산해서 이축이 가능한 렘브란트 씨는 항상 몇 달 뒤까지 일정이 꽉 차있다고 한다.

고객은 주로 부유한 귀족층이다.

예컨대 경치가 빼어난 땅에 별장을 짓고 싶지만 건축 인원을 많이 부르기가 어려울 때.

적당한 빈 땅에 건물을 지은 다음 그것을 렘브란트 씨에게 이축시킨다.

그밖에도 왕국 정부의 명령으로 역사적 건물 등도 이축을 한다고 한다.

이 특기 덕분에 그도 나와 마찬가지로 법의남작의 지위에 올라 있었다.

원래는 당장 내 의뢰를 맡을 여유가 없지만 그 점은 루크너 재무경이 애를 써준 모양이다.

그는 약속한 시간에 저택 앞에 나타났다.

"그럼 갈까유."

느릿한 사투리를 쓰는 렘브란트 씨였지만 일솜씨 하나는 빨랐다.

곧바로 저택 주변을 한 바퀴 돌자마자 방금 전까지 있던 내 저택이 자취를 감춘 것이다.

"그럼 예정 지점까지 안내를 부탁하는구만유."

역시 거의 왕국 전역을 이동 가능한 렘브란트 씨도 바우마이스터령에는 가본 적이 없다고 한다.

그러므로 내가 '순간이동'으로 그를 바우마이스터령으로 데려간다.

"한가롭구만유."

목적지에 도착한 렘브란트 씨는 시골의 농촌 그 자체인 바우마이스터령을 보면서 눈을 가늘게 뜬다.

그리고 그런 렘브란트 씨와 나를 호위 담당인 파울 형 일행이 맞이했다.

"여기가 예정 지점입니다."

먼저 아버지와 교섭을 벌여 바우마이스터가의 실행 지배 지역과 미개척지의 경계에 있는 지반이 단단한 평지를 빌린 것이다.

임대료는 무료이고 미개척지 쪽에서는 무슨 짓을 해도 상관하지 않겠다고 한다.

그 대신 얻은 이익의 2할은 확실하게 납부할 것.

아마 아버지는 미개척지에서 사냥이라도 해서 얻은 사냥감이 돈이 된다면 감지덕지한 일이라고 생각하는 것 같다.

"여기라면 괜찮겠쥬."

"(말투는 참 느리군······.)"

듣자니 렘브란트 씨는 건축가 일도 겸업을 하고 있는 모양이다.

그 지식까지 활용하여 마법주머니에서 꺼낸 옛 스승님의 저택은 평지에 예전과 같은 상태로 세워졌다.

일 솜씨는 여전히 빠르다.

"그 다음은······."

계속해서 사전에 부탁했던 십여 채의 집도 이축하기 시작한다.

나와 함께 한동안 바우마이스터령에서 생활할 사람들을 위해 렘브란트 씨가 가져온 것이다.

먼저 스승님의 저택에는 우리 파티 멤버와 로델리히와 하녀인 도미니크가.

양 옆의 집은 로델리히가 뽑아 온 실력 있는 경비원들과 새롭게 들인 하인들이 지낼 집이다.

그밖에 파울 형 일행이 한동안 살 집도 이축된다.

"뭐? 명예퇴직?"

"선배, 우리도 마찬가지인데요······."

지방순찰관 임무를 마치고 지금은 휴직 상태에서 우리를 호위하고 있는 파울 형 일행이었지만, 갑자기 블라이히부르크를 거쳐 에드거 군무경에게서 온 편지를 보고 말문이 막힌다.

왜냐하면 그 편지에는 파울 형 일행 다섯 명에게 내 호위 임무를 맡으라는 명령과 동시에 그들이 경비대를 퇴직하게 됐다고 적혀 있었기 때문이다.

"어째서?"

"뒷부분을 계속 읽어봐."

오트머 씨의 재촉으로 파울 형이 편지 뒷부분을 읽자 그곳에는 이렇게 적혀 있었다.

"이대로 바우마이스터 남작의 호위를 속행하라. 성공 보수로서 준남작의 작위 수여와 그에 합당한 토지를 내릴 것을 약속한다. 나머지 네 사람은 별도 보수와 파울님의 배신(陪臣)으로서……."

그밖에도 휴직 중이긴 하지만, 왕도에 있는 가족에게는 경비대의 월급 보전분과 지방순찰관 임무의 직책 수당 및 파견수당까지 지급한다고 한다.

게다가 호위료로서 큰 액수를 지급한다는 내용이 적혀 있었다.

"영지?"

"아마도 미개척지의 어느 일부가 아닐까?"

틀림없이 오트머 씨의 말대로일 것이다.

그리고 헤르만 형이 이을 예정인 영지와 합쳐 내가 개발을 원조한다.

그 결과 장래에는 미개척지를 영유하는 나를 보좌하는 분가와 같은 존재가 되는 것이리라.

"뭐, 혼자 밀려난 쿠르트 형을 끌어내리는 불편한 일이니까. 개발하는 고생은 있겠지만 이런 보수도 나쁘지는……."

"난 진짜 너랑 친구가 되길 잘한 거 같아."

"선배! 최고예요!"

"아버지를 깜짝 놀라게 해줘야지!"

"아내와 아이들이 기뻐할 거예요."

다른 네 사람은 파울 형이 개발할 신 준남작령에 배신으로 들어갈 수 있다는 말을 듣고 크게 기뻐하며 파울 형을 얼싸안았다.

"야! 나는 그럴 생각 없어!"

"알아, 알아, 동기 친구야! 아니, 오늘부터는 나리인가."

"오트머가 그렇게 말하니까 이상하군."

"그래도 앞으로 익숙해져야 해."

남자 넷에게 안겨 진심으로 짜증스러운 얼굴을 하는 파울 형을 보며 세습 가능한 배신 자리가 내정된 네 사람은 기쁨에 가득 찬 표정을 지었다.

"역시 배신은 세습할 수 있다는 점이 멋지다니까!"

"이제 드디어 크리스타에게 청혼을……."

"이번에 가족에게 편지를 써야겠군요."

모두들 귀족의 삼남 이하거나 당대에 기사가 된 아버지의 자식에 조상이 귀족인 상가 출신으로, 귀족이 될 수 있다면 물론 기쁘겠지만 그렇게까지 허황한 꿈을 꾸는 드리머는 존재하지 않는 모양이다.

그들 입장에서 보면 파울 형의 가신이 되어 세습이 가능하다면 충분히 성공한 인생이라고 한다.

"그렇다면 바우마이스터 남작님의 신변 안전은 확실히 지켜야겠군."

"저의 검 실력이 도움이 될 때가 왔군요. 폭도는 주저없이 목을 날려버리겠습니다."

"그래. 수상한 자는 닥치는 대로 베어 없애자."

"실수로 그 장남을 베어버린 것으로 하지 않을래요? 오히려 그편이 일이 빠르겠……."

"스톱! 더 이상 위험한 발언은 멈춰!"

나는 기쁨에 겨워 터무니없는 말을 내뱉기 시작한 오트머 씨 일행을 혼신을 다해 진정시켰다.

"결국 상점을 내는 거군요."

"바자가 더 번거로우니까."

아버지에게 미개척지 쪽은 자유롭게 써도 좋다고 허가를 받았기 때문에 그때부터 일주일쯤 시간을 들여 다양한 물건들을 옮겼다.

이축의 명인 렘브란트 씨에게 부탁해 왕도에서 팔려고 내어놓은 적당한 가격의 집을 십여 채 내 저택 주위로 이축한다.

그 중에는 거저나 마찬가지인 낡은 집도 있었는데 현재 로델리히가 고용해 데리고 온 목수들이 한창 수리를 하고 있다.

그들의 일이 끝나면 내가 왕도까지 데려다 줄 예정이었다.

"절반 이상이 빈 집인데 이주민도 모집하는 건가요?"

"로델리히, 이주민이라는 단어는 위험해."

이곳은 아버지의 영지이며 나는 어디까지나 토지를 빌린 모험자 신분이기 때문이다.

그러므로 이 집들에서 사는 건 이주민이 아니라 내가 고용한 새로운 하인인 셈이다.

"이 가게에서 여러 가지 물건을 팔겠다는 말씀인가요?"

"로델리히 점장, 부탁해."

"네에……."

빈 집 중에는 왕도 교외에 있던 오래된 도산한 중규모의 상점도 있었다.

내가 그런 점포를 찾고 있다는 말을 듣고 그 미심쩍은 리넨하임 씨가 매우 저렴한 물건을 구해준 것이다.

다른 낡고 저렴한 집들도 모두 그가 찾아주었다.

낡아서 해체할 예정이던 건물을 거의 공짜에 가까운 가격에 팔라고 교섭을 한 것이다.

그쪽도 허물려던 건물을 해체 비용을 들이지 않고 처분할 수 있으니 서로 누이 좋고 매부 좋은 거래였던 셈이다.

게다가 집 상태도 그렇게 나쁘지 않다.

왕도에서는 가옥의 재건축이 빠른 경향이 있기 때문에 조금만 고치면 충분히 쓸 수 있는 건물뿐이었다.

이렇게 말해서 미안하지만 오히려 바우마이스터 영내의 집이 더 허름할 정도였으니까.

"이 중형 상점도 외부만 손보고 끝냈습니다."

그런 물건 중 하나인 예전 중규모 상점에는 이미 로델리히의 지휘 아래 저택의 하녀를 판매원으로 삼고, 왕도에서 고용한 젊은 남성 점원이 분투하여 많은 상품이 진열되고 있었다.

바자를 열 바에는 차라리 내가 상점을 운영하는 것이 번거롭지도 않고 좋다.

그런 결론에 도달하여 아버지에게 허가를 얻어 내가 오너이고 로델리히가 점장인 '만물상'이 탄생한다.

파는 물건은 그야말로 '뭐든지'라고 할까 지난번 바자에서 판 것 비슷한 구성이었다.

조미료, 생활 잡화, 농기구 등의 금속 제품, 과자, 육류 등.

상하기 쉬운 것도 있지만 이것은 마법주머니에 담아두면 문제가 없다.

실은 스승님의 유산 중에 범용 마법주머니가 있어서 그것을 로델리히에게 맡겼기 때문이다.

범용이라 귀중한 물건이기는 하지만, 내 입장에서는 수납량이 집 한 채 정도라 쓰기가 불편해서 사장되어 있던 물건이다.

"쓰기가 불편하다니……. 나리. 이 마법주머니를 사려면 3백만 센트나 줘야 할 텐데요……."

"그럼 잃어버리지 마."

"그래야겠죠. 변상하긴 싫으니까요."

상품 매입은 내가 블라이히부르크의 상업 길드에서 정기적으로 하게 되었다.

그리고 영주민들에게 블라이히부르크에서 팔릴 만한 물건을 사는 일도.

처음에는 밀 정도밖에 팔 물건이 없겠지만, 차츰 영주민들도 지혜를 짜내게 될 것이다.

그리고 이 상점이 생김에 따라 어떤 전통이 중단되려 하고 있었다.

"그럼, 일부러 상단을 파견할 필요가 없겠군요."

블라이히뢰더 변경백작은 오랜 세월 계속되었던 바우마이스터령에 대한 상단 파견을 중단할 것을 선언한다.

내게 이런 저런 편의를 봐주는 이유도 상단을 파견하는 것보다 내게 맡기는 편이 훨씬 돈이 덜 든다는 사실을 알아차렸기 때문이다.

"보리 매입도 부탁해요."

또한 이 보리 매입에서는 이익을 한 푼도 남기지 않기로 했다.

시세대로 사서 시세대로 팔기로 했기 때문이다.

상단에서 매입할 때도 그랬기 때문에 갑자기 바뀌면 문제가 될 거라 판단해서 한 일이었다.

게다가 이익이라면 다른 상품을 팔아서 얼마든지 낼 수 있으니까.

"하지만 나리는 참으로 잔인한 짓을 하시는군요."

"일부러 그러는 거니까."

내가 상점을 경영하기 시작하자 바우마이스터령은 상단이라는 외부에서의 소금 공급수단을 잃었다. 결국 내게 의존하지 않으면 소금을 얻을 수 없게 돼버린 것이다.

나는 아버지가 그 사실을 눈치 채고 뭐라고 하지 않을까 싶었지만, 교섭 자리에 쿠르트를 들이지도 않고 무조건 용인을 해주었다.

"블라이히뢰더 변경백작님의 죄책감이라는 수상쩍은 이유로 운영되는 위태로운 상단이었으니까. 그것이 바우마이스터 남작의 상단으로 바뀌어도 나쁠 것은 없겠지."

게다가 상단보다 품목 수가 많고 가격도 훨씬 안정적인 느낌이다.

아버지 입장에서는 세금만 잘 낸다면 반대할 이유가 없으리라.

"아버님! 이대로 가면 벤델린에게 영지를 빼앗길 겁니다!"

"빼앗긴다고? 그럼 묻겠는데 지금까지 우리 바우마이스터령은 소금이라는 전략 물자를 블라이히뢰더 변경백작에게 철저히 통제당해 왔다. 하지만 지금까지 이 영지가 블라이히뢰더 변경백작가에 탈취되었다던가 하는 일이 있었느냐?"

"그것은……."

"불만이 있다면 네가 상단을 운영해 보거라."

역시 내 상점 경영에 대해 쿠르트가 아버지에게 불만을 토로한 모양이다.

하지만 아버지의 그 말을 끝으로 말문이 막혀 버린 것 같다.

"그밖에 농가도 소집하는 건가요?"

"나는 쌀이 먹고 싶어!"

"그러시군요……."

바우마이스터령과 그 남쪽의 미개척지는 기후도 온난하고 비도 충분히 내린다.

그러므로 충분히 벼농사도 가능할 것으로 판단해 시험 삼아 재배를 해보기로 했다.

"벼농사의 달인이요? 네, 있습니다."

벼농사가 성행한 블라이히뢰더 변경백작령에서 이미 자식에게 농지를 넘긴 노령의 농민을 몇 사람 고용한다. 그들에게 왕도에서 모집한 젊은 귀농 희망자들을 지도하게 하는 것이다.

처음부터 농지를 개간시키면 시간이 걸리므로 토목 마법으로 구획을 균일하게 나눈 논이나 용수로 등을 만들고, 논의 흙에서 돌멩이 같은 불필요한 것들을 마법으로 제거한다.

게다가 블라이히뢰더 변경백작령에서 수백 년 동안 경작이 이뤄지고 있는 훌륭한 논의 흙을 조금 얻어와 그것을 참고하여 막 개간한 논의 흙을 마법으로 변성시킨다.

여러 차례 미세 조정을 거쳐 마지막으로 지도 담당 농민들에게 합격 판정을 받은 논의 흙이 완성되었다.

남은 건 이제 실제로 벼를 경작하면서 시간을 들여 흙을 이 토지와 기후에 가장 적합한 토양으로 만들어 가는 일뿐이다.

지금도 십여 명의 젊은 귀농 희망자들이 지도 담당 노인들을 따라 흙을 일구고 용수로나 논두렁길을 보강하고 모내기에 대비해 내가 사전에 구입한 유리 온실을 조립하고 모종을 기를 준비를 하고 있었다.

"본격적이군요."

"제가 햅쌀을 먹고 싶기 때문이에요, 정말로."

그것도 있지만 지금까지 바우마이스터가에서 아무도 개발조차 하지 않았던 미개척지를 내가 마법으로 단기간에 개발하여 쿠르트에게 압박을 주기 위해서였다.

"나리가 그렇게 말씀하신다면. 이곳도 핵심 부분은 소인이 관리하겠습니다."

바우마이스터령과 인접해 있기 때문에 나중에는 헤르만 형에 대한 지원으로서 할양해줄 예정이었지만.

소규모 농촌, 상점, 전원 지대의 개발 관리에 세수 계산 등, 그리 멀지 않은 미래에 미개척지에서 영지 개발의 대관을 맡을 예정인 로델리히에게 좋은 훈련이 될 것이다.

"세금 계산에 실수가 없도록."

"자칫 그 분에게 빌미를 주게 되기 때문이겠죠. 그런데 부인들은?"

"아아, 엘리제 일행이라면…."

파울 형 일행은 나와 로델리히 주위를 한창 호위 중이다.

엘리제는 교회에서 마이스터 님을 돕고 있다.

듣자니 어젯밤에 또 허리를 다쳐 일어설 수가 없게 됐기 때문이라고 한다.

이 시골 영지에 다른 신부가 더 있을 리도 없으므로 보조 사제인 엘리제가 나서야 할 상황이 되었지만 그녀를 혼자 뒀다간 쿠르트가 어리석은 짓을 꾸밀 수도 있으므로 빌마가 익숙지 않은 수도복을 입고 호위를 맡고 있다.

"신 님, 배고파……."

"빌마 씨, 신께서는 그런 직접적인 소원은 들어주시지 않는데요……."

아마 빌마도 나만큼이나 신앙심이 희박하므로 이런 말을 하고 있을 것 같지만.

"그래서 엘빈과 부인 분들과 블랜타크 님은 마의 숲에 갔나요?"

모험자 신분으로 머무는 것이므로 사냥을 하러 가지 않으면 본말이 전도되는 셈이었다.

그래서 엘 일행과 블랜타크 씨는 마의 숲으로 탐색을 떠난 것이다.

"나도 가고 싶었는데."

"나리는 이곳에서 하실 일이 있으니까요."

지금까지 마의 숲은 거의 중앙부에 있는 원정군 침입 루트의 탐색밖에 이뤄지지 않았다.

이 중앙부의 마물 분포는 다른 지역과 별다른 차이가 없었다.

하지만 다른 구역에서는 그것이 달라질 가능성도 있으므로 앞으로 한동안 그것을 조사하기로 한 것이었다.

아침에 조사할 포인트까지 내가 '순간이동'으로 데려다주고 저녁에 데리러 간다.

그런 예정으로 되어 있었다.

"아직 데리러 가기에는 시간이 이르군요."

"그럼 일찌감치 해버릴까?"

이 미개척지에서 바우마이스터가 개발을 단념한 이유.

그것은 미개척지에 위험한 야생동물이 많다는 점이었다.

농작물 등을 재배하면 사실은 맹수인 멧돼지와 곰, 거기에 농작물을 먹으러 오는 토끼나 사슴 등을 노리고 늑대 무리가 나타나는 경우도 있었다.

개발을 하면서 그 인원의 안전을 확보한다.

확실히 별로 여유가 없는 소규모 영주로서는 불가능하리라.

"하지만 그것은 나리도 마찬가지 아닌가요?"

돈과 연줄로 모은 개발 인원이나 경비병들이 있었지만 아직 숫자가 적다.

그러므로 지금 대략적인 개간을 마친 전원 지대의 방위에 인원이 조금 부족한 것 같다고 로델리히가 걱정을 하고 있었다.

"인원은 그다지 필요 없어."

왜냐하면 개간한 전원 지대와 미개척지 사이에 폭 3미터, 깊이 5미터 가량의 해자를 마법으로 파고, 그때 나온 흙으로 작은 성채도 쌓아 이중으로 야생 동물의 침입을 막고 있었기 때문이다.

"그렇다면 괜찮겠군요."

로델리히는 안심한 것 같다.

그리고 그로부터 한동안 내게 대략적인 관리 방침을 듣더니 서둘러 의욕적으로 일에 복귀했다.

"어이쿠, 바우마이스터 남작님 덕분에 개간에 해수 대책까지 정말 빠르구먼."

지도 담당의 늙은 농부들은 불과 며칠 만에 형태를 갖춘 신개간지를 보며 놀란 목소리를 내었다.

이제는 자신들과 새 농부들의 힘으로 어떻게든 꾸려나갈 수 있다고 한다.

"그 대신 햅쌀을 꼭 부탁해."

"다만 비료가 부족한 터라……."

"비료라."

맛있는 쌀을 재배하려면 당연히 비료가 필요하다.

다만 이 세계에서 화학비료는 기대할 수 없어서, 나는 마법으로 미개척지의 잡초를 대량으로 베어 온 후 그밖에 생 쓰레기나 분뇨 등과 합쳐 마법으로 발효시켜 간다.

한동안 작업을 하자 빈 땅에 대량의 비료가 완성되었다.

"바우마이스터 남작님은 마법으로 비료까지 만드실 수 있군요."

"계속 만드는 건 무리지만."

"처음에 이렇게 많이 만들어 주셨으니 첫 수확부터 아주 좋은 벼가 나올 것 같군요. 그리고 앞으로는 저희끼리 어떻게든 해보겠습니다."

개간, 용수로 파기, 흙 만들기, 비료 만들기 등.

원래대로라면 자신들이 몸을 혹사시켜 해야 할 일들을 거의 마법으로 해주었다.

이렇게 조건이 좋은 개간은 거의 있을 수 없으므로, 이제는 신참들이 응석을 부리지 못하도록 엄히 단련하겠다고 한다.

"바우마이스터 남작님은 새롭게 개간을 할 때 또 마법을 써주십시오."

"그건 그렇고 기후로 봤을 때 이기작을 한다던가?"

"처음부터는 조금 위험하므로 이모작으로 갈 예정입니다."

이상과 같은 대화를 주고받은 후, 늙은 농부들은 신참들에게 벼농사 지도를 시작했다.

"그러니 이 개발 특구의 관리를 부탁해."

"개발 특구 말인가요?"

아버지가 이익의 2할을 납부하면 된다고 한 토지에서 벼농사와 상점 경영을 시작한다.

바우마이스터 영내이기는 하지만, 그곳의 주인은 나이며 아버지나 쿠르트의 영향력이 미치지 않는다.

그러므로 나는 멋대로 개발 특구라 부르고 있었던 것이다.

일단 가옥, 농지, 상점 등의 준비가 끝난 날 밤.

나는 저택 서재에서 경비를 계산하는 로델리히에게 내 생각을 말한다.

"이곳이 이익을 올릴수록 쿠르트의 명성과 인망은 떨어져 가겠지."

"칼로 죽이지 않고 돈으로 죽이는 건가요. 잔인하군요."

"설마, 마법으로 날려버릴 수도 없잖아."

"확실히 그런 그렇죠."

"로델리히는 나를 재수 없는 녀석이라고 생각해?"

딱히 그렇게 생각해도 상관없었지만, 시험 삼아 그냥 물어보기로 한 것이다.

"예전 소인의 처지를 생각하면 그런 생각을 할 여유도 없겠죠. 그 분은 물려받을 영지가 있었는데도 노력을 게을리 했어요. 외부와의 관계라는 시대의 변화에도 대응하지 못했습니다. 연장자라는 이유로 동생에게 고개를 숙이지 못했어요. 귀족이란 때때로

남이 보지 않는 곳에서 고개를 숙일 필요도 있으니까요."

"과연."

"앞으로 나리가 고개를 숙일 필요가 있을지는 확실치 않지만요. 하지만 이토록 초기 비용이 저렴해지다니 마법이란 정말 엄청난 거로군요."

이렇게 해서 내가 가진 돈의 위력을 앞세워 마침내 미개척지의 일부가 개발되어 가는 것이었다.

HACHINAN TTE SORE WA NAIDESHOU! 4

©Y.A 2015

First published in Japan in 2015 by KADOKAWA CORPORATION, Tokyo.

Korean translation rights arranged with KADOKAWA CORPORATION, Tokyo.

팔남이라니, 그건 아니지! 4

2017년 8월 15일 1판 1쇄 발행

2018년 4월 15일 1판 2쇄 발행

저　　　자 Y.A

일 러 스 트 후지 초코

옮 긴 이 강동욱

발 행 인 유재옥

본 부 장 조병권

담당편집자 정영길

편　　　집 강혜린, 권오범, 김다솜, 김민지, 김혜주, 박은정, 이문영, 정영길, 조찬희

라이츠담당 박선희, 오유진

디 지 털 최민성, 박지혜

발 행 처 ㈜소미미디어

등　　　록 제2015-000008호

주　　　소 서울시 마포구 토정로 222, 403호 (신수동, 한국출판콘텐츠센터)

판　　　매 ㈜소미미디어

마 케 팅 한민지, 김선형

전　　　화 편집부 (070)4164-3962, 3963 기획실 (02)567-3388

　　　　　　판매 및 마케팅 (02)567-3388, Fax (02)322-7665

ISBN 979-11-6190-024-7 04830

ISBN 979-11-5710-465-9 (세트)

소미미디어 라이트 노벨 시리즈

인피니트 덴드로그램
3

카이도 사콘   지음
타이키   일러스트
천선필   옮김

드디어 도착한 기데온에서 거대 이벤트 시작?!
상식을 초월한 '초급'들의 격돌이 시작된다!!

◆초판한정◆
쇼트 스토리 소책자
증정

© Sakon Kaidou Illustration Taiki

**"지금부터 오늘 메인 이벤트,
〈초급 격돌〉을 시작하겠습니다아!!"**

〈초급〉 VS. 〈초급〉.
정점의 싸움이 시작된다.
결투도시 기데온 투기장에서 개최되는 이벤트 『초급 격돌』.
인간의 상식을 뛰어넘은 능력을 지닌 〈초급〉들이 벌이는 배틀을 눈앞에서 볼 수 있는 이 축제로 인해 도시 전체가 축제 분위기였다.
알터 왕국 결투 랭킹 1위 '무한연쇄' 피가로 VS. 황하 제국 결투 랭킹 2위 '응룡' 신우.
레이 일행은 아는 사이인 피가로를 응원할 겸 투기장으로 갔는데, 이 축제의 수면 아래에서는 어떤 계획이 진행되고 있었고——.

어서 오세요 실력지상주의 교실에 4.5

키누가사 쇼고   지음
토모세 슌사쿠   일러스트
조민정   옮김

다난했던 특별시험을 무사히 마치고
드디어 진짜 여름방학이 찾아왔다──!!

◆초판 한정◆
쇼트스토리 리플릿
책갈피
포스터
증정

"남자의 청춘 하면 훔쳐보기 아니겠냐!"

각자의 여름방학을 즐기는 학원 묵시록 특별편!!

이런저런 사건이 일어나면서도 여름 특별시험은 무사 종료. 고도 육성 고등학교 학생들에게도 드디어 진짜 여름방학이 찾아왔다. 하지만 여름방학을 즐기는 방식은 저마다 달랐는데──! 베일에 싸인 A&C반 학생의 의외의 일면을 그린「이부키 미오는 의외로 상식인이다」와「카츠라기 코헤이는 의외로 고민했다」. 갑작스러운 사고 때문에 시작된 호리키타 스즈네의 고난의 하루를 그린「그러나 일상에 숨어 있는 위험성」. 사쿠라 아이리가 아주 살짝 용기를 낸 결과는?「여난(女難), 재난의 하루. 천사 같은 악마의 미소」, 여름 하면 수영장이지!「다른 반과의 교류회」 그리고 시크릿 번외편 1편까지 수록!